KB202370

일본 문화 이야기

일본 문화 이야기

김태영 · 황혜경 공저

보고사
BOGOSA

책을 펴내며

이 책은 2005년 2월에 출판된 『일본문화의 산책』의 내용을 재구성하고 자료를 보충하여 새롭게 펴낸 것이다. 특히 일본문화의 근원을 이해하는 데 도움이 되었으면 하는 마음에 전반부에서는 일본의 전통문화에 관한 전반적인 내용을 폭넓게 다루었다. 또한 후반부 현대문화 부분에서는 주로 일본사회를 객관적으로 이해하는 데 역점을 두었기 때문에 그 근거로서 통계숫자를 많이 제시하였다. 특히 일본에서 발행된 최근의 정부백서와 사회조사자료를 많이 활용하였다.

우리나라와 일본은 같은 유교문화권이면서도 서로 다른 사회적 특성을 갖고 있다. 우리와 일본은 겉모습은 비슷하되 본질적으로는 분명한 차이가 있다. 똑같이 유교사상을 수용하였고 현재에도 그 명맥을 유지해 오고 있으면서도 사회 전반적인 분야에서 서로 다른 양상을 보이는 것은 어떠한 이유에서일까? 그 해답을 유교의 수용과정을 통해 살펴보았다.

또한, 이 책에서는 일본 사회가 갖고 있는 사회구조적 특성을 고찰함에 있어 각각의 주제별로 역사적 배경을 알기 쉽게 면밀히 검토하였으며, 특히 일본 젊은이들의 의식구조와 가치관을 통계자료의 분석을 통해 해명하는 데 역점을 두었다.

지금까지 일본에 관한 많은 책들이 우리 사회에 소개되었지만, 대부분의 책들이 피상적이거나 단편적이었음은 물론, '예찬學日論' 혹은 '거부歷史意

識論'의 양극론의 범주에서 벗어나지 못함으로 인해 현대 일본사회를 객관적으로 이해하는 데 아쉬움이 있었던 것이 사실이다. 이러한 와중에 또 하나의 혼란을 가중시키는 위험을 감수하면서도 굳이 이 책을 세상에 내는 이유는 이 책이 일본에 관심이 있는 독자들에게 널리 읽혀져 일본사회의 본질을 이해하고 일본을 객관적으로 보는 시점을 형성함에 있어 다소나마 도움이 되기를 기대하기 때문이다.

마지막으로 이 책이 출판되기까지 많은 사람들의 도움이 필요했다. 바쁘다는 핑계로 함께 놀아주지 못했는데 무럭무럭 잘 자라주는 준식이와 범식이, 그리고 시연이에게 고마움을 전한다. 아울러 영리를 돌보지 않고 졸고의 출판에 흔쾌히 응해 주신 도서출판 보고사의 김흥국 사장님과 편집부 이경민 씨에게도 깊은 감사를 드린다.

2010년 7월

저자

차 례

제1부 일본의 전통문화

제2부 일본의 현대문화

제1부

일본의 전통문화

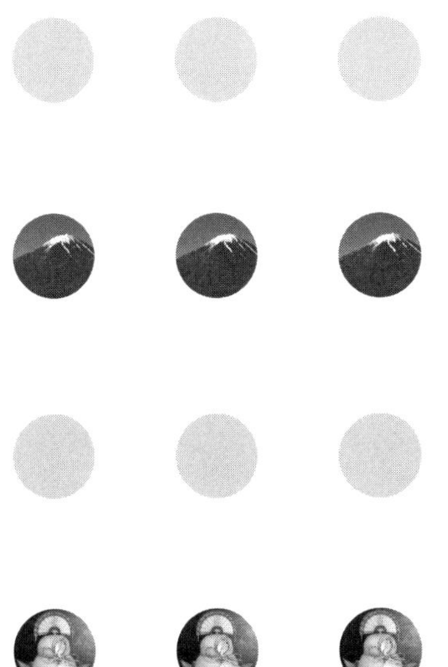

'도道'라는 이름의 형식주의

일본인은 모든 사물에 정신이 깃든다고 믿어 왔다. 때문에 무언가를 행하거나 만들어낼 때는 반드시 올바르고 세련된 정신이 깃들도록 그를 위한 정신적 수양이나 수련을 쌓았다. 이러한 정신적 수양이나 수련을 쌓아 가는 방법을 터득하고 다듬어 가는 과정을 그들은 하나의 '도道'로서 정립하고 발전시켜 나갔는데, 여기에서 탄생하게 된 것이 일본 특유의 '도의 문화'이다. 예컨대, 차를 음미하는 것을 다도茶道, 칼을 휘두르는 것을 검도劍道, 향을 피우고 그 향기를 즐기는 향도香道라 하는 식으로 모든 것에 '도'의 의미를 부여함으로써 그를 통해 세련되고 절제된 정신세계를 구현해내고자 했다. 일본인은 자신들이 전통적으로 신앙해 오는 종교에까지 '도'의 의미를 부여하고 그를 신도神道라 칭하는데, 일본인에게는 종교 역시 신앙의 대상이라기보다는 수준 높은 정신세계를 지향하는 하나의 '도'의 의미에 지나지 않는 것임을 시사하는 것이라 하겠다. 어쨌든 일본의 문화를 한 마디로 '도의 문화'라 해도 과언은 아닐 것이다.

도의 문화를 전통 문화로서 자랑하는 일본인이 말하는 '도'의 의미는 대체 어떠한 것일까? 도는 과연 일본인의 정신문화 속에서 어떠한 의미를 차지하는 것일까? 일본인이 말하는 도를 크게 종교적 측면에서의 '도'와 문화적 측면에의 '도'로 나누어 간략히 살펴보는 것은 일본인의 정신문화 속에서 도가 어떻게 자리매김되는지를 엿볼 수 있는 좋은 힌트가 될 것이다.

_ 종교적 측면에서의 도 ; 신도神道

신도는 간단히 말해 일본이 만들어 낸 일본만의 종교이다. 본디 신도는 샤머니즘적인 요소가 강한 것으로서 고대 일본인의 물활론物活論(모든 물건에는 영혼이 깃들어 있다고 믿는 신앙)적 믿음에 그 뿌리를 두고 있다. 때문에 신도라는 것은 특별한 교리가 있는 종교는 아니다. 그러나 일본인의 정신세계를 지배한 것은 지난 이천 년 동안 그들의 전통 신앙으로 이어져 내려온 바로 이 신도라는 종교였다. 일본인이 말하는 신도란 '배우는 것이 아니라 이해되는 것이며, 그것은 한 세대에서 다음 세대로 이어지는 전승의 의미'이다.

신도에서는 인간이 살고 있는 현세계가 가장 좋은 곳이며, 인간은 죽어서 황천이라는 지옥과 같은 곳으로 가게 된다고 믿는다. 이는 죽어서 서방의 깨끗한 정토로 간다는 불교의 교리나 이 세상 이외의 다른 세계를 부정하는 유교의 교리와 완전히 모순되는 논리인데, 그럼에도 일본에 불교와 유교가 뿌리내릴 수 있었던 것은 외래 종교의 수용과는 별개의 흔들림 없는 하나의 신도적인 공간이 있었기 때문이다. 그런데, 이 신도적인 공간은 매우 현세적이고 현실적인 것이었다. 일본인은 이 현세적이고도 현실적인 신도적 공간 속에서 천황이라는 그들만의 신을 만들어냈는데, 그것이 바로 국가 신도에 의한 천황의 신격화이다.

국가 신도는 메이지 시대 천황의 권위를 강화하기 위해 생겨난 신도의 교의로서, 세계는 천조신天照神에 의해 창조되었으며 천신과 지신의 시대를 거쳐 황조신皇祖神의 자손이 만세일계萬世一系의 천황의 혈통을 이어가며 오늘날의 일본이란 나라를 만들었다고 하는 사상이다. 천손天孫으로 여겨졌던 천황은, 때문에 일본인에게 살아있는 신이기도 했다. 국가 신도는 제2차 세계대전이 끝나면서 신도지령神道指令이나 헌법 개정에 의해 조금씩 쇠퇴해 갔지만 이러한 천황 숭배 사상은 오늘날에도 일본인의 정신문화 속에서 무시할 수 없는 부분을 차지하고 있다. 이와 같이 지극히 현세적인 신도적 공간 속에서 그들의 가치와 사고를 규제했던 도덕 원리는 '신 앞에서의 양심'이 아니라 '타인 앞에서 부끄러운 짓을 하지 않는 자세'로, 일본인에게 종교는 신앙의 대상이 아닌 현세를 살아가는 하나의 정신세계 내지는 도덕관념 즉, '도'의 의미가 보다 강하다고 할 수 있겠다.

_ 문화적 측면에서의 도 ; 다도茶道

다도는 자노유茶の湯라고도 한다. 다도는 다실을 꾸미고 다도구를 준비하여 차를 끓이고 마시며, 담소를 즐기는 모든 과정을 가리킨다. 보다 큰 의미에서 다도는 한 공간에서 함께 차를 나눔으로 서로의 인연을 소중히 여기고 그 인연을 도 닦듯이 키워나가는 일종의 탐미 의식이라 하겠다.

센노리큐千利休

중세 이후 일본에서는 다케노 조오武野紹鷗나 센노리큐千利休 같은 직업적인 다인茶人이 활동하게 되면서, 이들에 의해 차를 마시는 때와 장소, 그리고 차를 달이고 마시는 여러 가지 법도들이 생겨나게 되었는데 이를 일컬어 다도라 했다. 사람들은 불교의 선禪 사상과 불교 의식을 다도의 정신세계와 의식에 응용함으로, 다도를 통해 수준 높은 정신 수양을 꾀하고자 했다. 불교의 선 사상에서는 화和·경敬·청淸·적寂이라 하여 서로 화합하고和 서로 공경하고敬 맑은 정신으로 무욕하며淸 마음의 정적을 유지하라寂는 네 가지 규율을 승려에게 요구하였는데, 다도는 이 네 가지 규율을 받아들여 '사규四規'라는 다도의 기본 정신으로 삼았다.

어찌 보면 다도는 차를 마시는 행위보다 차를 즐기는 의식을 통해 개인의 깨끗하고 맑은 정신세계를 끌어내고 공감하고자 했던 절제되고 세련된 정신 수양이라는 의미에서의 '도'였다. 다실 안에서는 모든 세속적인 화제를 배제하고 시나 차에 관련된 오로지 풍류에 관한 화제를 이야기하도록 되어 있었다.

다실의 출입구를 니지리구치躙口라 하여 몸을 움츠려야만 들어 갈 수 있을 정도의 작은 문으로 만든 것은 다실 안에 들어가면 누구나가 똑같은 인간의 자격으로서 마주하게 된다는 상징적인 의미가 담겨져 있는 것으로, 이 역시 속세의 신분을 벗어버리고 마음과 마음이 통하는 인간끼리의 정신적 교감을 중시하고자 하는 의도에서 비롯되었다.

다도는 중국의 당나라에서 유행했던 다문화가 당에 파견되었던 견당사遣唐使라는 사신들에 의해 들어오게 되어, 그것이 하나의 절차 있는 의식으로 발전하게 된 것이다. 처음에 다도는 다기나 그에 따른 장식의 호화로움을 자랑하는 외적인 면에 편중되는 경향이 있었다. 그러나 15세기 후반 불교의 선 사상의 확산과 함께 소박함과 적막함 속에서 미를 추구하려는 무일물無一物 정신이 확산되면서 와비わび라는 미의식이 생겨나게 된다. 와비란 소박함과 차분함, 완벽함보다는 불완전함, 적막함 속에서 아름다움을 찾으려

는 미의식을 말한다. 이러한 미의식은 앞서 말한 사규라는 절제된 기본 정신 체계와 어우러져, 차를 통해 얻어지는 자기 수양과 정신의 아름다움을 추구하는 하나의 '도'로서 일본인의 정신세계를 한 단계 끌어 올려주는 역할을 했다 할 수 있다.

▶ 참고: 이에모토(家元) 제도

각 유파의 시조는 이에모토라고 하는데, 이에모토는 문하생을 두고 다도를 전수. 문하생은 이에모토의 권위를 존중하고 제자로서의 의무를 서약. 이에모토는 각 등급의 다도를 전수 받은 제자에게 사범(師範)의 면허발행권(免許發行權)과 교수권(教授權)을 수여. 제자는 등급에 따라서 중간교수권을 수여받고, 그 제자는 다시 하급 교수권을 수여받는 방식. 고도의 경지에 이르면 새로운 유파를 세워 유파명을 새로 부여 받는 경우도 있어 이를 나토리(名取)라고 함.

다도茶道

다도는 일반적으로 '일정한 작법에 따라 주인과 손님이 공감하면서 차를 마시는 일본의 전통문화로서 16세기 후반 센노리큐千利休에 의해 완성했다' 고 규정하고 있다.

만약에 일본에 다도의 문화가 없었다면 다인茶人이 만들어낸 미의식인 다선일미茶禅一味(다도의 경지와 선의 경지를 하나로 여김)라는 정신사상이 존재 가능 했을까 하는 생각이 든다.

차문화는 9세기 초 견당사가 중국에서 가지고 들어와, 사원이나 궁궐에서 차를 마시는 일이 유행했으나, 뿌리를 내리지 못했다. 이 시기의 당풍의 차는 '단챠団茶'라고 불렸다고 한다.

가마쿠라 시대鎌倉時代에 승려 에사이栄西가 두 차례에 걸쳐 중국에 가서 선종禪宗과 함께 중국의 새로운 맛차抹茶(분말녹차)를 들여왔다. 선종이 보급되면서 차를 마시는 풍습도 퍼졌다. 무로마치 시대에는 신흥 무사층 사이에서 도차闘茶라 하여 맛을 보고 차의 산지를 맞히는 도박성이 강한 놀이가 대유행하였다. 그들은 당나라의 값비싼 물건의 수집에 열광했고, 그 수집품을 장식하기도 하고 사용하기도 했다.

다실의 소박한 풍경과 니지리구치

15세기 말부터 다도의 시조라 일컫는 무라타 주코村田株光와 다케노 조오武野紹鴎가 명품인 당나라 차에 소박한 일본의 정신세계를 도입하여 미를 승화시키고자 했다. 이러한 미의식 도道를 정립한 사람이 센노리큐千利休다. 다케노의 제자인 그는 독자적인 미를 더하여 와비侘(소박하고 차분한 멋)차를 완성시켰다.

다실은 화려하지 않게 초가지붕으로 얹어 한적하고도 단아하게 만들었다. 지금까지 다다미 4장 반이었던 다실茶室을 다다미 1장대로 축소시켰다. 그리고 다실로 들어가는 니지리구치躙口(다실 문)는 어떤 사람도 머리를 숙이지 않고는 들어갈 수가 없다. 그 크기가 가로 세로 각각 60cm 정도인데, 이것은 신분 및 계급의 구분 없이 인간 본연의 모습으로 돌아가 겸손한 자세로 모두가 평등한 관계에서 차를 나눠야 한다는 깊은 의미가 있다. 리큐는 다도인이 갖추어야 할 기본정신을 화和 · 경敬 · 청清 · 적寂으로 표현했는데, 서로가 하나로 잘 어우러지는 상태로 주인과 손님이 대등하고, 서로 존경하고, 깨끗한 마음가짐으로, 정숙한 가운데 예의를 지켜야 한다는 것을 강조했다.

리큐는 오다 노부나가織田信長와 도요토미 히데요시豊臣秀吉의 다도를 관장해, 다도의 이론을 완성시켰을 뿐만 아니라, 다도의 예의 작법, 다회茶会(손님을 초대하여 차를 대접하는 모임)의 양식, 다회에 마련되는 가이세키요리懐石料理 등도 정립하였다.

다도茶道

맛차抹茶와 다기구

이러한 세세한 면까지 형식을 중시한 리큐의 방식에 반대한 오가와카신小川可進은 합리적인 센차煎茶법을 고안했다. 그래서 일본 다도에서 쓰이는 차는 2가지 종류가 있는데, 찻잎을 가루로 만들어 열탕에 풀어마시는 맛차抹茶와 찻잎을 잘게 썰어서 말린 잎을 열탕에 우려마시는 센차煎茶로 나뉜다. 다도는 여러 유파가 있었지만, 현재도 다도하면 센노리큐의 와비차를 떠올릴 정도로 유일하게 내려져 오고 있으며, 주로 맛차법을 따르는 것은 변함이 없다.

다도의 예법은 형식보다는 마음을 중시하고 나를 희생하여 손님을 대접하는 것이 다도의 정신이다. 다회에서 이치고이치에一期一会란 주인과 손님의 마음가짐으로 내 일생에 단 한 번뿐인 소중한 만남으로 여겨 성심성의를 다하는 것이다. 주인은 다실 안의 도코노마床の間에 장식하는 족자掛軸나 꽃꽂이, 찻잔, 이로리囲炉裏 등의 도구, 다실 정원의 로지露地, 가이세키요리 등을 정성들여 준비한다. 한편 초대받은 손님은 주인의 세심한 준비 하나하나를 칭찬해 주면서 감사하는 마음을 표현하는 것이 다도의 예라고 할 수 있다.

다기구 명칭과 쓰임

다른 그릇에 물을 붓기 위해
물을 담아두는 그릇.
가마釜와 후로風炉
물을 넣은 가마는
후로 위에
올려놓고 끓인다.
가마(솥)
미즈사시
水差し
후로(화로)
차왕茶碗
나쓰메棗
가루차를 담아두는 그릇
겐스이
建水
히샤쿠柄杓
물을 뜨는 자루가 달린 국자
찻잔을 헹군 물을 버리는 그릇

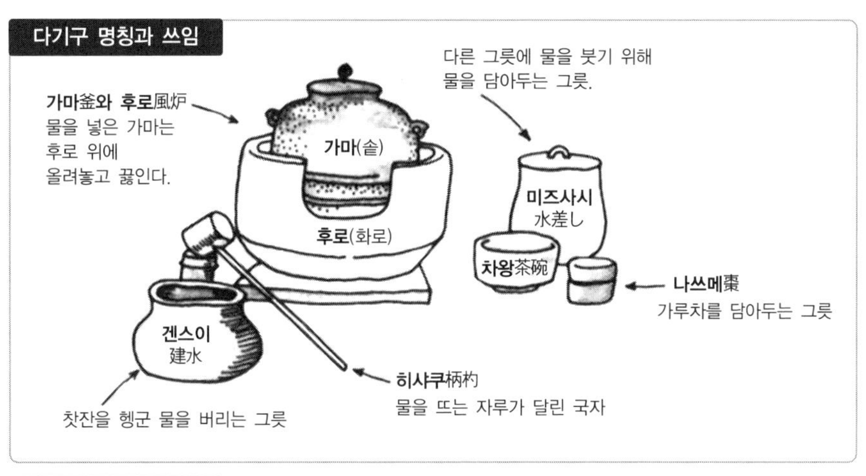

다실 배치도

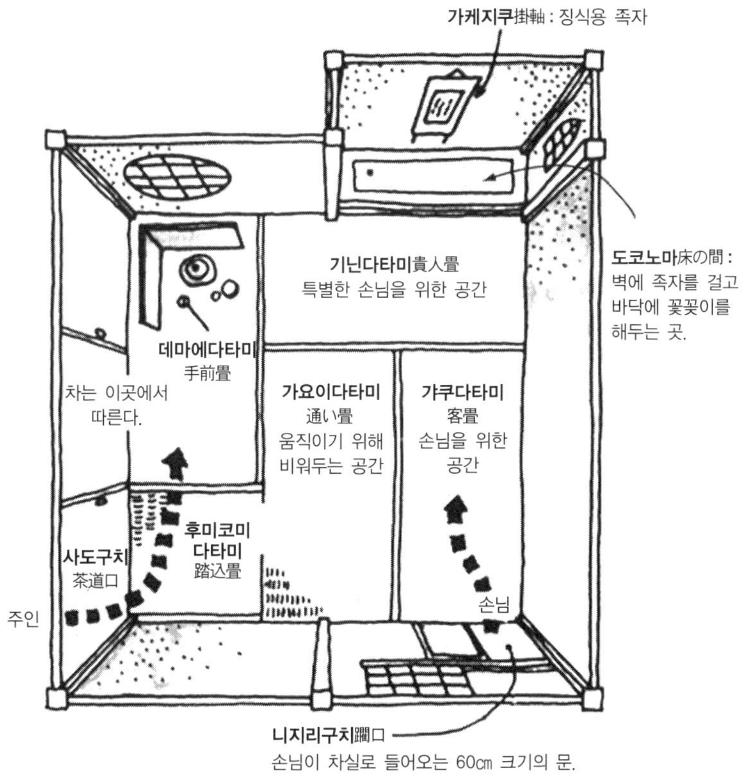

가케지쿠掛軸 : 장식용 족자
도코노마床の間 :
벽에 족자를 걸고
바닥에 꽃꽂이를
해두는 곳.
기닌다타미貴人畳
특별한 손님을 위한 공간
데마에다타미
手前畳
차는 이곳에서
따른다.
가요이다타미
通い畳
움직이기 위해
비워두는 공간
갸쿠다타미
客畳
손님을 위한
공간
후미코미
다타미
踏込畳
사도구치
茶道口
주인
손님
니지리구치躙口
손님이 차실로 들어오는 60㎝ 크기의 문.

이케바나生け花

이케바나生け花는 일본의 전통예술의 하나로 꽃의 아름다움을 잘 살리는 것으로, 자연에 정신적인 사상을 부여한 것이다. 현재는 대부분 이케바나로 통일되었지만, 시대와 함께 여러 가지 양식이 생겨나고 그에 따라서 명칭도 바뀌었다.

일본에서는 뭐든지 다도茶道, 서도書道, 향도香道와 같이 'OO道'가 되는 경향이 있는데 화도花道는 정착되지 않았다.

일본의 민속신앙에서는 신령이 나무에 머무른다고 생각해 예부터 소나무나 비쭈기나무에 신을 불러들여 맞이한 가지를 신의 대신으로 모셨다.

나라 시대奈良時代에는 불상에 바치는 장식으로서의 공화供花가 불교와 함께 중국에서 전해졌다. 당시, 꽃은 관상용이라기보다는 종교적인 의미가 강했다. 헤이안 시대平安時代에서 가마쿠라 시대鎌倉時代에 있어서는 귀족들의 꽃의 우열을 겨루는 하나아와세花合わせ 놀이도 활발히 행해졌다. 이는 꽃의 아름다움을 적극적으로 찾아내고 이를 즐기려는 귀족들의 놀이 일종이었다.

무로마치 시대室町時代에 쇼잉즈쿠리書院造라고 하는 건축양식의 완성과 함께 다다미畳방의 장식용으로 다테바나立花가 성립되었다. 가장 고전적인

꽂꽂이로 꽃이나 꽃나무를 그대로 세운다는 뜻으로 다테바나라 불리었으나, 아즈치모모야마安土桃山 시대가 되면서 더 호화스럽고 화려하게 정비되면서 릿카立花라 불리게 된다. 사찰을 중심으로 발생한 이케바나의 대표적인 유파인 이케노보라는 유파는 이케노보센케이池坊専慶라는 승려에 의해서 시작되었고, 이케노보센노池坊専応せんのう는 오늘날 이케노보의 근본이 되는 구전서를 남겨, 단지 아름다운 꽃만을 칭송해 꽂는 것이 아니라, 자연경관을 자연스럽게 재현하는 것을 유파 방식으로 하고 있다. 이케노보센코池坊専好는 작품마다 무한의 변화가 풍부해 천재로 평가받아, 이케노보의 릿카는 크게 이름을 떨쳤다. 이케노보의 작품은 그림으로 그려져 전해지고 있다.

나게이레바나投入れ花

릿카는 규모가 커서 웅장하고 화려하며 일정한 형식을 중요시 한다. 이러한 릿카에 반발해서 형식을 중요시하지 않는 자유로운 이케바나로 나게이레바나投入れ花의 양식이 나왔다. 이것은 손쉽게 가벼운 기분으로 꽃을 던져 넣듯이 꽃을 꽂는 양식이다. 정성을 들이지 않는다는 의미가 아니고, 꽃을 가공하지 않고 자연 상태로 넣는 것을 의미한다. 이것은 다도에 활용되어 다실을 장식하는 이케바나 방식으로 애호되어 자바나茶花라고 불리며 다실의 이케바나로 중시되었으나, 시간이 흐름에 따라서 다도가 추구하는 것과 어울리지 않는다고 하여 이케바나의 한 양식으로 정착되었다. 한편, 나게이레바나가 너무 형식을 갖추지 않는다는 비난으로 세이카生花가 등장했다. 이것은 릿카보다는 형식이 간략하고, 유교사상이 채용되어 천天·지地·인人이라는 3개의 기본이 되는 가지로 꽃의 형태를 정하고자 했다. 꽃

모리바나盛花

가지의 배치와 구도를 천·지·인이라는 알기 쉬운 개념으로 꽃을 꽂는다는 점은 서민들에게 인기를 모았다. 세이카를 통해서 인륜을 바로 잡고, 부녀자들에게 삼종지의三從之義를 깨우쳐 준다는 것이 퍼진 덕분에 이케바나는 부녀자의 배울 것의 필두로 여겨져 갔다.

메이지 시대明治時代에 다른 전통예술·예능이 많아짐과 동시에 일시 쇠퇴했지만, 응접실 테이블용으로 서양꽃을 도입해 색채가 풍부한 새로운 이케바나의 양식인 모리바나盛花가 생겨났다. 이것을 창조한 사람은 오하라운신小原雲心이다. 모리바나는 짧은 키의 꽃과 잎을 수반형식의 화기를 이용해 사실적이고 서경적인 풍경을 꽃으로 표현한 것으로 서양풍의 주택에 어울린다. 제2차 세계대전 이후에는 전통에 대한 비판이 일기 시작하여 젠에이바나前衛花가 시도되어 이전과는 다른 형식으로 꽃 이외의 금속·돌·유리 등을 사용하여 추상적이거나 초현실적인 상황을 표현했다.

이러한 과정을 거쳐 현재의 이케바나는 자연의 있는 그대로의 모습을 재현하는 방식과, 생각대로의 조형미를 창작하기 위해서 가지와 잎을 자르고 가지를 구부리거나 불로 굽는 등의 교정도 행해지고 있다. 현대의 이케바나에는 천·지·인의 우주와 인간과 자연의 합일로 정신적 수양을 할 수 있는 기회를 줄 뿐만 아니라, 공간을 아름답게 해주는 장식적 효과와 오랜 역사와 다양한 기법의 발달로 하나의 독자적인 예술로 자리 잡고 있다.

_ 오쇼가쓰お正月

새해 첫날로서 元日(간지쓰) 혹은 元旦(간탄)이라고도 하며, 1월 1일부터 1월 3일까지의 휴일이다. 우리나라에서는 대부분 구정이라 하여 음력으로 지내지만, 우리나라의 설날에 해당된다.

하쓰모데初詣

이 날은 친지를 방문하여 새해 인사도 하고, 신사神社나 절에 가서 신이나 부처를 참배해 자신과 가족의 건강과 행운을 빈다. 이것을 하쓰모데初詣라 하는데 전날 밤부터 1월 1일 0시를 기해 참배하는 사람들이 많다. 가까운 신사를 찾는 사람도 있으나, 이날은 전차나 버스도 철야 운행하여 서비스할 정도여서 메이지천황을 모시고 있는 동경의 메이지신궁明治神宮이나, 오사카의 스미요시타이샤住吉大社 등은 300만 명의 사람이 찾아온다고 한다. 최근의 하쓰모데는 종교적인 면에서라기보다도 가족이나 친구들이 서로 만나 서로 즐기는 감각에 가까워지고 있다.

오조니お雑煮

가도마쓰門松

시메카자리しめ飾り

이 날은 한국과 마찬가지로 오세치 요리御節料理(정월음식)와 오조니お雑煮(한국 떡국에 가까움)라는 특별한 음식을 먹는다. 이 음식은 원래 공양하는 음식으로서 정월에 신에게 공양했던 음식을 가족전원이 모여서 먹는데 이것은 신으로부터 음복을 받는다고 생각했다. 도시가미年神(정월 신)를 맞이한 3일 동안은 취사를 하지 않고, 부엌에도 들어가지 않는 풍습이 있기 때문에 장시간 보관할 수 있는 음식을 연말에 만들어 3일 동안 그것을 먹는 풍습이 있다. 그리고 오도소お屠蘇라는 약술을 마시기도 하고, 한국과 마찬가지로 오토시다마お年玉라는 세뱃돈을 아이들에게 주기도 한다.

정월 아침이면 집의 문 앞에 가도마쓰門松를 세우는데 이것은 신이 후손들에게 찾아와 복을 내려주고 간다는 관습이 있다. 또한 현관에 시메카자리しめ飾り를 장식하는데 이는 부정한 것이 집에 들어오는 것을 막는 것이다.

가가미모치鏡餅

후손에게 복을 준다는 도시가미에게 바치는 동그란 모양의 가가미모치鏡餅는 가미다나神棚, 도코노마床の間, 현관, 부엌 등에 놓아두어 만병을 물리치고 복을 얻어 불로불사를 기원하는 의미가 있다.

_ 세쓰분節分

세쓰분節分 행사

본래 춘하추동의 분기점이 되는 입춘, 입하, 입추, 입동을 일컫는다. 입춘이 1년의 시작으로 여겨져 봄의 세쓰분이 가장 중요시되었다.

행사는 봄이 시작되는 2월 3일, 4일의 입춘 전날 밤에 귀신을 쫓아내기 위해 콩을 뿌리며 '귀신은 물러가고 복은 들어오라'는 뜻으로 '오니와 소토 후쿠와 우치(鬼は外、福は内)'라고 외치면서 볶은 콩을 집 안팎에 뿌린다. 뿌리고 남은 콩은 가족끼리 모여서 자신의 나이만큼 콩을 세어 먹는 습관이 있다.

원래 곡물의 힘으로 재해나 병을 물리치는 행사는 중국에서 전래된 것인데, 일본에서 처음에는 궁중행사로만 열리다가 점차 신사나 사원으로 보급되면서 각 가정에서까지 행해지게 되었다. 지금도 큰 신사나 사원에서는 대중스타나 유명인을 초대하여 몰려든 참배객을 향해 콩 뿌리기 행사를 한다. 콩을 먹으면 1년 내내 건강하고 나쁜 일이 생기지 않는다고 하여 수많은 사람들이 그 콩을 받아먹고자 몰려들기도 한다.

한편, 긴키지방近畿地方에서는 콩을 뿌리는 행사 이외에 후토마키太巻き를 먹는 습관이 있다. 후토마키란 굵다는 의미의 후토이太い에 말다라는 마쿠巻く가 합쳐진 단어로, 굵게 말은 김밥을 말한다. 에도 시대江戸時代 말기부터 메이지 시대明治時代 초기에 걸쳐, 오사카 상인의 사업 번창을 기원한 것으로 시작되었으나, 전후에 일시 중단되었다가 1977년 오사카 김 도매 협동조합이 도톤보리道頓堀에서 행한 김 판매 행사 등이 계기가 되어 부활하게 되었다.

세쓰분 날 밤에 그 해 좋은 방향을 향해서 눈을 감고 한 마디도 하지 않고 소망하는 것을 떠올리면서 후토마키를 통째로 씹어 먹는 습관이 있다. 그것은 입을 크게 벌려 복을 몸 안으로 들이고, 좋은 연을 끊지 않는다는 의미가 담겨져 있다.

_ 히나마쓰리雛祭

3월 3일에 여자아이의 장래와 행복을 기원하는 축제로, 모모노셋구桃の節句라고도 한다. 여자아이가 있는 가정에서는 붉은 천을 깐 히나단雛壇에 히나인형을 장식하고, 복숭아꽃과 히나과자 등을 바치며 시로자케白酒(희고 걸쭉한 단술)로 아이의 성장을 기원한다. 계단식으로 만든 붉은 히나단에 옛 궁중의 옷을 입은 작은 인형들을 각 단별로 장식한다. 최상단에는 오다이리사마お内裏さま라는 천황인형, 오히메사마お姫さま라는 황후 인형, 그리고 그 밑에는 궁녀인 산닌칸조三人官女, 그 아래 각단에는 악사, 무사, 수행원, 장롱 등의 가재도구, 수레 등이 장식되어 있다.

히나단雛壇

원래에는 중국으로부터 전해져 온 히나마쓰리이지만, 히나인형이 장식되기 시작한 것은 에도 시대江戸時代부터이다. 히나단은 원래는 7, 8단이지만 매우 비싼데다가 집에 장식할 공간도 없으므로 이렇게 격식을 다 차리는 집은 현재 그리 많지 않다. 비싼 것은 수백만 엔을 호가할 정도이다. 히나단은 히나마쓰리가 시작되기 며칠 전부터 장식해 3월 3일이 지나면 바로 치우는데 장식해 두는 기간이 길면 길수록 시집을 늦게 간다는 말이 있었기 때문이다. 초기의 히나마쓰리는 나쁜 것을 히나 인형에 옮긴 다음 바다나 강에 흘려보냈는데, 지금도 와카야마현和歌山縣과 돗토리현鳥取縣에서는 3월 3일부터 4일에 걸쳐서, 장식했던 히나인형을 강이나 바다에 흘려보내는 풍습은 전국적으로 유명하다.

_ 단고노셋쿠端午の節句

3월 3일 히나마쓰리가 여자아이를 위한 날이라면 5월 5일은 남자아이를 위한 날이다.

무사인형

고이노보리鯉のぼり

이날은 남자아이의 축일로 남자아이가 건강하게 자라기를 기원하며 남자아이가 있는 가정에서는 갑옷에 투구를 쓴 무사인형을 장식한다. 예부터 오랫동안 이어져 온 무가사회에서 몸을 지키는 무사의 갑옷과 투구는 매우 중요한 것이었다. 무사의 갑옷과 투구는 당시 적으로부터 몸을 지키고 아울러 사기邪気와 재난으로부터 집안을 지키고, 착용하지 않을 때는 집안의 가장 중요한 장소에 보관해 왔다. 대장大将이라도 되면 전장의 우두머리로서 집안의 번영을 과시하기 위해 호화로운 장식을 하였다. 이것이 국보로서 현대까지도 계승되고 있으며 이들을 본 따 갑옷, 투구를 단오절에 장식하게 되었다.

집안을 지키는 남자 어린이에게 건강하고 강하고 늠름해지라는 기원을 뜻한다.

그리고 집밖에는 잉어모양의 깃발인 고이노보리鯉のぼり를 장식한다. 이것은 종이나 헝겊으로 만든 잉어 모양으로 만든 기로 남자아이의 출세를 기원하는데, 잉어가 폭포를 올라가서 용이 된다고 하는 전설 등용문登龍門에서 유래되었다.

_ 다나바타七夕

7월 7일에 열리는 행사로, 한국에서는 칠석七夕이라고 한다. 은하수를 사이에 두고 헤어져 있는 견우와 직녀가 1년에 한번 만난다는 중국의 전설로 한국은 물론 아시아 일대에도 널리 알려져 있다. 이 이야기에 일본 옛날 풍습이 겹쳐져 소원을 적은 단자쿠短冊(가늘고 기다란 모양의 종이)를 대나무에 묶어두고 칠석七夕날 저녁 하루만 만날 수 있도록 허락된 견우와 직녀에게 소원을 들어 달라고 기원하는 것이 일반적인 행사이다.

단자쿠短冊

에도 시대에는 막부의 공식행사 중 하나였지만, 1873년 공식행사로서의 다나바타는 폐지되었다. 하지만 아직도 이날을 기념하는 행사는 이어져, 상점이나 백화점에서는 화려한 장식물을 내걸고 손님을 끌며, 문구점에서는 단자쿠를 꽃가게에서는 대나무를 판다. 대나무에 종이를 묶는 것은 에도 시대부터 생겨난 듯하며 한국이나 중국, 동남아시아의 칠석행사에서는 볼 수 없다.

대표적으로 미야기현宮城懸의 센다이시仙臺市와 가나가와현神奈川懸의 히라쓰카平塚시의 다나바타마쓰리는 화려함이 전국적으로 유명하다.

_ 오본お盆

원래는 음력 7월 13일~15일을 중심으로 조상에게 제사를 지내던 행사였으나, 현재는 양력 8월 15일 전후로 정착되었다.

오본お盆은 조상의 영전에 음식을 차리고 명복을 비는 불교행사와 돌아가신 조상을 맞이하여 생활의 번영을 빈다는 일본 특유의 풍습이 합쳐진 것이다. 오본에는 조상의 영혼을 집으로 맞아들여 제사를 지내고, 성묘를 하며 조상을 위로하는 행사를 갖는다.

13일에는 무카에비迎え火(환영횃불)라 하여 조상의 영혼을 맞이하기 위해서 묘 자리나 강가, 문 앞 등에 불을 피워놓고, 선조의 영을 집안으로 모신 다음에 선조의 영혼에 감사하는 제사를 드린다. 오본 기간 동안에는 불단에 본다나盆棚(제물선반)라는 선반을 마련하여 특별한 공물을 바친다. 다식 또는 과자, 과일, 국수, 가지, 꽈리, 경단 등을 준비한다. 14일 내내 집안에 모셔둔 영혼은 15일 밤에 돌아가는데 이때도 불을 피워서 조상의 영혼을 배웅하는데 이것을 오쿠리비送り火(송별횃불)라고 한다. 매스컴에서 볼 수 있는 대표적인 행사로 교토京都의 오모지야키大文字焼き(大자 모양으로 큰 불을 놓음) 등은 큰 규모로 행해진 오쿠리비이다.

오모지야키大文字焼き

본오도리盆踊り

지방에 따라서 불을 피우는 대신 선조의 영혼을 모형 배에 태워서 강물에 띄워 보내는 곳도 있다.

일본에서 오본 하면 빼놓을 수 없는 게 본오도리盆踊り인데, 오본 기간 동안에 각 지역에서는 선조의 영혼을 즐겁게 해드리기 위해서 본오도리盆踊り가 행해진다. 유카다浴衣(여름에 입는 홑겹옷)를 입은 사람들이 중앙에 세워진 망루櫓 주변에서 원 모양을 그리며 춤을 춘다. 이것은 지역공동체 의식을 고양한다는 취지에서도 의미 깊은 여름의 행사가 되고 있다.

_ 시치고산七五三

시치고산七五三 기모노着物

시치고산은 11월 15일에 아이의 성장을 축하하고 건강을 바라는 마음에서 하는 행사이다. 남자아이는 3세와 5세, 여자아이는 3세와 7세가 되는 해에, 부모를 따라 기모노着物(일본전통의상) 등을 차려입고 신사神社에 참배하러 간다.

신사神社에서는 신사의 신관神官이 아이들이 건강하게 성장할 수 있도록 오하라이御祓い(신

에게 빌어서 죄나 부정을 없애는 의식)를 한다. 이 의식은 에도 시대의 무가사회의 관습이 남아있는 것으로, 당시 무가의 자녀는 3세에 남녀 모두 처음으로 머리를 늘어뜨리는 '가미오키髪置 의식'을 행하고, 그 후 남아는 5세가 되면 처음으로 하카마를 입는 '하카마袴 의식', 여아는 7세가 되면 처음으로 히모紐(끈)를 풀고 정식으로 오비帯(띠)를 하는 '오비토기帯解 의식' 등에서 유래되었다.

지토세아메千歳あめ

현재에는 기모노 이외에도 서양식 정장을 하고 참배하는 경우도 있다. 이 날 아이에세 시치고산을 기념하는 붉은색과 흰색의 가늘고 긴 사탕인 지토세아메千歳あめ를 주게 되는데, 이것은 1,000살까지 살 수 있도록이라는 의미로 장생을 기원하는 것이다.

_ 연말年末

12월 말경이 되면 일 년을 마무리하고 새해를 맞이하는 준비 기간으로 대청소를 하게 되는데 이것을 스스하라이煤払い(대청소)라고 한다. 평소에 못했던 구석구석까지 집중적으로 대청소를 하는데, 이것은 일종의 종교적인 행위였다. 일 년 동안의 세속적인 생활 속에서 조금씩 쌓인 때와 재를 새해가 오기 전에 전부 씻어버린다는 의식에서 기인하고 있어 재난을 물리친다는 뜻을 담고 있다.

그리고 오오미소카大晦日에는 도시코시소바年越しそば라 하여 1년 마지막 날에 먹는 메밀국수는 가늘고 길어서 장수의 의미를 가지며, 한편 국수가 잘 끊어지는 것에서 유래하여 액운과 빚을 청산한다는 의미도 담고 있다.

도시코시소바年越しそば

새해를 맞이하는 시간에는 우리와 같이 제야의 종을 치는데, 우리는 33번을 치는데 반해, 일본은 108번을 친다. 이것은 불교에서 인간의 번뇌가 108개라 해서, 묵은 한 해 동안의 번뇌를 없애고 깨끗한 새해를 맞이하기 위함이다.

또한 한해를 마지막으로 장식하는 역사가 긴 TV프로그램으로 NHK의 고하쿠우타갓센紅白歌合戦(가요홍백전)이 유명하다. 최고 시청률 80%에 근접한 해도 있을 정도로 가족들이 모여서 보는 국민방송이다. 최근에는 시청률이 많이 줄었지만, 아직도 연말하면 이것을 떠올릴 정도로 사랑을 받고 있다. 이것은 한 해 동안 활약이 컸던 가수나, 영향력이 있는 국민가수들이 나오는데, 여기에 출현하는 것만으로 가수들은 최대 영광으로 생각한다. 한국출신으로 조용필, 계은숙, 김연자가 출현한 적이 있고, 젊은 가수로는 보아가 몇 년째 출현하고 있다.

_ 일본 국민의 경축일祝日

국경일은 1948년에 공포한 '국민의 축일에 관한 법률'에 의해 정해졌으나, 수차례 개정을 통해 현재에 이르고 있다. 2010년 현재 15개의 국경일이 정해져 있다.

주5일 근무가 증가하면서 1999년 축일개정법(해피먼데이법)이 성립되어 3일 연휴를 만들기 위해 축일이 월요일로 개정되기도 했다. 일본에서 가장 기대하는 휴일인 골든 위크(Golden Week)는 일본의 황금연휴로 4월 29일부터 5월 5일까지의 공휴일과 국경일이 겹치는 긴 휴가기간을 말한다.

또한 일본국경일의 특징은 아래의 국경일을 보면 알 수 있는데 천황과 깊은 관련을 가진 날이 많은 것을 볼 수 있다. 이 또한 일본이 천황의 나라라고 하는 것을 실감나게 한다.

◎1월 1일

설날(正月, 元旦).

◎1월 둘째 월요일

성인의 날(成人の日). 만 20세가 되는 남녀가 성인이 된 것을 축하해 주는 행사.

◎2월 11일

건국기념일(建国記念日). 전설상의 초대천황인 진무천황聖武天皇의 즉위를 기념하는 날. 한국의 개천절에 해당.

◎3월 21일경

춘분(春分の日).

낮과 밤의 길이가 거의 같아지는 날로, 조상에 대한 감사의 의미로 성묘를 하며 조상의 영혼을 위로함. 메이지 시대 역대 천황의 제사를 지내는 춘계황령제(春季皇靈祭)에서 유래.

◎4월 29일

쇼와의 날(昭和の日).

원래는 쇼와천황의 탄생일이었으나 쇼와천황 사망 후, 1989년에 미도리노히(緑の日, 식목일)로 제정하여 기념하기도 하였으나, 2007년부터 쇼와의 날로 변경됨.

◎5월 3일

헌법기념일(憲法記念日).

1947년 일본국헌법의 시행을 기념하는 날. 한국의 제헌절에 해당.

◎5월 4일

미도리노히(緑の日, 식목일). 원래는 국민의 휴일(國民の休日)이라는 축일이었으나 2007년부터 미도리노히로 변경됨.

◎ **5월 5일**

어린이날(こどもの日) 또는 단고노셋쿠(端午の節句).

어린이의 건강과 행복을 기원.

◎ **7월 셋째 월요일**

바다의 날(海の日). 바다의 은혜에 감사하고 해양국 일본의 번영을 기원.

◎ **8월 11일**

산의 날(山の日). 산을 즐기는 기회를 얻고 산의 은혜에 감사를 기원.

◎ **9월 셋째 월요일**

경로의 날(敬老の日). 1966년 노인복지법의 제정을 기념하여 제정되었으며, 노인을 공경하고 장수를 축하함.

◎ **9월 23일경**

추분(秋分の日). 춘분과 마찬가지로 낮과 밤의 길이가 거의 같아지는 날로, 조상에 대한 감사의 의미로 성묘를 하며 조상의 영혼을 위로함. 역대 천황의 제사를 지내는 추계황령제(秋季皇靈祭)에서 유래.

◎ **10월 둘째 월요일**

체육의 날(体育の日).

국민이 운동을 가까이하고 건강한 심신을 기르는 날로, 1964년 10월 10일부터 24일까지 개최된 도쿄올림픽을 기념하여 제정됨.

◎ **11월 3일**

문화의 날(文化の日).

일본국헌법에 명문화된 평화와 자유의 애호를 기리는 날로, 원래는 1912년에 서거한 메이지천황(明治天皇)의 생일임.

◎ **11월 23일**

근로감사의 날(勤労感謝の日).

◎ **12월 23일**

천황탄생일(天皇誕生日).

현 아키히토(明仁) 헤이세이(平成) 천황의 생일로 생일을 축하하는 날.

철학성이 풍부한 전위예술 노能

노能와 교겐狂言은, 가부키歌舞伎, 분라쿠文楽와 더불어 일본의 전통적 무대예술 중의 하나이다. 노는 일본의 가장 오래된 전통 가면극이다. 성립 시기는 나라 시대에 중국에서 전래된 산가쿠散樂가 원류로, 그것이 헤이안 시대의 익살스러운 흉내내기 등의 연기중심 예능인 사루가쿠猿楽가 되었다. 한편, 농작의 풍작을 기원하는 가무적 성격이 강한 덴가쿠田楽도 성행했다. 이들 사루가쿠와 덴가쿠는 서로 경쟁을 하는 과정에서 필요에 따라 상대의 공연양식을 도입, 보완하게 되었다. 무로마치 시대에 흉내 내기 중에서 연기나 가무적인 것은 사루가쿠의 노로, 익살스러운 부분은 사루가쿠의 교겐으로 발전해서 현재의 노와 교겐에 이르게 되었다.

산가쿠도散樂図

1374년 천재적인 배우인 간아미觀阿弥와 12세 아들인 제아미世阿弥가 출현한 사루가쿠노를 관람한 장군 아시카가 요시미쓰足利義満가 간아미 부자의

노能 공연 모습

후원자가 되어 권력자와 귀족계급의 지지를 받아, 노를 혁신적으로 발전시키는 계기가 되었다. 이후 제아미에 의해 노의 이념을 유현미幽玄美, 온화하고 서정적인 아름다움의 구현으로 보고 노를 집대성 하였다. 대표적인 저서로 『후시가덴風姿花伝』이라는 이론서를 남겼다. 여기에서 노의 배우가 무대 위에서 추구해야 할 연기의 이상적인 경지를 하나花에 비유하였다.

노를 처음 텔레비전에서 접하는 사람은 '뭐야, 단지 어슬렁어슬렁 걷고 있는 것 아니야?'라고 말 할 것이다. 화면에서 배우만을 클로우즈업해서 보면 누구나 그렇게 생각하는 것은 당연하다. 그러나 실제로 무대를 본다면 감상은 완전히 바뀔 것이다.

노의 특징으로 주연배우는 가면을 쓰고 아주 느리게 움직이며 극도로 절제된 양식미를 추구하는 걸음걸이의 예술이다. 걷는 방법의 기본이 마루에 발뒤꿈치를 딱 붙이며 발을 끄는 듯이 걷는 것이다. 노의 춤은 처음에는 천천히, 나중에는 빠르게, 가운데는 중간정도로 '서序·파破·급急'의 리듬감을 중요시 한다. 서에서는 조연인 와키ワキ에게 전적으로 맡겨져, 보통 승려, 순례자, 여행자로 등장한다. 파에서는 희곡의 중심, 사건의 정점으로 이끌어 가면서, 주연인 시테シテ도 첫 노래로 시작한 후에 여러 서정적인 묘사로 자신이 사건 현장에 나타난 이유를 설명하며 와키와 시테가 서로 대화한다. 급은 공연의 종결로 시테가 와키 사이의 대화에서 파에서 암시한 실제인물이 본인과 동일함을 밝히고 마지막 춤으로 공연을 마친다.

【연령별 여성 노멘】

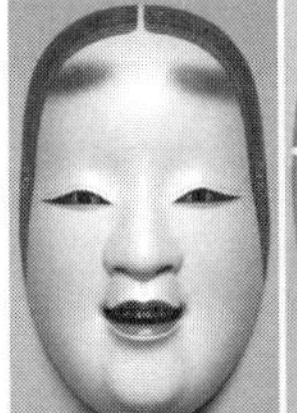

고오모테小面

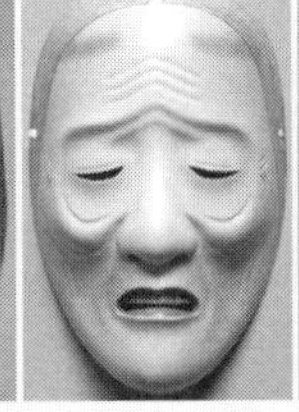

로죠老女

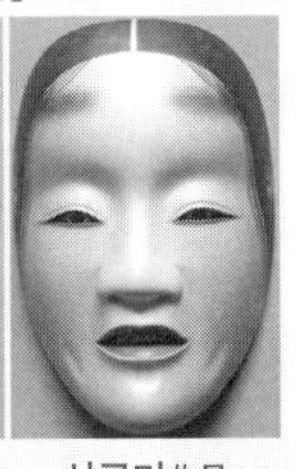

샤쿠미曲見

【노멘의 불가사의한 특징】

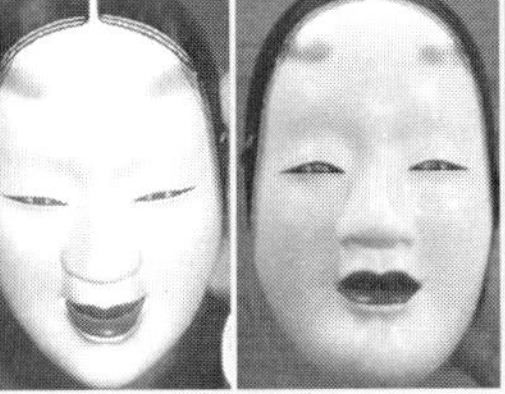

아래(슬픈 표정) 정면(무표정)

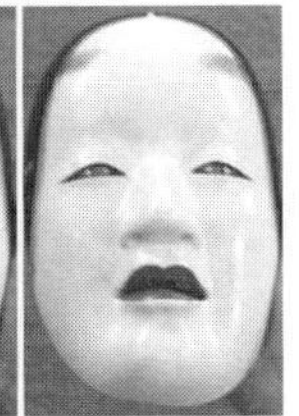

위(밝은 표정)

가면을 사용한다는 것은 표정을 숨기고 모든 표정과 행동을 절제하는 것으로, 가면을 숙이면 침통비애 또는 궁리하는 모습으로, 상황에 따라서 가면을 조금 움직이는 것만으로 가지각색 표현효과를 높이게 된다. 이와 같이 표현이 극도로 절제되어 있어서 텔레비전에서 슬쩍 들여다 본 것만으로는 단지 걷고 있는 것으로 생각하게 마련이다.

가면을 쓰는 것은 시테, 그리고 시테즈레(주연과 동행하는 사람) 중 신, 도깨비 등의 초인적인 존재와 여성, 그 밖의 특수한 배역이 있고, 현실 속의 남성역인 와키는 절대 쓰지 않는다. 그리고 일반 연극과 다른 점은 가면을 쓰고 있지 않아도 얼굴표정으로 연기를 하고 있지 않는다는 점이 다른 연극과 다르다.

노멘能面(가면) 종류는 약 60종류가 있는데 가장 젊은 여성을 나타내는 가면이 고오모테小面, 중년여성을 샤쿠미曲見, 백발의 노파를 상징하는 로조老女라고 하는 것처럼 제각기 이름이 붙여져 있다. 이 가면의 불가사의 한 점은 약간 위로 젖히면 웃는 것처럼 보이고, 약간 아래로 숙이면 슬픈 표정으로 바뀌는 등 미묘한 움직임에 표정이 바뀐다는 것으로 이것이 노의 매력이 아닐까 하는 생각이 든다.

노의 무대는 정면에 소나무 그림이 그려져 있는데 이것은 과거에 야외에서 공연했다는 것을 의미한다. 중앙부분에 배우들이 연기하는 본무대, 연

노能의 공연 무대

주를 담당하는 하야시카타囃子方들의 자리인 아토자後座, 코러스를 담당하는 지우타이地謡들의 자리인 지우타이자地謡座, 준비실에서 무대로 등장할 때 통행하는 기다란 통로이자 무대의 일부인 하시가카리橋掛 등이 있다. 연주자인 하야시카타는 4명으로 노캉能管, 고쓰즈미小鼓, 오쓰즈미大鼓, 다이코太鼓를 연주한다.

노의 작품을 구성면에서 보면 무겐노夢幻能(몽환노)와 겐자이노現在能(현재노)로 나뉜다. 제아미가 양식을 확립했다는 무겐노는 현실과 꿈, 현재와 과거가 동시에 전개되어, 와키脇(조연: 나그네, 승려)의 꿈에 초인간적인 시테仕手(주인공: 신, 귀신)의 모습이 나타나는 이야기의 형식을 갖추고, 겐자이노는 현실의 인간세계를 다룬 것이다.

또한, 작품 주제에 따라서 크게 다섯 종류로 나누는데 이것은 에도 시대에 하루에 공연하는 노의 순서를 순서대로 정한 것이다. 주인공에 따라서 신이 등장하는 와키노脇物, 수라도(불교용어로 사후세계에서 신을 거역하고 전쟁을 벌인 무사들이 가게 되는 곳)로 떨어져 고통을 받는 슈라모노修羅物, 아름다운 여성을 주인공으로 하는 가쓰라모노鬘物, 남녀 주인공이 겪는 인간사를 내용으로 하는 사랑·질투·복수 등의 잡다한 이야기인 자쓰모노雑物, 산속에 살고 있는 괴물이나 요괴 등의 초현실적인 존재가 주인공으로 등장하는 기리노切能가 있다. 세 번째에 공연되는 가쓰라모노를 노 중의 노라고 하는데 대표적인 작품으로 하고로모羽衣가 있다. 하고로모는 선녀가 입은 옷을 말하는데 한국의 선녀와 나무꾼과 비슷한 이야기이다. 그리고 자쓰모노의 유명한 작품으로 도성사道成寺이야기가 있는데 이것은 비극적인 짝사랑 이야기를 다루고 있다.

오늘날 노가쿠도能楽堂(노 전용극장)에서 노를 공연할 때에는 대개 두 시간 안에 마칠 수 있도록 곡목을 짜서 모두 상연하지 않고, 이 순서대로 몇 개만 하는 경우가 많다.

지금까지 본 것과 같이 노는 동작도 느리고 고어를 사용하기 때문에 지루한 감이 있다. 게다가 노의 진정한 아름다움인 유현미를 알지 못한다면 이해하기 힘든 예술이 아닌가 하는 생각이 든다.

누구나 쉽게 이해할 수 있는 유쾌한 교겐狂言

교겐狂言과 노는 떼려야 뗄 수 없는 형제와 같은 관계에 있는 예능으로 노와 노 사이에 상연되는 희극적 대사극을 말한다.

교겐은 초등학생이라도 이해할 수 있는 유쾌함이라고 말할 정도로 이해하기 쉬운 고전예능이다. 앞의 노 부분에서도 언급한 바와 같이, 노와 같은 사루가쿠에서 왔기 때문에 교겐의 역사도 오래되었다.

사루가쿠가 사루가쿠 노로 발전했던 시점에는 즉흥적인 우스꽝스러운 요소를 충분히 가지고 있었겠지만, 무로마치 시대室町時代에 간아미 제아미 부자가 노래와 무용의 요소를 더해서 노를 집대성하여 노에서 배제된 우스운 느낌의 부분은 교겐이라는 대사극으로 발전하게 되었다.

사루가쿠猿楽

메이지 시대明治時代 이전에는 사루가쿠 노, 사루가쿠 교겐이라고 불린 것을 봐도 알 수 있는 바와 같이 이 둘은 함께 형제같이 발전해 왔다.

교겐狂言 공연 장면

주인공과 소재 측면에서 노는 귀족, 무사, 귀신을 주인공으로 하여 신화, 역사적인 이야기 등을 소재로 취하므로 장중하고 환상적인 내용을 가지며, 교겐은 배우가 가면을 쓰지 않고, 서민의 일상생활에서 소재를 찾았으며, 내용은 서민들을 대상으로 권력자의 모습을 풍자하고 해학으로 삼는다. 노의 대사는 고어인 문어체로 되어 있어 관객이 이해하기 어려운 데 반해, 교겐은 무로마치 시대부터 에도 시대 초반까지의 회화체로, 현재와 거의 같기 때문에 해설 없이도 대부분 이해 할 수 있어서 초등학생도 만끽할 수 있을 정도이다. 교겐은 웃음을 목적으로 하는 것으로 젊은이들한테도 인기가 있음은 말할 것도 없다.

공연 시 노는 보통 2시간이 넘고, 하루에 5종목의 노를 순서대로 진행하는데 교겐은 30분 전후로 노와 노 사이에 공연한다.

교겐은 노와 더불어 발전된 연극으로, 본래는 노와 같은 무대에서 교대로 공연되지만, 오늘날에는 교겐만 단독으로 공연하는 추세이다.

세계에서 유일한 어른들을 위한 인형극인 분라쿠文楽

인형극이라는 것은 세계 여기저기에 존재하지만, 그 중에서도 어른들을 위해 만들어진 인형극은 분라쿠 정도가 아닐까 생각된다.

분라쿠의 정식명칭은 닌교조루리人形浄瑠璃로 인형을 조루리(비파 등의 악기에 맞춰 읊는 옛 이야기)에 맞추어 놀린다는 뜻이다. 그 전까지는 조루리만을 감상하던 것을 인형과 샤미센三味線을 하나로 한 종합예술이다.

조루리는 17세기 다케모토 기다유竹本義太夫의 등장으로 크게 변했으며, 지카마쓰 몬자에몬近松門左衛門의 협력으로 수많은 걸작이 나오게 된다. 다케모토는 조루리의 유파인 기다유부시義太夫節를 확립하고, 지카마쓰는 봉건사회의 중세적 색채에서 벗어나 근세서민을 위한 작품을 썼다. 대표작으로『소네자키신주曽根崎心中』등의 명작이 유명하다.

지카마쓰가 사후, 여러 명의 작가에 의한 합작이 이루어져, 제각기 담당 부분만을 고안했기 때문에 구성은 복잡해져 인형 하나를 세 명이 조정하는 산닌즈카이三人遣い가 완성되었다. 이 시기에「가나데혼추신구라仮名手本忠臣蔵」,「요시쓰네센본자쿠라義経千本桜」,「스가와라덴주테나라이카가미菅原伝授手習鑑」라는 3대 명작이 나왔고 닌교조루리의 황금시대를 맞이했다. 이 작품들은 닌교조루리의 유행에 압도당한 가부키에도 영향을 주어, 그대

분라쿠文楽 공연 모습

다유太夫와 사미센히키三味線弾き

로 가부키화해서 가부키의 명작이 되기도 했다.

오늘날 분라쿠라는 명칭으로 일반화 된 닌교조루리는 19세기 조루리의 명인인 우에무라 분라쿠켄上村文楽軒에 의해 크게 부흥하자 그의 문하생들이 스승의 이름을 따서 분라쿠좌라는 인형극 극장을 개설, 이것이 높은 인기를 얻자 분라쿠라 부르게 되었다.

분라쿠의 구성요소를 보면 인형의 대사에서 심리묘사와 지문까지 혼자서 읽는 다유太夫, 사미센三味線으로 다유의 노래 반주와 배경음악을 연주하는 사미센히키味線弾き와, 인형과 인형을 조정하는 인형조정자로 이루어진다.

분라쿠의 특징인 산닌즈카이는 혼자서 인형 하나를 조종하는 다른 인형극과 비교된다. 이것은 사람 세 명이 조종하는 산닌즈카이는 인형 동작의 교묘함이 또한 특징이다. 산닌즈카이는 오모즈카이主使い, 히다리즈카이左使い, 아시즈카이足使い로 나뉘는데, 오모즈카이는 인형의 얼굴과 손을, 히다리즈카이는 왼손을, 아시즈카이는 양 다리를 조종하는 방식으로 세 명이 하나의 인형을 조종하는 것으로, 마치 인간에 가까운 표정을 나타낼 수 있다.

세 명의 조종자는 검은 옷과 검은 두건을 쓰고 인형을 조정하는데, 이것은 관객들이 인형에 집중할 수 있도록 구로고黒衣복장을 하는 것이다. 이 구로고 복장은 있지만 없음을 상징하는 것이다. 때때로 중요한 장면에서는 오모즈카이에 한해서 기모노着物에 하카마袴를 입고 조종하는 경우가 있는

가시라首

분시치文七

후케오야마老女形

가부がぶ

데, 이것은 일류 인형조종자의 얼굴을 보고 싶어 하는 관객들의 요구에 응하기 위해서이다.

인형은 분라쿠에서 가시라首라고 하는 인형의 머리 부분을 말하는데, 현재 약 40종류, 300여 점의 가시라가 사용되고 있다. 같은 인형이라도 머리 모양과 얼굴에 칠하는 색 등으로 세세하게 분리되어 있다.

배역 신분에 따라 사용되는 가면이 정해져 있는 노처럼, 이 인형은 제각각 정해진 성격과 역할을 나타내고 있다. 예를 들면, 남자 인형 가시라의 대표인 분시치文七, 입을 개폐할 수 있는 장치를 단 구치아키분시치口開文七, 미남배우인 겐타源太 등이 있다. 여자 인형 가시라는 연령에 따라 무스메娘, 후케오야마老女形로 구분되며, 또한 아름다운 여자의 얼굴이 한순간에 입이 귀까지 벌어지게 되고, 이마에서 뿔이 나오는 장치를 한 가부がぶ 등이 있다.

후나조코船底와 데스리手摺

분라쿠의 무대를 보면 허리높이의 무대인 데스리手摺와 그보다 한단 아래에 있는 후나조코船底로 이루어져 있다. 인형조종자가 디디고 서 있는 위치를 무대보다 한 단계 낮게 해 놓은 것을 후나조코라고 한다.

분라쿠에서는 굵은 대 샤미센을 사용하는데 소리도 크고 폭이 넓으며 음색도 호쾌하여 마음속까지 스며드는 슬픔을 표현, 조루리의 내용과 잘 맞는 음악을 연출할 수 있다.

가나데혼추신구라仮名手本忠臣蔵

다유太夫는 재담에 해당하는 대사를 처리하는 연희자로 등장하는데 대본을 앞에 두고 이야기하지만, 혼자서 모든 상황과 등장인물의 전부를 이야기하는 어려움은 보통이 아니다. 대사뿐 아니라, 풍경이며 기상상황까지 설명해야한다.

분라쿠를 주제와 내용에 따라서 구분해보면 시대물時代物과 세화물世話物로 나뉜다. 시대물로는 나라, 헤이안, 가마쿠라, 무로마치 시대를 배경으로 귀족과 무사들 사이에서 일어난 사건을 다룬 것이다. 대표작으로 「가나데혼추신구라仮名手本忠臣蔵」, 「요시쓰네센본자쿠라義経千本桜」 등이 있다. 세화물로는 서민들의 애욕지정이라든가 의리에 얽힌 세속사회를 묘사한 것으로 대표작이 「소네자키신주曽根崎心中」을 비롯해 「신주텐노아미지마心中天網島」 등의 작품이 있다.

유형을 알면 더욱 재미있는 예술 가부키歌舞伎

가부키歌舞伎는 글자 그대로 노래歌와 춤舞과 연기伎가 어우러진 종합예술로 17세기부터 활성화 된 일본의 대표적인 서민 연극이다. 서민의 애환을 담아온 가부키는 오늘날에도 많은 사람들에게 매료되어 노나 분라쿠보다는 인기가 많다.

무사복을 입은 오쿠니阿国

초기의 가부키는 1603년 이즈모出雲 지방출신의 무녀인 오쿠니阿国가 교토에서 관능적인 염불춤을 추기 시작한 것이 시조다. 이것이 인기를 얻자 오쿠니를 본 뜬 극단이 성황을 이뤄 온나가부키女歌舞伎가 생겼다. 그러나 가부키의 성행과 더불어 여성들의 매춘, 풍기문란 등으로 막부가 금지하게 된다. 그래서 여자 대신 미소년이 춤을 추었는데 이것을 와카슈가부기若衆歌舞伎라고 한다. 하지만 이것도 풍기문란 사건이 끊이지 않자 1629년 가부키 금지령이 내려졌다. 그 후 당분간 가부키는 사회에서 볼 수 없었으나, 가부키 애호가들의 요청에 의해 1653년 앞머리를 자른 남자가 여자대신 연기를 하는 야로가부키野

郎歌舞伎가 재탄생 하게 되면서 연극적인 요소가 강하게 되었다. 이후에도 막부에 의한 규제는 변함없이 엄했지만, 서민의 지지를 얻어서 발전해왔다. 한편 여자배우 출현이 금지되는 등의 이러한 규제가, 여자역을 남자배우가 대신하는 온나가타女形라는 배우를 등장시키게 되었다.

가부키歌舞伎 극장

17세기 말 가부키는 두 부류로 나뉘는데 에도에서는 용맹스럽고 호쾌한 이치가와단주로市川団十郎를 주인공으로, 교토에서는 연애와 정사를 주제로 한 사카타토주로坂田藤十郎가 대조적인 배우로 등장하여, 각각의 연기양식인 아라고토荒事와 와고토和事가 지금까지 전해진다.

가부키를 창작과정에 따라서 분류해 보면 분라쿠 대본을 가부키용으로 바꾼 마루혼 가부키, 처음부터 가부키를 위해서 새로 쓴 순가부키, 줄거리의 전개보다 배우의 무용에 중점을 둔 쇼사고토所作事(무용극)가 있다. 그리고 주제에 따라서 구분해 보면, 역사극을 주로 한 중세, 귀족 또는 무사가 주인공인 시대물과 에도 시대 서민들의 사랑, 질투, 인정, 의리 등을 소재로 한 작품들을 다룬 세화물이 있다. 대표적인 시대물로 분라쿠 대본을 가부키용으로 바꾼 「가나데혼추신구라仮名手本忠臣蔵」, 「요시쓰네센본자쿠라義経千本桜」, 「스가와라덴주테나라이카가미菅原伝授手習鑑」 이외에 「간진초勧進帳」 등 많은 작품들이 있다. 세화물로는, 「소네자키신주曽根崎心中」을 비롯해 「신주텐노아미지마心中天網島」 등의 작품이 있다.

가부키의 무대의 특징은 회전무대, 하나미치花道이다. 회전무대는 무대의 가운데 위치해 회전하도록 되어있는데 이것은 막의 전환에 쓰이는 시간

의 절약과 장면의 전환까지도 관객이 감상할 수 있다는 예술적인 효과도 가지고 있다. 객석과 객석 사이에 있는 하나미치는 배우들의 등·퇴장 하는 것을 가까이서 볼 수가 있어 관객들의 즐거움을 준다.

가부키는 배우의 역할에 따라서 특징을 표현하는 것이 또렷하기 때문에 약간의 지식이 있어 패턴을 알면 재미가 한층 더해진다. 배우의 얼굴화장, 의상, 가발 등의 외모나 무대장치는 거의 패턴화 되어 있어 얼굴이나 의복만 보는 것만으로 배우의 성격을 예측할 수가 있다. 예를 들어 남성의 시로누리白塗り는 대체로 선인이나 미남을 나타낸다. 그 위에 붉게 구마도리隈取를 한다면 아라고토의 강렬하고 혈기 왕성한 사람을 나타낸다. 스케일이 큰 악역을 맡으면 하얀 얼굴에 푸른색을 칠한다. 단순한 악역은 전신을 새빨갛게 칠하고, 보통사람은 살색으로 사실적으로 표현한다.

구마도리隈取

또한, 연기방식으로 배우의 연기가 절정에 달했을 때 그 감정을 관객에게 강하게 전달하기 위해 순간적으로 동작을 멈추고 노려보는 등, 눈에 띄는 표정이나 자세를 취해 멋진 대목을 천천히 음미하라는 미에見得라는 연출법은 가부키의 특징 중 하나이다.

가부키는 무용극으로 현재의 뮤지컬과 비슷하다. 분라쿠와 마찬가지로

가부키歌舞伎 공연

샤미센 악기에 맞추어 대사나 동작을 연기하게 된다. 무대 정면에 높은 단에는 나가우타長唄가, 그 아래에는 하야시가타囃子方가 연주를 하며, 무대 오른쪽에는 샤미센 연주자와 다유太夫가 앉는다. 이때 다유는 극의 배경이나 인물의 행동, 심리 등 배우의 대사 이외의 설명을 담당한다.

▶ 참고: 습명(襲名)

가부키의 세계에서 무명청년이 하루아침에 스타가 되는 일은 없음. 배우의 가업은 세습제로 이어지기 때문에 가부키 배우들은 어려서부터 오랜 수련기간을 통해서 탄생됨. 이들은 철저한 연기 훈련 끝에 스승이나 조부 등에게 이름을 이어받는데 이를 습명이라 함. 이때는 이름만 물려받는 것이 아니라 연기방식이랑 팬 그룹도 물려받게 됨.

마쓰리祭り

일본에는 봄, 여름, 가을, 겨울 할 것 없이 사계절에 걸쳐서 마쓰리 광경을 흔히 볼 수 있다. 마쓰리 하면 쉽게 한국어로 축제라고 볼 수 있다.

마쓰리란 집단에 의한 의례의식의 하나로, 본래는 원시·고대종교의 집단 의례를 총칭한다. 현대에서는 문화적으로 일반화되어, 축하하는 내용의 사회행사를 호칭하는 것으로 자주 사용되는 언어가 되었다.

일본어의 마쓰리의 어원은 일본어 마쓰루奉る(떠받들다, 바치다), 마쓰라우服ふ(따르다, 복종하다)라는 동사에서 윗사람을 받들어 섬긴다는 의미의 명사형이다. 한편, 눈에 보이지 않는 것을 보이는 장소, 접촉하기 쉬운 장소에서 기다려 기쁘게 맞는다는 것으로 마쓰待つ(기다리다)를 같은 어원으로 보기도 한다.

일본 마쓰리의 특징은 신도라는 전통적인 종교와 깊은 관련을 가지며, 신도의 성전인 신사神社가 마쓰리의 중심장소로 주목해야 할 사회현상이다.

일본에서의 마쓰리는 인간이 있는 곳으로 신을 부르는 행위, 그리고 신을 대접하고 자신들의 안녕을 바라며 기원을 전하는 제사적 의례 행위에서 출발되었다. 옛날 사람들은 태양의 움직임, 사계절의 변화, 비, 바람, 눈 등의 자연현상을 비롯하여, 천재지변이나 병, 죽음 등은 초인간적인 힘을 가지는 신이나 영혼의 힘에 의해서 일어나는 것으로 생각하였다. 그래서 사람들은 신을 두려워하고 공경하였다. 그런데 신이라고 해서 모두 좋은 신, 즉 복신福神만이 있는 것은 아니고, 오히려 화를 내리는 무서운 신, 즉 역병신과 같은 것이 더 많다고 생각하였다. 그래서 좋은 신은 니기미타마和魂를 가지고 있고, 나쁜 신은 아라미타마荒魂를 가지고 있다고 여겼다. 그래서 사람들은 좋은 신에게는 제사를 지내서 오곡풍양, 사업번창, 가내안전 등을 기원했으며, 한편 나쁜 신에게도 제사를 지내서 그 무서운 신통력을 봉쇄하기도 하고 다른 곳으로 추방하기도 하였다.

하지만 현대 마쓰리는 종교적인 의미는 크게 퇴색되었고 현재를 살아가는 사람들을 위한 일종의 축제로 변형되었다. 그러므로 현재 일본에서 행해지는 마쓰리는 대중적인 성격이 강하며, 지역 사람들의 자발적인 주최와 참여로 이루어지는 것이 대부분이다.

주로 신사나 사원에서 신을 받드는 제사의식, 마을의 개척신이나 조상신을 모시는 그 지역만의 특성을 나타낸 독특한 마을단위의 축제, 관광지나 상점가 등에서 고객을 부르기 위한 이벤트행사 등의 의미를 가진 마쓰리가 주를 이룬다. 유명한 신사에서 행해지는 전국적으로 유명한 마쓰리는 오랜 전통과 풍부한 재력을 동원하여 화려하고 규모가 크다.

이러한 전국적으로 유명한 마쓰리는 수많은 사람들이 찾아와 그 열기를 더욱 뜨겁게 한다. 타 지역에서 온 많은 손님들뿐만 아니라 외국의 수많은 사람들도 매년 일본의 마쓰리를 보기 위해 찾아옴으로써 숙박업소, 상점 등은 호황을 이루게 되어 지역 경제 발전에도 커다란 공헌을 하게 된다. 또한 마쓰리는 행사를 위한 준비과정에서부터 행사가 끝난 후까지 수개월에 걸쳐 진행된다. 오랜 기간 마쓰리를 준비하고 행사를 진행하면서 마을 사람들은 자신이 사는 지방에 대한 긍지와 함께, 협동을 통한 주민간의 공동체의식을 고양시키는 역할도 하게 된다.

이와 같은 마쓰리는 1년 내내 각 지방에서 개최되고 있다. 그 중에서 가장 유명한 일본의 3대 마쓰리는 일반적으로 교토京都의 기온마쓰리祇園祭, 도쿄東京의 간다마쓰리神田祭, 오사카大阪의 텐진마쓰리天神祭로 일컬어진다. 그밖에 일본의 대표적인 마쓰리는 센다이仙台의 다나바타마쓰리七夕祭, 아오모리青森의 네부타마쓰리ねぶた祭, 하카타博多의 돈타쿠마쓰리どんたく祭, 도쿠시마徳島의 아와오도리마쓰리阿波踊祭, 삿보로札幌의 유키마쓰리雪祭 등 각지의 다양한 마쓰리가 있어서 일본을 마쓰리의 나라라고 불리우게 한다.

이러한 마쓰리가 개최될 때 각 지역의 신사나 상가 주변에서는 마쓰리 행사와 더불어 절대 빠질 수 없는 것이 야다이屋台(포장마차)이다. 마쓰리의 규모에 따라서 차이는 있겠지만, 마쓰리가 행해지는 길가에 수십 대 이상의 야다이가 늘어선다. 야다이의 종류를 보면 먹을거리와 볼거리로 나눌 수 있다. 먹을거리로 오코노미야키お好み焼(새우, 오징어, 야채 등 기초에 맞는 재료를 물에 갠 밀가루에 섞어 부친 부침개 일종), 다코야키たこ焼(문어를 잘게 썰어 밀가루 반죽한 탁구공만한 크기로 구운 것), 야키소바焼きそば(야채와 돼지고기 등을 넣고 볶은 면), 야키토리焼き鳥(닭꼬치), 링고아메リンゴ飴(사과에 사탕 물을 바른 사과), 초코바나나, 가키고오리かき氷(빙수) 등이 있고, 볼거

오코노미야키お好み焼き

긴쿄스쿠이金魚すくい

리 게임으로는 긴쿄스쿠이金魚すくい(금붕어 낚기), 다마스쿠이玉すくい(구슬 낚기), 장난감 총으로 경품 맞추기 등이 있어서 마쓰리를 연령에 상관없이 더욱 만끽할 수가 있다.

다음은 일본의 3대 마쓰리를 구체적으로 보기로 한다.

_ 교토 기온마쓰리京都祇園祭

교토의 기온마쓰리는 야마보코山鉾(높은산 모양에 창이나 칼을 꽂은 호화롭게 장식한 수레) 순행을 중심으로 한 성대한 제례로서 일본 3대마쓰리의 하나로 꼽힌다. 또한 현존하는 야마보코 29대 모두가 국가의 중요민속문화재로 지정되어 있다. 예전에는 기온고료에祇園御霊会라고 하여 6월에 행해졌지만, 현재는 7월에 개최되며 거의 1개월에 거쳐서 진행된다.

야사카신사八坂神社

야마보코 순행山鉾巡行

마쓰리의 유래는 869년 교토에 전염병이 돌았을 때 기온사祇園社(현, 야사카신사八坂神社)에서 큰 제사를 올려 전염병을 퇴치한 일이 기원이 되었다. 천재나 역병 등 재난의 발생은 정치적 음모에 의해 희생된 사람이나 비명에 죽은 사람들의 영혼이 저주한 것이라고 믿었다. 그래서 그 영

미나미간논야마南観音山 행렬

을 달래고 위로하여 재앙을 벗어나기 위한 제사를 드렸는데 그것이 바로 고료에御霊会이다. 사람들은 수많은 신, 동·식물의 정령, 역병신, 당시 비명에 죽은 영혼, 그리고 불교의 여래나 보살 등을 기원의 대상으로 생각하고 역병퇴치를 기원했다.

일본의 신은 왕래하는 신으로 산과 바다로부터 인간세상으로 찾아오는 나그네まれびと에 비유된다. 인간 세상에 있는 동안 신은 휴게소라 할 수 있는 다비쇼御旅所에 머문다. 미코시神輿(마쓰리나 제사 때 신을 태우고 가는 의미로 쓰이는 가마)는 신이 다비쇼로 이동할 때 타는 것이다. 부정이 타지 않도록 깨끗하게 한 미코시에 신이 옮겨지고 신의 분령으로서 다비쇼까지 온다. 이것이 7월 17일의 신고사이神幸祭다. 신의 내방을 환영하기 위한 퍼레이드가 같은 날 낮에 행하는 야마보코 순행(山鉾巡行, 前祭)이라고 할 수 있다. 기온마쓰리의 하이라이트는 17일에 있는 야마보코 행진으로, 거대한 야마보코가 거리를 행진한다.

신은 24일까지 다비쇼에 머무는데, 인간이 사는 마을 속에 인간과 함께 있는 것이다. 24일 신이 다시 자기가 있던 곳으로 돌아가는데 그것을 위한 것이 간고사이還幸祭다. 이때 7일간 다비쇼에 체재했던 신을 환송하기 위해 24일 낮에 하나카사순행(花傘巡行, 後祭) 퍼레이드가 펼쳐진다.

기온마쓰리의 트레이드 마크라고 할 수 있는 것은 야마보코이다. 32개 야마보코의 행렬에서 언제나 제일 선두에 서는 것은 높이 25미터의 긴 창 모습을 한 나기나타보코長刀鉾이다. 맨 마지막은 미나미간논야마南観音山

가 장식한다. 나머지 야마山나 호코鉾는 매년 제비뽑기를 하여 정해진 순서에 따라 행렬한다. 특히 사거리에서 십여 톤이나 되는 수레를 방향 전환하는 일은 행렬 중에서 가장 볼 만한 장면이다. 회전하고자 하는 쪽에 대나무를 깔고 물을 적신다. 그리고 잡아당기면서 조금씩 방향전환을 한다.

행렬에서 돌아오면 야마는 그날로 전부 분해하고 호코도 다음날 중으로 완전히 모습을 감춘다. 그리고 20일을 전후로 하여 마을 사람과 하야시카다囃子方(악기 연주자)가 각각 아시아라이足洗い라는 연회를 연다. 마을 사람들은 이로써 일 년 동안의 마쓰리를 끝내고 일상생활로 돌아가는 것이다.

야마보코를 보기 위해 각 지역뿐만 아니라 세계 각국에서 많은 사람들이 모여든다. 기온 마쓰리의 가치는 전국의 야마보코가 등장하는 마쓰리의 원조로, 다시山車(축제용 수레)가 출현하는 마쓰리의 형태를 전국에 보급시킨 최고의 마쓰리로 인정받고 있다.

_ 도쿄 간다마쓰리東京神田祭

도쿄 지요다구千代田区의 헌 책방가로 유명한 간다 지역 간다신사神田神社에서 매년 5월 15일을 중심으로 행해지는 미코시神輿 마쓰리이다. 수백 개의 크고 작은 미코시 행진의 규모는 엄청나며, 주민뿐만 아니라 일반 기업도 참가하는 경우가 늘고 있다.

간다신사 본전神田神社本殿

마쓰리 첫째 날은 하야시囃子, 빈자사라びんざさら춤 등이 공연되고, 둘째 날은

하야시囃子 공연

미코시神輿 행진

각 마을(44개)마다 마을 신을 모신 미코시 100채 정도가 센소지浅草寺 경내로 모두 모인다. 마지막 날에는 불상을 건진 세 사람의 신령을 모신 가마세 채(一の官, 二の官, 三の官)가 경내에서 마을을 순회하는데 사람들과 뒤엉켜 혼란이 극에 달한다. 그때에 신사에서는 덴카쿠田楽의 빈자사라춤과 사자춤 등이 연출되어, 씨를 뿌리고 벼를 심고 새를 쫓아내는 동작을 연기한다.

간다 마쓰리는 에도 시대부터 산노마쓰리山王祭와 더불어 호화롭기로 유명해 '천하天下마쓰리'라고 불렸다. 이 마쓰리는, 도쿠가와이에야스徳川家康가 세키가하라関ヶ原 전투에서 승리한 것을 기념하여 벌인 축제가 그 기원이다. 산노마쓰리가 무가武家의 마쓰리인 데 반해 이 마쓰리는 서민들의 마쓰리로서 인기를 모았다. 현재도 이 마쓰리의 주신인 간다신사의 간다묘진神田明神이 도쿠가와徳川집안의 수호신이다.

원래는 9월 15일을 중심으로 매년 다시山車라는 호화로운 장식을 한 수레를 이용해서 성대하게 개최되었으나, 경제적인 문제로 1681년 이후 산노마쓰리와 1년에 1번씩 교대로 행해졌다. 그것도 여의치 않아 개최되지 않는 해가 생겨났고, 현재는 미코시 행진의 소규모로 변천되었다. 이 때문에 일본 3대 마쓰리에 산노마쓰리를 떠올리는 사람도 있다.

이 마쓰리의 시기는 1890년에 콜레라 전염병 유행 이후, 현재 5월로 개정하였다. 처음 시작된 그 옛날부터 지금까지 서민들의 마쓰리로 인기가 높은 간다마쓰리는 예전에 비하면 소규모라고는 하나, 간다바야시神田囃子(흥을 돋우기 위한 음악 반주)와 함께 200여 대의 크고 작은 미코시가 행진하는 모습은 여전히 장관을 이룬다.

_ 오사카 덴진마쓰리大阪天神祭

덴진마쓰리는 일본의 3대 마쓰리인 동시에 배 위에서 펼쳐지는 선상 마쓰리로도 유명하다. 오사카 덴진天神을 모시고 있는 덴만구신사天滿宮神社의 주체로 매년 7월 24일, 25일 양일간에 열리며, 스가와라미치자네菅原道眞의 진혼제가 기원으로 천년 이상의 역사를 가지고 있다.

덴진은 헤이안 시대의 실존 인물인 스가와라미치자네菅原道眞가 죽어서 신이 된 다음 붙여진 이름으로 천둥과 번개를 관장하는 신이자 학문의 신으로서 많은 사람들의 신앙 대상이 되고 있다. 일본에서는 대학입시 시즌이 되면 수험생 부모들이나 수험생들이 덴만구신사天滿宮神社에 찾아와서 행운의 부적을 받는 등, 많은 기원을 하기도 한다.

덴진마쓰리는 강이 많고 바닷가가 가까운 오사카의 지리적 특성과 관련이 깊으며, 각 지역의 수호신을 모신 가마를 메고 행렬하는 모습은 다른 지방에도 있는 광경이지만, 신을 모신 미코시神輿를 배에 옮겨 싣고 강물 위를 떠간다는 점이 특징이다.

24일 오가와大川에서 호코나가시신지鉾流神事(창과 도끼 구실을 하는 무기를 강에 띄어보내 가미호코가 도착한 곳에서 신을 맞아 제사를 지내는 것)를 시작으로 나무로 만든 가미호코를 든 신동神童과 참석자 약 300명의 행렬이 덴만궁을

오카토교陸渡御

스이조사이水上祭

후나토교船渡御

출발하여 제사장으로 향한다. 부정을 제거하는 엄숙한 의식을 치르고 도지마가와堂島川에서 가미호코를 흘려보낸다. 이는 마쓰리의 무사와 안전, 그리고 마을의 번영을 기원하며 마쓰리의 개막을 알리는 개막식이다.

이날에는 10대 트럭을 두 그룹으로 나누어 복제 인형을 태우고 징과 북을 울리면서 오사카 시내를 퍼레이드하면서 마쓰리 분위기를 한껏 북돋운다. 모요오시다이코催太鼓를 힘차게 울리면서 마쓰리의 준비가 완료되었음을 알리고, 사자춤과 우산춤, 단지리 등의 순서로 신사에 들어간다.

25일에는 미치자네의 탄생을 축하하는 엄숙한 대제를 드리고 고호우렌御鳳輦(수호신이 탄 수레)에 덴만궁의 신령을 모신다. 오후 4시경 오카토교陸渡御가 개최되어, 모요오시다이코를 선두로 신의 행차가 시작된다. 먼저 화려한 의상을 입은 3천 명의 대 행렬이 구령과 함께 행진한다.

오후 6시가 지나면 하이라이트인 후나토교船渡御가 시작된다. 신령을 모신 고호우렌이 선박에 안치된다. 봉안선박 그리고 여러 단체들의 선박들이 덴진바시天神橋를 출발하여 오가와大川로 향한다. 한편 신령을 맞이하기 위한 선박이 오가와까지 내려와, 강변에는 많은 불빛과 등불로 밝혀지고 수백

척의 배들이 오가와를 왕래하면서 클라이맥스를 맞이한다.

고호우렌배에서는 장엄한 제사 스이조사이水上祭가 시작되고, 다른 배에서는 전통예능이 상연되기도 하고 음악이 연주된다. 고호우렌과 미코시를 실은 봉안선奉安船, 동행한 단체들의 선박, 신령을 맞이한 선박은 덴만궁으로 돌아온다. 덴만궁에서는 간고사이還御祭가 행해짐으로 감동과 낭만이 넘친 이틀간의 마쓰리가 막을 내리게 된다.

이와 같이 일본은 마쓰리의 나라라고 불릴 만큼, 일상생활에서 마쓰리를 통해 살아가는 것을 알 수 있었다. 지역을 대표하고 문화를 보존하는 전통적인 신성성을 계승하는 차원에서의 마쓰리, 일상생활에서 해방되어 즐거움을 느낄 수 있는 놀이로서의 마쓰리, 일본을 세계에 널리 알리고자 하는 관광적인 목적에서의 마쓰리 등 그 범위와 내용은 다양하다. 일본인의 민족성이라고 볼 수 있지만, 늘 직접적인 내면의 표출을 하지 않고 간접적이거나 우회적으로 표현한다. 그러한 일본인들의 특징으로 보면, 마쓰리야말로 그들의 새로운 세상이며 탈출구가 되어준다고 생각된다. 그만큼 자기 전통을 소중하게 여기고 계승 발전시키고자 하는 일본인들의 정신이 가득 담겨 있는 것을 알 수 있었다. 단순히 서양의 먹고 마시며 즐기는 축제와는 달리 일본의 마쓰리는 그 기원과 지방의 특징을 잘 살려 관광의 자원으로까지 발전되어 왔다.

일본정부는 마쓰리를 지속, 발전시키기 위해서 지원정책을 아끼지 않고 있다. 마쓰리를 중요무형 민속문화재로 지정하여 보존과 전승을 도모하고 있으며, 지역전통예능 등을 활용한 행사에 의거한 관광 및 특정지역 상공업의 진흥에 관한 법률을 제정하여 마쓰리에 관한 행사를 직·간접적으로 지원하고 있다.

스모 相撲

스모는 일본의 국기国技이며 2000년의 역사를 갖는 격투기로서 그 유래는 몽고 씨름과 한국 씨름에서 찾아볼 수 있다. 스모는 한자로는 상박相撲 또는 각력角力으로 표시하고, 일본어로 스모すもう라고 읽는다. 고대의 이미지를 연상시키는 화려한 '마와시回し'라 불리는 샅바와 '오이초大銀杏'라고 불리는 독특한 머리 모양과 함께 스모는 '도효土俵'와 순위 제도 등의 전통적 관습을 따르고 있으며 고대 종교에서 사용했던 소금을 사용한 정화 의식 등 신도의 종교적 의식과 결합되었다.

지카라 미즈力水

기요메노 시오清めの塩

두 스모선수인 리키시力士가 경기에 들어가기 전에 좌우로 발을 교대로 올렸다 내렸다 하는 시코四股라는 의식을 치른다. 그리고 물(지카라 미즈力水)로 입을 헹구고 나서 종이(지

카라 가미力紙)로 몸을 닦고, 깨끗한 소금(기요메노 시오清めの塩)을 씨름판 위에 뿌린다. 두 리키시는 교지行司라는 심판의 지시에 따라서 서로 마주보고 양손을 씨름판 바닥에 댄 자세로 부딪치며 뒤엉켜 싸운다(다치아이, 立合い). 스모의 승부기술인 기마리테抉手는 70가지가 있으며, 서로 맞잡고 넘어뜨리거나 지름 4.6m의 원형 경기장 도효土俵 밖으로 밀어내어 단판승부로 결정한다. 상금은 교지行司가 군바이軍配라는 부채 위에 얹어서 승자에게 건넨다.

스모相撲 경기 장면

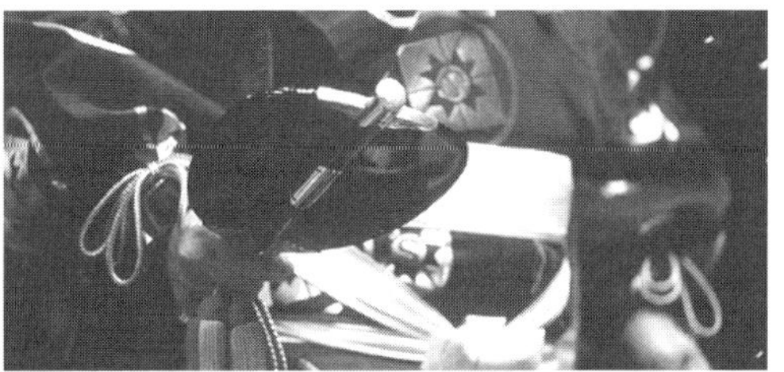

군바이軍配

스모계는 요코즈나横綱를 정점으로 실력에 따른 총 10단계의 피라미드형 계급 구조이다. 내림차순으로 '요코즈나横綱', '오제키大関', '세키와케関脇', 고무스비小結가 있고, '요코즈나横綱'는 스모의 영구적인 순위로서, 결과가 좋지 않은 시합으로 인해서 강등되지는 않지만 그들의 지위가 요구하는 기준에 맞지 않게 되면 은퇴해야 한다. 고무스비小結 밑으로 마에가시라前頭, 주료十両, 마쿠시타幕下, 산단메三段目, 조니단序二段, 조노쿠치序の口순으로 이루어져 있으며, 이 중 오제키大関, 세키와케関脇, 고무스비小結를 특별히 산야쿠리키시三役力士라 부르고, 마에가시라前頭 이상을 마쿠노우치리키시幕内力士라 부른다. 주료 이상의 리키시力士인 세키토리関取가 되지 않고서는 오이초大銀杏라 하는 무사의 머리 모양을 못 할 뿐만 아니라, 거의 정식

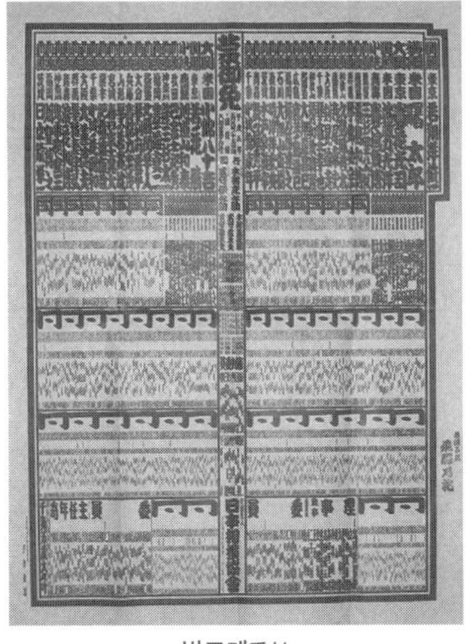

반즈케番付

급료조차 받을 수 없다. 즉, 계급에 따라 복장이나 식사 등 그 대우가 달라진다.

일본 스모협회의 주관으로 15일간의 '그랜드 스모 대회' 혼바쇼本場所가 매년 6회씩 개최되는데 1월, 5월, 9월에 도쿄東京에서 열리는 하쓰바쇼初場所, 나쓰바쇼夏場所, 아키바쇼秋場所, 3월에 오사카大阪에서 열리는 하루바쇼春場所, 7월에 나고야名古屋에서 열리는 나고야바쇼名古屋場所, 11월에 후쿠오카福岡에서 열리는 규슈바쇼九州場所가 있다. 혼바쇼本場所 첫째 날의 전날에 심판인 교지行司의 주관으로 도효마쓰리土俵祭라 불리는 종교적 의식을 행하는데, 도효土俵 중앙에 구멍을 파서 씻은 쌀이나 말린 밤, 다시마, 오징어, 소금 같은 길조를 빌기 위한 물건을 묻고, 술과 소금으로 부정을 씻는다.

매 대회가 끝나면 경기 결과에 따라 리키시力士들의 순위를 새로 정해서 반즈케番付라는 순위표를 만들어 공표한다.

이러한 현대 스모의 모습은 헤이안 시대平安時代, 가마쿠라 시대鎌倉時代, 에도막부 시대江戸幕府時代, 다이쇼 시대大正時代를 거치면서 권력의 중심에 따라 또는 시대적 요구에 따라 스모의 성격이 변천되어 왔다. 고사기古事記의 신화에 다케미카즈치신建御雷神과 다케미나카타신建御名方神이 시마네島根지방에서 힘겨루기를 하였다는 국토헌상신화国土献上神話로서 스모의 형태가 나타나며, 일본서기日本書紀에 의하면 642년에 백제에서 온 사신을 환대하기 위하여 스모를 하게 했다는 기록이 전해지고 있다. 신사神社에서 행해지던 초기의 스모를 무라스모 村相撲라 하며, 그 해의 1년을 점치기 위한 것으로, 또한 농작물의 수확을 점치는 신성한 의식으로 행해졌다. 헤이안 시대平安時代에는 천황가의 종교의식으로서 세치에스모節會相撲라 불리며, 천황의 중앙권력을 강화하고 확인시킬 목적으로 행해진 일종의 정치적 의식의 성격이 강한 행사였다. 천왕이 실권을 잃고 무사가 정권을 잡게 되는 가마쿠라 시대鎌倉時代 이후에 부케스모武家相撲라 하여, 병사들의 신체단련을 위한 무술로서 쇼군將軍에 의해 장려되었다. 이 시기에 현대의 스모 경기 진행과 관련된 세부적인 씨름판과 같은 도효土俵의 형태, 심판관인 교지行司의 등장, 밀어내기와 쓰러뜨리기의 승패판정의 2대 원칙 등 현대 스모 경기 방식의 기본이 확립되었다. 에도막부 시대江戸幕府時代에는 단절된 스모의 종교적 성격이 강한 세치에스모節會相撲가 신사神社나 절의 건립이나 수리에 필요한 자금을 염출하기 위하여 여는 행사인 간진勸進이란 말에서 유래된 간진스모勸進相撲의 모습으로 전승된다. 종교 행사로 시작되었지만, 에도 시대 후기에 이르면서 스모의 대중화 및 상업화가 빠르게 이루어졌다. 현재 매년 6차례 정기적으로 열리고 있는 혼바쇼本場所 대회의 오즈모大相撲 형식은 간진스모勸進相撲의 양식을 이어 받은 것으로 엔터테인먼트, 스포츠의 형태의 현대 프로 스모의 모습의 근간이 되었다. 메이지 유신(1868) 이후 근대 스모라 불리는 시기는 세치에스모節會相撲의 완전한 부활이라 할 수 있겠다. 문명개화를 목표로 한 서구적인 사고가 지배하면서, 스모를 비천하게 여기는 인식이 확산되어 위기를 맞기도 하였으나, 청·일전쟁 이후 민족의식 자각의 목소리가 높아지며, 민족적 우월감 속에서 전통문화에 대한 재인식이 이루어진다. 일본 내의 국수주의와 천황가의 뒷받침으로 스모의 종교적 의미가 강화되며 현대까지 이어져 전통문화의 한 전형으로서 각광을 받게 된다.

일본의 스모는 단순히 스포츠로만이 아니고 농업생활의 길흉을 점치고

신의 마음을 여쭙는 행사로서 종교적 의식으로 봉사하는 일본문화 고유의 신앙과 미의식을 표현하는 전통예술이라고 할 수 있다.

스모의 현황을 보면, 몽골출신 요코즈나 아사쇼류朝青龍가 2010년 2월 4일로 은퇴하게 되었다. 스모는 예의 스포츠로서 최고자리인 요코즈나는 실력만으로 올라가는 자리가 아닌, 혼바쇼에서 보통 3번 이상 우승한 리키시가 스모협회의 심사를 거쳐 그 사람의 인품과 품행이 그 지위에 적합한가를 판단한 후 결정하게 된다. 그런데 요코즈나였던 아사쇼류는 격에 맞지 않는 여러 번의 행동과 음주폭행 사건을 계기로 은퇴를 면할 수 없게 되었다. 이 사건만으로도 일본의 국기 스모가 단순한 스포츠가 아닌 예를 승화한 스포츠임을 다시 생각하게 된다.

스모는 현재 일본에서 전 국민적인 관심을 받고 있고, 리키시들에 대한 대우도 좋아서 전 세계 격투기 선수들이 모여들고 있다. 스모 리키시의 보수제도는 지위에 따라 주어지는 급여, 수당과 리키시 포상금 등으로 나누어진다. 이것을 다 합친 요코즈나의 총수입은 4,251만 엔 정도였다(2006년 기준).

스모의 방영은 공영방송으로서 122개 AM라디오 방송국, 58개 FM라디오 방송국, 98개 TV방송국을 운영하며 국제방송은 채널 9개로 18개 지역 22개 언어로 1일 65시간을 방영한다. 한 해 여섯 차례 혼바쇼 경기를 모두 생중계하고, 심야에는 녹화 방송까지 하는 등 인기를 얻고 있다. 지난 10년 사이에 아마추어 리키시들을 배출한 나라도 40여 개국에서 80여 개국으로 늘 정도로 스모는 국제 스포츠로서 자리를 잡아가고 있다. 1998년 스모선수의 국적에 대한 규제가 완화된 것을 계기로 일본 프로 스모계의 외국인 비율이 증가하고 있다. 최상의 리키시들인 마쿠노우치에는 28%가 외국인으로 스모계가 리키시 시장을 적극적으로 개방한 결과로 볼 수 있다.

기모노着物

전통적인 일본 옷을 가리켜 기모노着物라고 한다. 원래 '입다'라는 '기루着る'와 물건이라는 '모노物'가 합쳐진 말이다. 현재 우리가 입고 있는 서양식 옷, 양복洋服에 대한 전통의상으로 한복韓服이라 하듯이 기모노는 와후쿠和服라고도 한다.

아스카 시대飛鳥時代에 중국 당문화의 영향을 받은 시기로 의복령이 정해져, 신분계급에 따라서 예복礼服·조복朝服·제복制服 등으로 정해졌다. 헤이안 시대에는 일본 독자적인 색상과 형태가 정해져 일본 의복 중에서 가장 아름답고 복잡한 시기로 귀족 중심으로 발전하였다. 주니히토에十二単라는 상류계급 여성의 정장과 남성 귀족정장으로는 소쿠타이束帯가 있다. 가마쿠라 시대에는 무가가 주역이 되던 시대로 복장이 간결하고 활동적으로 변했다. 최고의 예장으로 소쿠타이를 입었지만, 평상복으로 가리기누狩衣를 입게 되었다. 에도 시대에는 현대 기모노의 대부분이 이 시기에 생겨 염색기술, 옷의 정교함 등의 많은 발전이 있던 시기이다. 무가의 여성은 우치카케打掛, 남성은 가미시모裃를 입었다. 메이지 시대에는 메이지유신으로 서양문물이 들어와 의복에 혼란을 가져왔지만, 다이쇼 시대에 들어와서야 서

소쿠타이束帯와 주니히토에十二単

양풍의 양복을 입기 시작했다. 쇼와 시대를 거쳐 현대에 와서는 평상시에는 잘 입지 않고 결혼식이나 피로연, 성인식, 대학 졸업식, 장례식 등 특별한 날에 주로 입는다.

기모노는 입는 목적에 따라서 옷감의 종류, 모양, 색상이 다르고, 기혼여성과 미혼여성, 그리고 중요한 자리인지, 가벼운 외출인지에 따라서 달라진다.

기모노의 종류는 여성의 경우 도메소데留袖, 후리소데振袖, 호몬기訪問着, 이로무지色無地, 즈케사게付下げ, 고몬小紋, 혼례복, 장례복, 유카타로 나뉘고, 남성의 경우 평상용, 외출용, 예복용으로 나눌 수 있다.

여성용으로 기혼여성이 입는 최고의 예복으로 도메소데留袖가 있다. 후리소데振袖보다 소매 폭이 좁아 소매가 허리까지 내려오는 것으로 결혼식·피로연 등의 공식적인 자리에 입는다. 후리소데는 성인식·사은회·결혼식 등에 미혼여성이 입는 것으로 소매가 길고, 자수나 염색을 이용, 화려한 무늬가 특징이다. 그리고 후리소데 다음으로 약식 예복으로 기혼·미혼 상관없이 착용하는 사교용 외출복으로 호몬기가 있다. 이것은 전체적으로 한 폭의 그림처럼 무늬가 연결되도록 한 에바하오리絵羽羽織 기법을 사용하는 것이 특징이다. 호몬기 다음의 약식예복으로 즈케사게付下げ가 있다. 또한 고몬小紋은 편한 자리의 외출복으로 전체적으로 무늬가 작고 흩어져 있는 모양이 특징이다.

전통 혼례복의 경우 전체가 흰 시로무쿠白無垢나 색상이 선명하고 화려한 이로우치카케色打ち掛け가 있는데 우치카케는 무로마치 시대에 무가 부인의 예복이었으나 에도 시대에 부유한 상인이 입게 되어, 점차 일반의 예복

후리소데振袖 도메소데留袖 호몬기訪問着 유카다浴衣 전통 혼례복

으로 보급되었다. 신부의 전통의상인 시로무쿠는 면으로 만든 머리쓰개인 와타보우시綿帽子나 쓰노카쿠시角隠し, 우치카케, 오비, 버선, 신발까지 전부 흰색으로 통일한다. 여기서 흰색은 부모와의 출생인연을 끊고 시가의 가풍에 쉽게 물들라는 의미를 가지고 있다.

장례복으로는 모후쿠喪服가 있는데, 고인에 대해서 예를 갖추는 것으로 무늬가 전혀 없는 비단으로 오비를 비롯해 장신구 또한 모두 검은색으로 통일한다.

유카타浴衣는 원래 홑옷이라는 의미로 헤이안 시대에 목욕 후 입었던 옷이 에도 시대에 서민들이 애호하는 평상복으로 발달했다. 현대에는 주로 여름철 불꽃놀이, 축제, 이벤트 등에 많은 입장의 특권이 주어져 더 많이 애용되고 있다.

현대 남성의 전통의상으로 한국의 도포와 비슷한 나가기長着를 입고 그 위에 방한을 목적으로 덧입는 하오리羽織와 하의로 하카마袴를 입는다. 하카마는 앞의 아랫단까지 주름이 있는데, 통치마처럼 생긴 것과 너른바지처럼 양 가랑이가 갈라진 것도 있으며, 최근에는 검도복으로도 모양이 바뀌어 사용되고 있다.

오비帶

게타下駄

조리草履

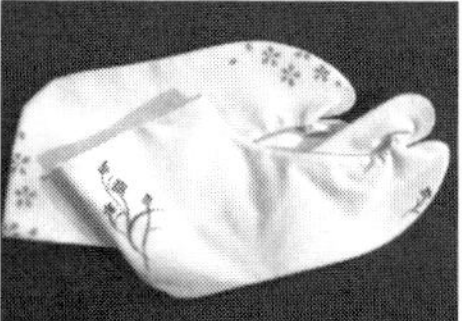
다비足袋

오비帶란 기모노와 함께 착용하는 긴 장식 천을 말하는 것으로 아즈치모모야마 시대에 등장해, 에도 시대에 오비의 폭이 넓어지면서 현재와 같은 형태가 되었는데, 이것은 여성스러움을 강조하기 위해서 비롯되어 굵은 오비로 화려하게 묶는 방법까지 고안되었다. 기모노와 함께 착용하는 신발로 게타下駄와 조리草履가 있다. 우리나라 버선과 같이 다비足袋를 신는데 이것은 엄지와 두 번째 발가락사이가 나누어진 일본식 버선이다. 게타는 유카타 같은 평상복에 조리는 정장이나 외출복에 함께 신는다.

일본 대중문화의 원조, 우키요에浮世繪

에도 시대는 정치적인 안정과 상공업의 발달을 배경으로 조닌町人(근세 일본의 사회계층의 하나, 상인)이라는 새로운 사회계급이 급부상하였다. 조닌은 사회신분제도의 제한과 경제적 지위 향상이라고 하는 불균형 속에서 나타난 갈등과 인간본연의 호색적인 욕구를 마음껏 해소하면서, 지배계급인 무사와는 달리 서민적이고 쾌락적인 색채가 짙은 독특한 문화를 추구하였다. 새롭게 탄생한 문화의 주역은 말할 것도 없이 금전적 소유자인 조닌과 그들에 순응하는 화류계 여성들이었다. 이와 같은 조닌들의 생활 풍속과 인정을 그린 것이 우키요에浮世繪이다.

우키요에浮世繪는 에도 시대에 만연한 호색적인 경향과 세속적인 광경을 화려한 색채로 표현한 풍속화로, 주제는 주로 민중생활로 당시 서민 사이에서 최고의 관심사였던 유곽遊郭의 세계와 패션유행의 주역이었던 화류계여성을 대상으로 한 것이 많다. 서민의 통속적인 사고가 선명하게 나타나 있는 묘한 매력을 발산하는, 다른 어느 나라에서도 볼 수 없는 강렬한 인상의 일본적 색채와 분위기를 느낄 수 있는 우키요에는 일본적인 것으로 대표되는 요소 중 하나일 것이다. 여기서는 일본의 대표적인 서민미술장르의 하나

우타가와 히로시게歌川広重
「가메이도의 매화정원」(龜戸梅屋鋪)

인 우키요에가 에도 시대의 서민문화 속에서 차지하는 의미와 인상파 화가들에게 미친 영향에 대해 살펴보기로 하자.

'우키요浮世'는 불교적인 생활감정으로부터 나온 우키요憂き世와 한어漢語 후이세浮世를 혼용한 단어이다. 우키요는 내세에 대비되는 개념으로서, 무상하고 살아가기 힘든 세상인 현세現世를 의미한다. 여기에는 불교적인 염세관厭世觀이 반영되어 있고, 이 세상, 세간, 인생, 또는 애락哀楽의 세계라는 의미가 담겨 있다. 그러나 이처럼 부정적인 의미가 무로마치室町(1340~1574) 말기부터는 긍정적인 의미로 변화되기 시작한다. 특히 다른 단어의 앞머리에 붙여 '현대적' 또는 '그 시대에 맞는', '호색적'이라는 의미를 지닌다. 예를 들어 '우키요오토코浮世男'라 하면 유행을 좇으며 여색을 밝히는 남자라는 뜻이고, '우키요조메浮世染'는 당대에 유행하는 염색문양을 의미한다. 어찌 보면 '우키요'라는 단어는 중세적인 산물이라고 할 수 있는 하나의 꿈에 불과한 무상한 세상으로서의 세계관과, 그 속에서나마 찰나적인 향락을 즐기고자 하는 근대적이고 긍정적인 현세관이 동시에 반영되면서 만들어졌다고 볼 수도 있을 것이다.

우키요의 그림이라는 본질을 갖고 형상화된 우키요에는 신흥 에도서민의 그림으로서 현실 생활과 풍속을 생생하게 그려냈다. 우키요에의 보급에는 우키요에판화가 커다란 영향을 끼쳤다. 초기의 육필화에서 시작하여 동시에 다량제작이 가능한 니시키에錦繪라는 다색 목판화 형식으로 변천했다. 이 다색 판화 기법의 발달로 더욱 정교하고 아름다운 표현이 가능하게 되었다. 우키요에가 주로 판화로 제작되었다고 하는 사실이야말로 그것이 귀족계층의 전유물이 아니라 일반서민층에게 널리 향유될 수 있는 양식이라는 것을 말해준다. 오늘날과 마찬가지로 판화는 미술의 대중화를 위한 가장 현실적인 기법인 것이다.

가쓰시카 호쿠사이葛飾北齊, 「개풍쾌청(凱風快晴)」

우키요에의 형성과정에서 쇠퇴기까지 많은 화가들이 활약하였는데, 히시카와 보로노부菱川師宣는 손발이 가늘고 애련한 분위기로 몽유직인 화면을 나타내는 한편, 배경의 사물을 세세하게 그려내 현실미가 느껴지는 미인화를 완성시켰다. 도리이 기요나가鳥居淸長는 여성 자태의 아름다움과 복장의 아름다움이 느껴지는 건강미 넘치는 미인에 밝고 따뜻한 인상을 주는 색채를 구사하면서 새로운 미인화 양식을 확립했다. 우키요에는 주제를 현세에서 취하면서 인물의 복장, 머리모양, 정경까지도 전부 섬세하게 표현되어 이것을 통해 에도문화의 중요한 일부를 차지하고 있는 화류계 여성의 생활을 엿볼 수 있다.

_ 우키요에에 나타난 화류계 여성

쾌락 추구에 의해 다양한 계층의 남성을 상대하는 화류계, 커다란 범위로 유녀遊女라 부르는 여성 가운데 여성적인 몸가짐, 예절, 고전 무용, 음악 등 다양한 교양과 예능을 익힌 게이샤芸者가 있다. 즉 게이샤는 남성과 함께 세상 이야기라든가 예술, 사상에 대한 이야기를 자유롭게 나눌 수 있는 상대

이다. 그들은 교양과 풍부한 재치로 남성들에게 즐거움뿐만 아니라 정신적 공감을 교환할 수 있는 친구였으며 이것이 게이샤가 담당한 일이며 존재의 이유였다. 이들은 단순히 몸을 파는 접대부의 차원을 넘어 일본 고유의 전통 고수 및 전승에 기여했다. 이러한 면에서 화류계는 공적인 사교 수단뿐만 아니라 교육의 장소로서 활용되었다. 예능 수업과 자기 개발을 통한 게이샤는 저명한 사람들과 자유롭게 왕래하면서 현재의 매스미디어의 역할을 담당했다. 일본 여성 중에서 가장 많은 지식과 예술적인 재능을 지닌 게이샤의 스타일은 이키いき(취향)로 대표된다.

당세의 취향이라고 하는 의미의 이키는 한 마디로 에도 시대의 미적 감각이다. 이것은 기질, 모습, 색채, 무늬 등이 세련되고 멋진 것을 의미한다. 우키요에 등에서 보여지듯이 가는 얼굴, 얇은 옷을 걸친 모습, 날씬한 허리, 엷은 화장, 곁눈, 미소, 맨발 등의 모습과 기하학적도형, 줄무늬, 그리고 회색, 갈색, 청색 계통에 속하는 색채가 이키를 대표한다.

_ 우키요에와 인상파와의 만남

우키요에에 관하여 이야기할 때, 지적해 둘 만한 일은 그것이 유럽 인상파의 탄생에 큰 영향을 주었다는 사실이다. 우키요에와 인상파의 첫 만남에 대해 전해지는 이야기가 있다. 1867년 파리의 만국박람회장에서 일본의 도자기 등의 특산품을 팔고 있던 매점의 어두운 조명 아래서, 뚱뚱한 몸집의 가게주인이 물건을 포장하는 데 사용되었던 우키요에 판화들을 구겨서 쓰레기통에 넣으려고 하던 참이었다. 때마침 이곳을 방문하였던 화가 모네 Monet가 이를 발견하고 황급한 목소리로 그것들을 모두 사겠다고 했다. 이것이 모네가 처음으로 우키요에를 만난 사건이라고 전해진다. 초기의 인상파화가들은 먼저 가쓰시카 호쿠사이葛飾北齊, 우타가와 히로시게歌川広重 등의 풍경화로부터 많은 영향을 받았고, 다음으로 그 대상은 기타가와 우타마로喜多川歌麿, 도슈사이 샤라쿠東州齊写楽 등으로 확대되어 갔다. 무엇보다 우키요에에서처럼 그림자를 그림으로써 부각시키고, 그리고 단편을 그림으로써 전체를 뚜렷이 부각시키는 기법과, 거의 평면적인 묘법, 그리고 색채의 신선함은 인상파의 화가들에게 크나 큰 충격을 안겨주었다. 이로 인해 우키요에에 대한 관심은 확대되어 갔고 대량의 우키요에가 프랑스의 화상画商들에 의해 수집되었다.

어떤 예술 작품이든 그것은 그 시대의 사회상의 일면 또는 전부를 반영한다고 해도 과언이 아닐 것이다. 하지만 주로 유곽의 정경을 많이 그리고, 말초적인 묘사로 타락적인 분위기를 띠고 있기 때문에 우키요에라고 하면 바로 춘화春画를 연상하는 사람도 있었다. 18세기에 조선통신사로 일본에 다녀온 신유한申維翰이, 당시의 일본인에 대해 '금수와 같다고 할 정도로 남녀간의 풍기가 문란하고, 사람마다 춘화를 몸에 지니고 있다'고 기록한 것을 미루어 볼 때, 성리학적 교양이 몸에 밴 조선선비의 눈에 우키요에의 존재를 통한 에도의 문화가 어떻게 비쳤을지 짐작이 가는 일이다. 그러나 우키요에에 나타난 일본적 미의식과 사상은 지금도 일본적인 특징으로서 일본인의 행동과 의식 속에 살아 있을 것이다.

서구의 상상 속에 만들어진 동양관, 게이샤芸者

미국 유학시절 각국에서 온 남학생들끼리 모여 어떠한 삶이 가장 비참한 miserable 삶이며 어떠한 삶이 가장 행복한 삶인가에 대하여 이야기를 나눈 적이 있다. 가장 비참한 삶은, 중국의 봉급으로, 일본의 토끼장 같은 집에서, 자기 주장이 강한 미국 여성과 생활하는 것이고, 반면 가장 행복한 삶은 프랑스 대저택에서, 중국 음식을 먹으며, 일본 여성과 결혼해 사는 것이라는 반농담의 이야기도 나눈 적이 있다. 이와 같이 일본 여자와 함께 사는 것이 최상의 삶의 조건 중의 하나로 거론되는 것은, 아마도 일본 여자의 순종성과 상냥함의 대명사인 게이샤와 같은 여자를 염두에 두고 한 말이 아닐까?

게이샤 하면 이지메가 그러하듯 국제적으로 통용되는 국제어가 되어 버렸다. 일본관련 홍보물이나 관광 안내서를 보면 양산을 쓴 기모노 차림의 게이샤 사진은 약방의 감초처럼 일본의 명물로 예외 없이 등장한다. 실제로 일본에 관한 책이나 잡지를 보더라도 얼굴을 새하얗게 단장한 여자가 기모노를 입고 웃는 모습을 많이 볼 수 있다. 최근에는 게이샤 수가 매우 적어 일본을 대표하는 인간 문화재적 존재로 평가되고 있는 실정이다. 그러면 여기에서 일본의 매춘과 게이샤의 역사에 대하여 살펴보기로 하자.

_ 고대古代

다른 나라에서도 그러했듯이 일본에서의 매춘의 역사도 고대로부터 시작되었다. 당시에는 돈으로 성性을 사거나 팔거나 하지 않았고, 종교적인 행위로서 성 행위가 이루어졌다. 고대에는 무녀를 신神의 대변자라고 믿고 있었고, 남자들은 무녀와 성행위를 함으로써 신과 교류를 할 수 있다고 믿었다. 이 당시만 해도 일본에서는 대代를 이을 자식이 없어 늙어서 일을 할 수 없게 되면, 토지를 나라에 반납해야 했다. 그래서 그 해결책으로 무녀의 몸을 빌려 자식을 얻었던 것이다. 이것이 오늘날 일본에서의 매춘의 시작이라 보고 있다.

_ 나라 시대奈良時代

나라 시대에 접어들면서부터 종교적인 의미가 점점 약해지면서 매춘이 직업화되어 갔다. 이때부터 우카레메うかれめ(유녀, 창녀)라고 불리는 매춘부가 등장한다. 우카레메는 매춘을 행하는 무녀가 각지를 돌아다녔다고 하는 데서 그 이름이 붙여졌다. 그 당시는 물론 매춘부가 무녀였기 때문에, 노래와 춤을 추면서 사랑하는 남자에 대한 원망 등도 늘어놓았다고 한다.

_ 헤이안 시대平安時代

당시의 수도 교토에는 15만~25만에 이르는 사람들이 살고 있었는데 그

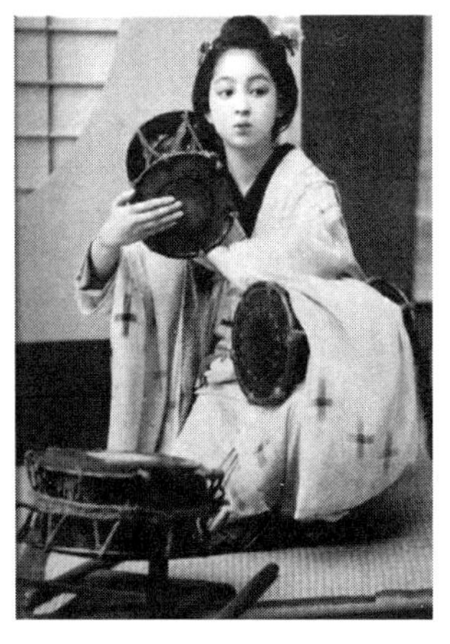

곳에서는 시장이 열리고 많은 물건들이 팔리고 있었다. 물론 매춘도 예외는 아니었다. 결혼한 부인들이 남자들에게 성을 팔아, 그 대가로 의복이나 식료품 등을 받기도 했다. 시장은 더러워진 몸과 마음을 깨끗하게 해주는 작용을 하고 있다고 당시의 사람들은 믿고 있었다. 그래서 남편이 있었음에도 불구하고 부인들은 아무런 죄의식 없이 시장에서 남성들에게 성을 팔고 성을 즐기곤 했다.

그리고 중세(가마쿠라 시대)가 되면서 유녀遊女가 등장한다. 유녀라고 해도 에도 시대 유곽遊廓처럼 새장 안에 갇힌 새와 같은 존재는 아니었다. 몸에 익힌 노래와 춤을 관객들에게 보여주면서 성을 팔면서 돌아다니던 매춘부였다. 유녀들은 머리를 길게 늘어뜨리고 귀부인용 예복을 입고 귀족들의 연회장에 멋대로 드나들기도 했다. 집단으로 오는 경우도 있고, 노래를 불러 보수를 받는 경우도 있었으며, 때로는 마음에 드는 상대에게는 매춘도 하기도 했던 것이다. 유곽이 공식적으로 허용된 것은 무로마치 시대였지만, 당시 일본사회에는 쾌락주의가 널리 퍼져, 전국 각지에 이미 사창이 많이 생겨나고 있었다.

_ 무로마치 시대室町時代

매춘부들은 주로 우카레메라고 불리며, 노래와 춤 악기연주 등을 선보이며 매춘을 하였다. 성의 상품화에는 매춘 이외에도 진기한 물건으로 구경꾼을 불러모으는 미세모노見世物라는 행위도 유행했다. 또한 혹자는 동물을 이용하여 남녀간의 자극적인 장면을 연출해 보이고, 구경꾼들에게서 돈을 받기도 했다.

당시의 이름난 우카레메였던 오쿠니阿国는 춤을 추면서 마음에 드는 손님과 성행위를 하기도 했다. 일설에 의하면, 그녀는 오다 노부나가織田信長와 도요토미 히데요시豊臣秀吉 등으로부터 극진한 사랑을 받았던 것으로도 잘 알려져 있다. 당시 그녀는 춤을 추면서 관객들에게 자극적인 장면을 연출해 보이곤 했는데, 이러한 분위기 속에서 여자가 공연하는 가부키歌舞伎가 크게 유행하기도 했다. 그러나 에도 시대에 접어들면서는 가부키가 풍기를 문란시킨다고 해서 금지되었다. 이러한 풍기문란을 이유로 여자들의 공연이 금해지면서 가부키는 남자들만의 공연예술로 변모하게 된다.

__ 에도 시대江戸時代

도쿠가와 이에야스徳川家康가 도요토미 히데요시豊臣秀吉의 명령으로 에도성에 입성한 1590년부터 에도는 크게 변화하는 시기였다. 에도 시대에는 도시의 발달과 더불어 각지에 사창私娼이 생겨났는데, 이로 인해 생기는 많은 문제들을 없애고자, 막부는 이들을 한데 모아 통합 관리하는 공창公娼 제도를 마련하였다. 이것이 유곽遊廓이며, 이로 인해 생겨난 것이 '게이샤'였다. 유곽은 무사와 조닌町人이라 불리는 상공인들의 유흥가로 번성했으며, 에도에는 요시와라吉原, 교토에는 시마바라島原, 오사카에는 신초新町 유곽이 있었다.

게이샤가 공식적으로 선을 보인 것은 1751년 교토의 한 유곽에서였다. 일정 기간 수련을 받은 게이샤가 연회나 유곽의 술자리에 드나들었다. 게이샤는 유곽에 전속되기도 하고 더러는 개별적으로 밤무대를 찾아다녔다. 유곽에 전속되지 않은 게이샤는 공공연히 매춘 행위도 하였으나, 요시와라의 게이샤는 자기 몸을 소중히 하고 오직 접대와 가무만으로 손님을 즐겁게 하였다.

에도 시대 가장 크게 번성한 유곽은 역시 에도의 요시와라였다. 요시와라는 1957년 공창 제도가 폐지될 때까지 일본 성문화의 중심이 되었다. 요시와라가 특히 번성한 것은 막부의 산킨코타이제參勤交代制 때문이었다. 이 제도는 에도 막부시대에 막부의 권력을 유지하기 위한 제도였다. 이전의 막부인 가마쿠라鎌倉, 무로마치室町 막부의 하극상을 지켜본 도쿠가와德川씨가, 신하인 다이묘大名들이 반란을 일으키지 못하게 하기 위해서 만든 제도이다. 다이묘 자신은 자신의 영지에서 1년, 에도에서 1년씩 교대로 근무해야만 했다. 1년에 한 번씩 이동해야 하는 번거로움뿐 아니라 대규모의 인원과 짐이 움직여야 하므로 많은 비용이 들어, 다이묘들의 경제력을 악화시키는 결과를 낳았다. 또한, 원거리 여행 때문에 오가는 길목에 교통이 발달하고 많은 여관들이 생겨나기도 했다.

이와 같이 1년간의 체제기간 동안 대부분의 무사들은 처자식을 고향에 두고 단신으로 부임해야 했다. 때문에 에도에는 남녀의 비율이 7대 3으로 여자가 귀할 수밖에 없었다. 이러한 성비姓比의 불균형에서 오는 사회 문제를 막기 위해 막부는 요시와라라는 공창 지대를 만들고 이를 관리했던 것이다.

요시와라 유곽은 현재 동경의 니혼바시日本橋와 닌교초人形町 일대에 있었다. 요시와라 유곽이 에도의 중심에 있는 것을 불쾌하게 여긴 막부는 유곽을 변두리로 옮기게 하였고, 새롭게 옮긴 곳이 바로 신요시하라新吉原였다. 현재 도쿄의 아사쿠사浅草 일대이다. 신요시와라는 막부의 보호 아래서 에도 유일의 공창지로서 메이지 시대에 이르기까지 영업을 계속해 간다.

신요시와라가 만들어진 후 메이지 시대가 끝날 때까지 약 200년간 신요시와라는 20회에 걸쳐 전소되었었다. 완전히 불타버린 신요시와라의 게이샤들은 유곽 밖에서 영업을 하게 되고, 이때 일반 민가를 빌려서 영업을 하게 되었는데 이것을 가리타쿠假宅라고 한다. 메이지 시대에 접어들면서 가리타쿠는 금지되었다.

요시와라는 '요시와라 사이켄吉原さいけん'이라는 정보잡지도 발행하고 있었다. 여기에는 여관의 지도, 유녀의 이름, 요금 등이 적혀 있었을 뿐 아니라, 유녀와 연애하는 순서 등에 대해서도 소상히 적혀 있었다. 고객이 요시와라 대중정보잡지를 보고 찾아왔다고 해서, 유녀와 무조건 잠을 잘 수 있었던 것은 아니었다. 거기에는 여러 가지 지켜야 하는 규칙이 있었다. 지위고하와 화대의 많고 적음에 관계없이, 먼저 상대에게 자신의 얼굴을 보여줘야 했다. 화대로 300냥을 유곽에 미리 지불한 뒤 방에서 한참 동안 기다려야만 했다. 그러나 유녀가 상대방과의 동침을 허락하지 않으면 같이 잘 수도 없었다. 또한 유녀에게 지불하는 돈을 아게다이揚代(화대)라고 했는데, 이렇게 지불하는 돈 이외에도 이런저런 명목의 팁을 상당히 지불해야만 했다.

요시와라에서는 에도 시대의 신분제도도 통용되지 않았고, 신분보다는 돈이 중요시되었다 하겠다. 현재 일본의 향락산업에서 보이는 것처럼 에도의 요시와라에서도 아소비온나遊女(매춘부)의 등급과 값을 고급, 중급, 하급 등으로 분류하고 있었으며, 유녀 사이에서도 엄격히 그 역할과 계급이 정해

져 있었다.

에도 시대의 유녀를 지녀地女라고도 했는데, 일반 여성들을 무시할 만큼 그들의 지위는 높았다. 남성들 역시 일반 여성보다 그녀들을 높게 평가하는 것이 당시의 분위기였다. 유녀는 매춘을 기본적인 업으로 삼고 있었지만, 오늘날의 매춘과는 매우 달랐다.

그 당시 오이란花魁이라 불리던 그들은 엘리트 중에 엘리트였다. 요시와라의 중앙도로 나카노마치仲の町를 자태를 뽐내며 걸어가는 모습은 오이란이라는 톱 클래스의 유녀들만이 누릴 수 있는 특권이었다. 심지어 사업주事業主조차 오이란에게 정중한 호칭을 붙여 부를 정도로 오이란의 파워는 대단했다. 신분제도가 견고했던 에도 시대의 오이란은 특수한 신분의 하나였던 것이다. 최고의 오이란이 되기 위해서는 높은 품격과 아름다움을 지님은 물론이며, 어릴 적부터 특별한 예능교육과 소양교육을 받아야만 했다. 그녀들은 에도 시대 지식인의 한 축으로 자리 잡고 있었던 것이다.

한편, 당시 에도에서는 인신매매를 법으로 금지하고 있었으나, 조로女郎(여자)로 팔린다는 말 그대로, 인신매매로 팔려와 자유로운 왕래도 할 수 없었던 유녀도 있었다. 그녀들 중에는 운이 좋아 손님이 돈을 지불하고 유녀를 사서 자유의 신분으로 만들어 주는 경우도 있었으나, 그런 경우는 매우 드물었다고 한다. 또한 당시의 유녀 중 요시와라에 들어오는 즉시 업주에게 빚을 짊어지게 되어 채무의 구속으로부터 벗어나는 일이 극히 어려운 유녀도 있었다.

막부 붕괴 후 메이지 정부 하에서 요시와라는 본래의 권위와 위엄을 회복하게 된다. 요시와라의 조로에서 메이지 정부의 고관부인의 자리에까지 오른 사람도 있었다고 한다. 요시와라가 그 자취를 감춘 것은 1957년 매춘방지법이 실시되면서부터다. 전후戰後에는 공창・사창이라는 새로운 용어로 사용되었으며, 오늘날에는 그 이름은 바뀌었으나 당시의 서비스를 계속하고 있는 곳도 있다고 한다.

이와 같이, 게이샤는 수백 년 동안 자신들만의 전통과 아름다움을 수립하고 고수해 왔다. 게이샤가 되기 위해서는 미야코 오도리都踊り(벚꽃 춤)와 같은 선통 춤에서부터 노래, 사미센三味線을 최소한 5년은 배워야 하고, 다도와 이케바나(꽃꽂이), 심지어는 정치까지 공부해야 했다. 게이샤의 교육은 만 6세 6개월부터 만 16세까지의 약 10년 동안 은퇴한 게이샤가 운영하는 오키야置屋(게이샤의 집)에서 숙식을 하며 철저하게 수련을 받는다.

어린 게이샤들은 정수리가 벗겨지는 고통을 감수하면서 게이샤의 정통 헤어스타일을 고수해야만 하고, 잠을 잘 때에도 공들여 장식한 머리를 흐트리지 않기 위해 밀알을 잔뜩 채운 높은 목침을 베고 자야 한다. 또, 매일 몇 시간씩 꼼짝 않고 무릎을 꿇고 앉아 있어야 하는데, 고통스러워도 절대 표정을 일그러뜨려서는 안 된다. 이러한 수련과정을 거쳐 게이샤가 되면 세련되고 품위 있는 몸가짐이 자연스레 배어 나온다는 것이다.

1751년 게이샤가 첫 선을 보인 이후 250여 년이 흐른 지금, 게이샤는 일본 여성의 이미지를 대표하는 세계적인 명물이 되었다. 이제 게이샤는 더 이상 기생이 아니다. 게이샤는 그 존재 자체가 '전통'이 되어 버렸다. 앞으로는 우아하고 매력적인, 정조를 지키는 게이샤를 사진이나 그림에서만 볼 수 있을 것이다.

세계적인 풍물, 하나비花火

"우와! 너무나 근사하고 멋지다." 이것이 우리들이 불꽃놀이花火(하나비)를 보면서 느끼는 감동이며 즐거움의 전부라 해도 과언은 아닐 것이다. 많은 사람들이 잘 아는 바와 같이 불꽃은 화약으로 만들어진다. 오늘날에는 그것의 대부분이 화학약품으로 만들어진다. 또한 불꽃놀이는 밤하늘에서 화합물이 연소되면서 이루어진다.

그런데 그 불꽃놀이가 화약의 연소에 의한 단순한 빛과 굉음만을 낸다면 불꽃놀이에 대해 사람들은 그다지 감동을 느끼지는 않을 것이다. 그렇다면 불꽃놀이가 사람들을 이토록 감동시키며 또한 열광시키는 이유는 과연 무엇일까. 아마도 그것은 빛과 소리 이외에 불꽃놀이 특유의 아름다움과 신비스러움을 지니고 있기 때문은 아닐까. 일본의 불꽃놀이인 하나비는 아름다움과 꿈을 좇는 많은 불꽃놀이 마니아花火師들에 의해 오랜 역사적인 전통과 함께 오늘날까지 많은 발전을 거듭해 왔으며, 화약의 단순한 화학반응을 넘어 그것을 생활 속의 문화로서 더 나아가 하나의 예술로 승화시켜 왔다고 할 수 있다.

일본에서는 여름이 시작되는 매년 7월에서 9월 사이에 전국적으로 하나

비 축제가 거의 매일 열린다. 여름이면 유카타浴衣를 예쁘게 차려입고 하나비를 보러 가는 여인들을 매스컴 등을 통해서 자주 접할 수 있다. 더욱이 재미있는 현상은 최근에 하나비 마니아가 되고 싶어 하는 젊은이들도 늘어나고 있다는 사실이다. 일본에서는 예전부터 지진과 같은 천연재해와 목조가옥이 많았던 탓에 화재가 많았다. 그럼에도 불구하고 일본인들은 왜 이렇게 남녀노소를 불문하고 하나비에 열광하는 것일까?

흔히들 자연환경과 지리적 환경이 그 나라의 국민성과 문화형성에 많은 영향을 끼친다고 한다. 바로 이러한 자연적 환경으로부터 형성되는 문화적 특성은 다른 섬나라에서 나타나는 문화적 특성과 비교해서 크게 다를 바 없다. 일반적으로 섬나라島国가 지닐 수 있는 여름의 모든 특징을 일본도 역시 가지고 있다 할 수 있다. 언제나 무덥고 습하며 또한 때로는 눅눅한 날씨는, 목조건축물로 된 생활공간을 만들게 했으며, 그와 더불어 다타미疊랑 유카타와 같은 생활문화를 정착시켰다. 나아가 무더운 여름밤을 식히며 즐기는 하나비라는 독특한 그들만의 문화를 발전, 정착시키기에 이르렀다.

1997년 베니스 영화제에서 황금사자상을 수상한 기타노 다케시北野 감독의 영화 'HANA-BI'의 마지막 장면에도 주인공 니시西가 병든 아내와 여행을 하면서 바닷가에서 하나비를 즐기는 장면이 나온다. 그들의 가장 행복한 순간이자 마지막 순간이 되는 장면에서 하나비는 니시西의 인생역정을 아주 함축적으로 잘 보여주고 있다는 사실을 발견할 수 있다. 언제나 힘차고 강렬한 불꽃으로 화려하게 피어나서는 곧 작은 불씨가 되어 서서히 사라져

가는 하나비! 그 광경을 숨죽이며 바라보면서 극도의 절제와 그 찰나의 미美에 탐닉하는 일본인들. 그것이 바로 일본의 국민성을 상징적으로 보여주고 있는 것들이 아닐까 한다.

일본 특유의 국민성과 문화적 배경이, 바로 이러한 오늘날의 하나비라고 하는 일본인 특유의 놀이문화를 만들어 내었고, 또한 그것을 즐기며 열광하게 하는 것이다.

_하나비의 역사

하나비와는 끊으려야 끊을 수 없는 것이 바로 화약의 발명이다. 그 화약의 주원료인 질산칼륨(흑색화약)이 중국에서 발견된 것은 기원전 3세기경의 일이다. 그때는 진시황제 시대에 해당되는 시기로서, 만리장성의 긴급 연락용 도구로 사용된 봉화의 원료로서 질산칼륨(흑색화약)이 사용되었다고 한다. 불꽃놀이의 기원설은 여러 가지가 전해지고 있지만, 결국 하나비의 루트는, 흑색화약의 발명에서 발전하여 고대의 통신 수단으로 쓰여진 '봉화'였다고 할 수 있다.

12세기 중반이 되어서야 하나비의 원형이 되는 폭죽과 같은 놀이용 하나비가 만들어졌고, 또 실크로드를 통해 질산칼륨(흑색 화약)이 유럽에 전해지면서 14세기에 이르러서는 유럽최초의 하나비가 이탈리아의 피렌체에서 탄생되었다고 한다. 기록에 남아있는 당시의 하나비는, 그리스도교의 축제 등에서 관객에게 보여주기 위한 것으로서 불을 뿜는 인형과 같은 형태였다고 한다.

일본에는 남만인南蠻人(무로마치室町 시대 이후에 일본으로 건너온 유럽인을 일컬음)에 의해 1543년 총포의 전래와 함께 흑색 화약이 전해졌다. 그러나 그 당시에는 전투 시에 사용되는 봉화의 형태로서 사용되고 있었고, 현재와 같은 관상용의 불꽃놀이가 등장한 것은 1613년에 접어들면서부터라고 전해지고 있다.

1613년 여름에 '영국의 국왕 제임스 1세의 사자로서 일본에 온 존 세리스가 도쿠가와 이에야스徳川家康를 방문했을 때 그가 가지고 온 하나비를 시연해 보였다'라고 하는 기록이 남아 있다. 또한, 최근에는 그 수십 년 전에 이미 다테 마사무네伊達政宗가 하나비를 관람했다고 하는 고문서도 발견되고 있다. 이 무렵부터 하나비는 쇼군케將軍家를 시작으로 다이묘大名들 사이에서 유행하고 있었다고 미루어 짐작할 수 있다. 어찌 되었건 간에 1600년경 전후가 일본에 있어서는 하나비 역사의 개시 시기라고 할 수 있다.

1733년에는 전년의 대기근과 콜레라로 인해 죽은 자의 영혼을 위로하고 악령을 물리치기 위해 8대 장군 요시무네吉宗는 오카와하타大川端(스미다강(隅田川, 東京都 東部를 貫流하는 강)의 우측 일대를 지칭하며 행락지로 유명)에서 연중행사의 하나로 하나비를 쏘아올렸다고 한다. 그러나 한편으로는 빈발하는 화재 등으로 인해 하나비금지령이 발령되었고, 그 후에는 그 행사를 개최하고자 할 때는, 관청으로부터 허가를 얻어야만 가능하게 되었다.

에도 지역에서 하나비의 유행한다는 소식을 접한 야마토大和(현재 나라현) 출신의 야헤이彌兵衛(やへい)라고 하는 남자는 완구 하나비를 만들어 크게 명성을 얻게 되었다. 이것이 오늘날까지 이어져오는 가기야鍵屋(하나비를 만들어 판매하는 대표적인 상점의 이름)의 시작이다. 그는 민간 하나비 생산업자로서 크게 활약했고, 또한 일본의 완구하나비 형성과 발전에 결정적인 역할을 했다고도 할 수 있다.

1810년 가기야 7대째 되던 해에는 가기야에서 일하고 있던 하나비 장인 아오나나靑七는 스스로 독립을 해서 다마야玉屋라는 새로운 가게를 열고 독립했다. 이후 가기야와 다마야는 불꽃놀이에서 함께 공연을 하면서 중세 일본 하나비 발전에 크게 기여했다.

하나비를 즐기는 이러한 풍습은 에도 지역에서뿐만 아니라 전국각지에서도 널리 행해지게 되었다. 특히 오카자키岡崎는 도쿠가와 이에야스가 태어난 곳이며, 조총부대의 전초기지였기 때문에 많은 사람들이 화약을 취급하고 있던 곳이다. 오늘날에도 이곳에 완구불꽃놀이 제조업자와 그 중개 도매상들이 집중해 있으며, 일본전국의 공급기지로서의 역할도 하고 있다.

메이지 시대明治時代에 접어들면서 염소산칼륨, 스트론튬, 알루미늄 등의 새로운 화학약품이 수입되기 시작하면서부터 그때까지 불길의 강약밖에 표현할 수 없었던 하나비에 발광과 색채 그리고 폭발음을 넣을 수 있게 되었다. 이후 각종의 배합이나 하나비 구조에 관한 연구와 실험이 진행되면서 본격적인 근대 하나비 시대로 돌입하게 된다.

전쟁 중인 1941년에 하나비의 제조는 전면 중지되었으나, 1948년에 그 제조가 다시 시작되었고, 미국 독립 기념일의 하나비 발사 이후 점점 부활, 오늘에 이르고 있다. 오늘날에도 하나비에 대한 많은 연구로 인해, 일본의 하나비는 정교하고 화려하기로 세계에서도 정평이 나 있으며, 일본인들의 더운 여름밤을 꿈과 낭만으로 채워주고 있다.

제2부

일본의 현대문화

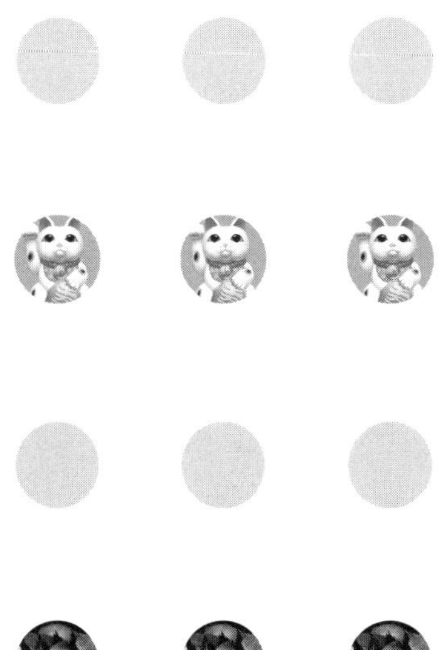

일본에 유교는 있는가

사회의 도덕과 규범을 만들고, 풍토를 만들고 문화를 만드는 것은 그 사회의 전반적인 가치관을 지배하는 전통적 사상이라 할 수 있다. 우리나라와 일본은 조선 시대와 에도江戸 시대에 유교를 주요 통치 이데올로기로 각각 수용함으로써, 현재로 이어지는 유교문화의 기틀을 마련했다 할 수 있겠다. 어쨌든 우리나라와 일본은 같은 유교문화권儒教文化圏이라는 이유 때문인지 일반적인 분위기나 생활 면에서 흡사한 점을 제법 찾아볼 수가 있다. 그러나 오렌지와 레몬이라고 해야 할까? 어떤 이유에서인지 우리와 일본은 겉모습은 비슷하되 본질적으로는 분명한 차이가 있다. 똑같은 사상을 전수받고 지금까지도 똑같이 그 명맥을 유지해 오는 두 나라가, 정치, 경제, 문화 등 사회 전반적인 분야에서 이렇듯 다른 양상을 보이는 것은 어떠한 이유에서일까? 먼저, 두 나라가 유교라는 사상을 받아들임에 있어, 과연 무엇이 '오렌지를 레몬으로 바뀌게 하는 요인'으로 작용하였는가를 살펴보고, 아울러 우리나라와 일본이 전수받은 유교사상의 흐름을 파악해 보고자 한다.

유교문화권 중에서 유교사상이 가장 뿌리 깊게 자리 잡힌 나라는 바로 우리나라일 것이다. 주자학朱子學이 중국에서 우리나라로 전래된 것은 고려 말기(13세기 전후)였다. 고려 시대(918~1392)에는 불교가 지배적인 종교로서 국민에게 폭 넓은 지지를 얻고 있었다. 조선 시대에 들어서면서 불교가 배척되고, 특히 주자학에 의해 정치와 경제가 방향 지어지게 되었는데, 유교문화는 그로부터 현재에 이르기까지 한국인의 지배적 사상이 되어 왔다. 그런데, 같은 유교문화권임에도 우리나라와 일본은 왜 그리 커다란 차이를 보이고 있는 것일까? 그것은 한국에서는 불교 시대(678~1392)에 이어 조선 시대 518년(1392~1910)이라는 오랜 기간 동안 유교가 일원적 사상으로 보전되어 왔으나, 일본에는 이러한 사상사적思想史的 경위가 없기 때문이다.

일본의 에도 시대에도, 조선과 마찬가지로 주자학을 관학으로 승인함으로써 유교가 공적으로는 일본의 사상계를 독점할 수 있는 상황이 전개되었다. 에도 시대의 유교사상은, 265년간 이어져 내려온 사농공상士農工商의 신분 질서를 정당화하는 체제상의 가치 규범이었다. 유교사상은 무사계급뿐만이 아니라, 서민 교육기관을 통해 민중에게까지 깊숙이 침투하여 그들의 일상생활의 전반을 규제하고 있었다. 그러나 일본은, 그들의 전통 종교인 신도神道와 중국과 조선으로부터 전래된 불교, 그리고 도쿠가와德川 시대의 국가 윤리인 유교가 서로 한 데 섞이면서, 신·불·유가 서로 상해하지 않고 공존하는 종교·도덕의 다원적인 사상구조를 유지하였다.

유교는 도쿠가와 시대의 일본인들에게는 단순한 종교나 도덕 윤리의 하나에 지나지 않았다. 한 마디로 '신·불·유'를 일직선상에 두는 one of them의 상황이라고 할 수 있다. 때문에 일본에서 유교가 지닌 생활 규범으로서의 영향력은 조선 시대의 한국과는 비교가 안 될 정도로 약하였다. 일본에게는 공식적인 생활 규범으로서 '주자가례朱子家禮'와 같은 것이 없었다. 설령 그러한 것이 공포되었다 해도 효력을 발휘하지는 못했을 것이다.

때문에, 에도 시대에 일본의 유교는 '유학'이라는 학문의 영역에 그칠 뿐이었다. 조선 시대의 유교는 주자학만이 유일 절대의 학문으로서 공적인 권위를 지녔지만, 도쿠가와 시대의 유교는 주자학 이외의 학문을 배격하거나 하는 일은 없었다. 주자학뿐만이 아닌 중국에서 들어온 양명학, 일본인 유학자들이 창안해 낸 소라이徂來학, 절충학, 실학, 미토水戸학 등이 발달하여, 결국 주자학은 도쿠가와德川 바쿠후幕府의 공식적인 교학으로서 유학의 일학파가 되어 있었다.

그런데, 이것은 일본에 과거제도가 없었던 점과 크게 관련이 있을 것이다. 만일, 조선과 같이 주자학에 의한 과거시험이 있었다면 '수험용 교학'으로서 주자학은 압도적인 지배력을 발휘하게 되었을 것이며, 과거 시험에 의해 등용된 관료단 또한 주자학 이외의 유학의 존재를 인정하지 않고 양명학을 비롯한 '이단' 유교·유학을 억압하였을 것이다. 그러나 일본에서 이러한 일은 일어나지 않았다. 일본의 종교와 도덕의 사상구조가 다원적이듯이, 학문이나 지식의 사상구조 또한 다원적이기 때문이었다. 일본에서는 유교 이외의 국학과 난학蘭學이 활발히 연구되고 있었다. 조선이 주자학 일변도一邊倒였던 것에 비하면 일본의 학계와 지식인층은 아주 다채로웠다.

일본의 유교는 근대로 들어서면서 한국과 또 다른 흐름을 보이게 된다. 메이지기明治期(1868~1912)에는 국가 신도와 결속하여 특수한 진전을 보이기도 했다. 그러나 그것도 태평양전쟁이 종식되면서 전면적으로 부정되고 만다.

이와 같이, 일본의 유교는 한국처럼 유일 일원적 통치 이데올로기로서 군림한 적은 없었다. 그러나 21세기를 바라보는 현대 일본에게도 유교 예교제禮敎制의 근간인 '충'과 '효'의 가치관만은 남아 있다. 이것이 바로 같은 유교문화로서의 우리나라와 일본의 본질적 공통점이라고 할 수 있겠다.

어쨌든 우리나라의 유교사상은 조선 시대부터 지금에 이르기까지 줄곧 유일 일원적 사상으로서 존재해 왔다. 일본과 우리의 유교적 차이의 요인을 정책적·역사적인 부분에서 찾아본다면, 조선의 '숭유억불崇儒抑佛'이라는 국시와 이를 굳건히 다져준 과거제도 등이 유교를 일원적 사상으로 존재하게 하는, 일본과는 전혀 다른 상황을 낳았다고 말할 수 있을 것이다.

▶ 참고: 일본 유학의 발달

일본에서 주자학의 시조(始祖)로 일컬어지는 후지와라세이카(藤原惺窩)는 조선의 유학자 강항(姜沆)의 영향을 받아 주자학을 발전시켰다. 그의 제자 하야시라잔(林羅山)은 세이카의 추천으로 도쿠가와 이에야스에게 봉사하고 4대 장군 대까지 막부의 정치에 참여. 주자학은 막부와 각 번에 채용되어 관학으로서의 지위를 굳혔다. 강항(姜沆, 1566~1618): 1597년 정유재란 때에 포로, 1600년 귀국, 포로로 있을 때의 기록을 적은 '간양록(看羊錄)'이 있음.

고색창연한 전통의 보전, 이에家

우리나라와 일본의 가문에 대한 개념은 각각 어떻게 다른 것일까? 우리나라의 경우 가문은 일종의 유전자를 공유하는 혈연 집단의 의미를 강하게 내포하는 반면, 일본의 경우는 '이에家, いえ'의 개념으로서 혈연보다는 가업이나 가문의 전통성을 이어가는 구성원의 의미가 강하다 할 수 있다(우리나라의 가문과 일본의 '이에'는 개념 자체가 상이하므로, 일본의 경우는 이하 '이에'라는 단어를 쓰기로 하겠다). 이를 가장 잘 대변해 주고 있는 것이 우리나라와 일본의 성姓에 관한 사고방식이다. 우리나라에는 예로부터 '동성동본 혼인 불가'라는 사회적 규범이 있었는데, 이 규범이 성립되기 위해서는 첫째로 가문에 '성姓'이란 것이 있어야 하며, 둘째로 부계 혈통의 집단 의식을 가져야만 했다. 그러나 일본에서는 묘지名字라 하여 무사 계급만이 성을 가질 수 있었으며, 그 이외의 계층은 이름만 쓸 수 있었다. 메이지明治 3년(1870년)에는 평민도 성을 가질 수 있게 되었는데 이로 인해 일본인이 가문의 성이나 혈연을 중시하는 사고는 더욱 약화되고 만다. 게다가 가업을 중시하는 일본에서는 가업을 아들에게 물려주는 것이 보통이었기 때문에, 아들이 없는 경우에는 데릴사위를 맞이하거나, 자식이 있어도 소질이 없으면 전수자

가운데 소질이 뛰어난 자를 골라 양자로 삼아 자신의 성을 갖게 하고 가업을 전수하도록 했다.

우리나라에서는 반드시 혈연 관계가 있는 부계 혈연집단 내에서만 양자를 얻을 수 있고, 거기에 아버지와 자식 대의 '항렬'이라는 질서가 어지럽혀져서는 안 된다는 전제가 있었다. 이러한 전제의 가장 큰 원인은 우리나라가 원래 조선 시대부터 엄격한 부계 혈연 사회였다는 사실에서 찾을 수 있는데, 그러한 부계 혈연제의 원칙으로 중시되는 것은 아버지로부터 아들에게 이어지는 '혈맥血脈'이며 '혈연'이었다.

한편, 앞서 말한 바와 같이 일본인은 다른 성의 양자를 들일 때가 많다. '이에'에 있어, 일본은 우리나라와는 달리 다른 성의 양자를 들이고, 그 양자에게 다른 성의 아내를 맞이하게끔 하기도 한다. 일본에 있어 '이에'의 기본적인 특성으로는 '초혈연성, 계보성, 기능적 계통성, 자립성' 등을 들 수가 있다.

그렇다면 여기에서 우리나라와 일본의 동족 개념을 잠시 살펴보기로 하자. 먼저, 우리나라에 있어 동족 집단은 부계에 의한 혈족 집단이지만, 동족의 조직화는 사회적 지위의 세습의 개념에 의해 보증된다. 또 우리나라의 동족 집단은 형식적으로 동조同祖 의식을 지닌 동성동본의 부계 친족을 지칭한다. 때문에, 우리나라가 종가를 존중하는 것은 종가의 혈통 보존과 관계가 깊다 할 수 있다. 한편, 일본의 동족 집단은 '이에'에 있어 가족이란 것이 반드시 혈연자가 아니어도 되며, 가장家長조차도 친자가 아니어도 된다. 일본의 가족 제도에 있어서는 친자라고 해도 반드시 혈연자는 아니며 좌위座位에 관계된 친자 관계이다. 즉, 일본에서는 혈연관계가 아닌 사람이 정식 구성원이 될 수 있을 뿐만 아니라, 후계자까지도 될 수 있는 것이다.

그런데, 일본의 이러한 특성 때문에 생겨난 것 중 '노렌와케暖簾分け'라는

것이 있었다. 노렌와케는 주인이 종업원을 독립시켜 주는 상관습을 말하는 것인데, 종업원이 처음 점포에 들어가 뎃치丁稚(말단 점원), 데다이手代(중간 관리자)를 거쳐 가장 높은 직급인 반토番頭에 이르게 되면, 오랜 근무 기간으로 능력이나 업적 면에서 자립할 수 있다고 판단될 때 주인이 자신의 전통적인 상호를 공유할 수 있도록 분가시켜 주는 제도였다. 이와 같이 상점에서도 상점의 전통적 상호를 받아 분가를 형성하는 것이 일반적으로 행해지고, 농가에서도 비혈연자가 토지를 분여받아 분가를 형성하는 일이 있었다. 이러한 '본가와 분가'의 관계는 혈연관계에 기인한다기보다는 계보 관계에 기인하는 것이었다. 일본에서는 혈연 분가와 비혈연 분가가 존재하고 있었는데, 이 양자를 모두 '분가'라고 부른다는 것은 비혈연 구성원을 '이에'의 정식 구성원으로 인정하고 있었음을 말해준다. 이렇듯 '이에'의 구성원에 비혈연자를 포함하는 일은 '이에'의 후계자가 비혈연자로 선택될 수도 있었던 점으로 미루어 본다면 당연한 결과라고 할 수 있을 것이다.

따라서 일본의 경우에는 비혈연자를 '이에'와 동족 집단의 구성원으로 받아들임으로써 경영자원의 중요한 요소인 인재의 다양성 및 가업의 기술 계승이 용이했다.

그러나 우리나라의 종가에서 비혈연의 분가라는 것은 원칙적으로 있을 수 없었다. 즉, 비혈연 가족을 정식 구성원으로서 인정하지 않는 것이다. 한 연구에 따르면, 조선 시대의 지주·소작 관계에서는 지주의 토지를 경작하는 소작인이 단기간에 걸쳐 수시로 바뀌고 있었던 사실이 밝혀졌다. 이러한 지주·소작관계 속에서는 일본에서 보여진 것 같은 안정적인 지주·소작 관계는 있을 수 없으며, 하물며 소작인이나 집안 내의 고용인이 주인으로부터 어느 정도의 토지를 부여받아 계보적인 분가를 형성하는 일은 더더욱 있을 수 없다. 이것은 앞서 말했던, 우리나라에서는 비혈연자가 집안의 구성원이 될 수 없다는 점과 관련이 있다. 친족 체계에 관한 한일 비교를 한다면, 우리나라의 동족과 일본의 동족은 이 점에서 결정적으로 다른 것이다.

이렇듯 우리나라에서는 피가 섞인 혈연적 개념이 강조되지만, 일본에서는 '이에'라는 개념에 있어 혈연이라는 것이 절대적으로 중요시되는 것은 아니다. 따라서 상속의 경우, 우리나라에서는 '아버지父'가 줄기라면 '아들子'이 가지가 된다. 때문에 재산이나 자산이라는 개인적 소유물은 물론, 기업이라는 사회적 유산도 혈연자, 즉 아버지에게서 아들에게로 상속되는 것이다.

비혈연자(타인)라도 집안과 친족의 구성원으로서 인정하고 공동체로서 받아들이는 사고를 갖는다면, 타인간의 협력이 필요한 사회라는 조직을 하나의 공동체로서 받아들이는 것이 그리 어렵지는 않다.

우리나라의 '혈연'의식과 일본의 '이에'의식이 현대에도 사회 문화적 요인으로서 양국인의 직업관에 적잖은 영향을 미치고 있다.

현모양처의 강화책, 부부동성제

일본사회는 유교문화의 돌연변이라 불릴 정도로 특이한 점이 많은 나라이다. 최근 일본사회에서 논란이 되고 있는 부부별성제夫婦別姓制 또한 일본사회가 갖는 특수성이라 말할 수 있을 것이다. 유교문화권의 다른 나라들이 부부별성제를 채택하고 있는 데 반해 일본만이 부부동성제를 채택해 왔으나 최근 들어 법개정을 둘러싼 뜨거운 논쟁이 계속되고 있다.

근대화의 과정 속에서 수용한 일본 평민들이 성을 갖게 된 역사적 배경과 부부동성제를 채택하게 된 사회적 배경에 대하여 알아보면 의외로 그 역사는 오래되지 않았다는 것을 알게 될 것이다.

가족의 성씨는 나라에 따라 여러 형태를 취하고 있다. 그 배후에는 그 나라의 문화, 특히 종교 전통이 존재하고 있기 때문이다. 일반적으로 성씨 제도는 크게 나누어 별성제, 동성제, 결합성제로 나눌 수 있다.

_ 우리나라의 부부별성제

유교의 전통이 뿌리 깊게 남아 있는 우리나라는 '부계의 혈통주의'에 의거하는 가족제로 부부별성제를 취해 왔다. 따라서 아이가 태어나면 당연히

아버지의 성을 따르게 된다. 그러나 아내의 성은 혈통이 남편과 다르기 때문에, 혼인하고서도 바뀌지 않는다. 이러한 우리나라의 부부별성은 남존여비의 산물이라고도 할 수 있다. 반대로 성을 같이 하는 남녀는 혈맥이 있는 동족의 가능성이 있으므로, 그 결혼은 금지되어 '동성동본불혼'이라고 되어 왔다. 일본의 경우, スズキ鈴木 씨와 スズキ鈴木 씨의 결혼은 우연히 성이 같다라는 것만으로 문제가 되지 않지만, 우리나라에서는 동본同本(출신지가 같은)의 김씨와 김씨의 결혼을 금하고 있는 실정이다. 가문은 남자가 잇는 것이므로 다른 성의 여성은 묘의 비석에 이름조차 기입하지 않는 것이 일반적이다.

2000년 인구주택총조사 자료에 의하면 우리나라에는 286성씨와(귀화인 제외, 귀화성씨 442성) 4,179종류의 본관이 있는 것으로 나타났다. 이와 같이 우리나라의 성씨는 300개도 되지 않으므로 최근에는 동성끼리도 8촌 이내가 아니면 결혼할 수 있도록 민법이 개정되었다. 만약 4,179종류의 본관을 일본처럼 별개의 성씨로 간주한다고 해도 우리나라의 성씨는 4,179종류밖에 되지 않는 셈이다. 가장 많은 성씨는 김金, 이李, 박朴, 최崔, 정鄭, 강姜, 조趙, 윤尹, 장張, 임林순이며, 이 10대 성씨가 전체 인구의 64.1%를 점하고 있다. 2015 인구주택총조사 자료에 따르면, 우리나라 전체 성씨는 5,582개로, 한자가 있는 성씨는 1,507개이고 나머지 성씨는 4,075개로 집계됐다. 우리나라 전체 성씨 5,582개 가운데 김씨는 1,069만 명(21.5%), 다음으로 이李씨 730만 7000명(14.7%), 박朴씨 419만 2000명(8.4%) 순이었다. 최崔씨 233만 4000명, 정鄭씨 215만 2000명, 강姜씨 117만 7000명, 조趙씨 105만 6000명, 윤尹씨 102만 1000명, 장張씨 99만 3000명, 임林씨 82만 4000명 등도 10대 성씨에 포함됐다. 성씨 본관은 3만 6744개로, 본관별 인구를 보면, 김해 김씨가 9.0%(446만)으로 가장 많았고, 밀양 박씨(310만 명), 전주 이씨(263만 명), 경주 김씨(180만 명), 경주 이씨(139만 명) 등이 뒤를 이었다. 반면 일본성씨대사전(『日本苗字大事典』, 1997년)에 의하면 일본의 성씨는 291,129성씨이다. 가장 많은 성씨는 사토佐藤, 스즈키鈴木, 다카하시高橋, 다나카田中, 와타나베渡辺, 이토伊藤, 야마모토山本, 나카무라中村, 고바야시小林, 사이토齋藤순이며, 이 10대 성씨가 전체 인구의 약 10%를 차지한다. 또한, 같은 유교문화의 영향을 받아 온 일본은 우리나라와 중국과는 달리 부부별성제를 받아들이지 않았다.

_ 평민이 성씨를 갖게 된 역사적 배경

유교문화권에서 부부동성제를 채택하고 있는 나라는 일본뿐이며 그것이 일본의 오래된 전통이라 생각하기 쉽지만, 그 역사는 의외로 오래되지 않았다. 에도江戸 시대에는 약 6% 정도 되는 무사계급만이 신분적 특권으로서 '성씨대도苗字帶刀'가 허용되어 성씨를 갖게 되었다. 성씨를 가진 무사계급 즉 사무라이는 이때에는 부부별성제를 채택하고 있었다. 그 외의 일반 서민은 성씨는 없고 다만 이름만 있었으므로 말하자면 '무성제無姓制'이었다.

에도 시대에는 사농공상의 엄격한 신분제가 도입되어 '무사는 매우 훌륭하므로 농민이나 상・공인이 무사와 같이 성을 붙이는 것은 무례하다'는 생각이 지배적이었다. 그렇지만 농민이나 상공인 사이에서도 성 같은 것이 전혀 없었던 것은 아니다. 예를 들어 호소카와細川라는 성을 가진 영주의 소작인이 다로사쿠たろさく라고 하는 사람이 있다고 하면, 이 사람은 정식적으로 성씨는 없지만 사람들로부터 호소가와의 다로사쿠細川のたろさく로 불리기도 했다.

그러던 것이 메이지明治 정부가 들어서면서 근대국가로서 국민 모두를 원활히 통치·동원할 필요가 있었다. 때문에 메이지 3년(1870년)에 '평민성씨 허용령平民苗字許容令'을 내려 '국민이면 누구라도 성을 붙여도 좋다'고 했다. 처음으로 일반 서민에게도 성씨의 공칭을 허락한 것이다. 그럼에도 불구하고 오랫동안의 습관으로 인해 많은 사람들이 성씨를 갖지 않았으므로 1875년에는 전 국민 모두가 성씨를 갖게 하기 위해 '국민은 모두 성을 붙이지 않으면 안 된다'라는 '성씨필칭령苗字必稱令'을 내렸다. 그 후 일본사람들은 어떤 성을 붙이면 좋을까 하고 여러 가지로 생각했다고 한다.

예를 들어 위에서 언급한 호소가와의 다로사쿠細川のたろさく로 불리던 사람은 호소가와 다로사쿠細川たろさく로 붙여졌다. 또한 스스로 성을 붙일 수 없는 사람은 관청의 공무원들이 적당한 성을 지어주었다. 예를 들어 밭 중앙에 사는 사람은 다나카田中, 산 중턱에 사는 사람은 야마나카山中, 산 입구에 사는 사람은 야마구치山口라고 지어 주었다. 그리고 옛날의 유명한 무사의 성을 따서 다케다武田, 혼다本田, 우에스기上杉 등으로 작명한 사람도 있다. 또한 지방의 이름이나 먹는 것, 물고기 등으로부터 채택한 성씨가 많은데, 예를 들면 나리타成田(지방), 요네다米田(쌀), 구리야마栗山(밤), 기나시木梨(배), 사메지마鮫島(상어) 등을 들 수 있을 것이다.

그렇기 때문에 오늘날의 일본인의 성씨는 20만 종류가 넘으며, 성, 즉 혈연에 대한 집착이 매우 강한 우리나라와는 완연히 다르다는 것을 알 수 있다.

_ 부부동성제를 채택하게 된 사회적 배경

당초 메이지 정부는 유교적 영향도 있어서 '가족'이라고 하는 것을 '호주의 호적에 소속하는 혈통을 같이 하는 혈족'이라고 하고, 나중에 집에 들어온 아내는 호주와 다른 혈통의 혈족의 사람이므로 생가의 '양친의 성씨'를 칭하도록 하는 '부부별성주의'를 채용할 방침이었다. 그러나 그 정책은 일반 서민의 강한 반대에 부딪혀 정부는 아무래도 오늘과 같은 '부부동성주의'로 방침을 변경하지 않으면 안 되었다. 왜냐하면 당시의 일본은 일반 국민의 대다수가 농민이었고 나머지는 상·공인이었기 때문이다.

이에 메이지 31년(1898)에 시행된 일본 최초의 민법전에서는 '호주 및 가족은 집의 성을 칭한다(746조)', '아내는 혼인하여 남편 집에 들어간다(788조)'라고 규정되어 직접적 표현은 아니지만, 남편 집에 들어가 가족이 되어 동족화된 아내는, 자동적으로 남편 집의 성을 칭하는 것으로 근대적 '부부동성제'가 법적으로도 확립되었다. 이러한 사회적 배경에는 일본의 '이에家제도'가 중요한 역할을 하고 있다는 것을 알 수 있다.

전쟁 후 민법은 개정되었어도 부부동성제는 유지되어 현재에 이르고 있으니 불과 100년 좀 넘는다는 사실이 그저 놀라울 따름이다.

_ 선택적 부부별성제 도입에 따른 찬반양론

일본에서는 2001년 8월에 부부가 희망하면 각각 결혼 전의 성을 가질 수 있는 '선택적 부부별성제도' 도입의 찬반을 묻는 일본 내각부內閣部의 여론조사 결과가 발표되었다. 이 제도에 찬성한다는 응답이 42.1%, 결혼 전 성을 '통칭'으로 사용할 수 있도록 해야 한다가 23%로, 결혼 후도 다른 성을 따를 수 있는 법개정에 찬성하는 개정파가 65.1%에 달했다. 반대로 법개정에 반대하는 사람은 29.9%에 그쳐, 76년 이래 정부 여론 조사에서 처음으로 제도 도입 찬성이 반대를 웃돌았다.

세대별로 보면 20, 30대는 남녀 모두 도입 찬성이 50%를 넘었으며, 그중에서도 30대가 가장 많아 남녀 모두 52%대였다. 50대까지는 남녀 모두 찬성이 법개정 반대를 웃돌았다.

'부부는 동성을 따라야 하지만, 구성舊姓을 통칭으로서 사용할 수 있도록 법개정해도 상관없다'고 하는 사람은 23%였다. 다른 성으로 하면 '가족의 연대감이 약해진다'라고 생각하는 사람은 전번보다 약 5% 줄어들어, 41.6%이었다. 52%는 '영향이 없다'고 대답했다.

한편, 부부별성제도의 도입에 찬성하는 사람 중에서도, 실제로 다른 성을 희망하는 사람은 소수파로 18.2%에 그쳤다. 아이에게 끼치는 영향을 걱정하는 사람은 여전히 많아 66%가 '다른 성이라면 아이에게 바람직하지 않은 영향이 있다'라고 대답했으며 '영향이 없다'라고 대답한 사람은 26.8%였다.

이와 같이 부부동성제는 개명에 따른 절차의 번거로움과 자신의 캐리어에 대한 인지도에 마이너스를 초래한다는 등의 폐단이 거론되고 있는 실정이다. 반면 부부별성제의 채택에 따른 문제점으로 '가족의 연대감이 약해진다', '불륜이나 이혼이 증가한다', '가족간에 성이 다르면 아이들이 상처받는다' 등이 지적되고 있다. 부부별성제 그 자체만 놓고 본다면 우리나라는 일본보다 훨씬 여권이 신장된 나라가 아닐까?…….

우리는 일본사회가 같은 유교문화권이면서도 평민들의 성씨를 사용하게 된 역사적 배경이나 부부동성제를 채택하게 된 사회적 배경을 유교문화의 돌연변이, 즉 일본 특유의 문화적 특성으로 이해할 수밖에 없을 것이다.

▶ 참고: 황족의 성(姓)

일본의 성씨(姓氏): 원래 천황이 신민에게 하사하는 것. 일본의 황족에게는 성(姓)이 없다.

(예) 쇼와(昭和)천황: 이름: 히로히토(裕仁), 쇼와: 연호.
헤세이(平成)천황: 이름: 아키히토(明仁), 헤세이: 연호.
천황 일가에는 호적이 없고 천황 일가의 황통보(皇統譜)라는 특별한 계도에 기록.

(예) 황족에서 왕녀가 평민과 결혼: 민적강하(民籍降下)라는 절차를 거쳐 왕통보에서 삭제되어 보통사람의 호적에 올라감.

정치 엘리트

우리나라와 일본이 비슷하면서도 상이한 정치적·경제적·사회적 양상을 보이는 것은, 유교문화라는 같은 종자가 각각의 다른 정치적 관습이나 사회적 풍토라는 토양과 기후에 의해 각기 다르게 배양되었기 때문일 것이다. 이러한 토양이나 기후는 우리나라와 일본의 유교 문화로 대표되는 여러 가지 사회적 산물을 낳았는데, 그 중의 하나가 우리나라의 '선비'와 일본의 '사무라이侍, 武士'이다. 우리나라에서 선비의 뜻으로 쓰이는 '사士'는 일본에서 '사무라이'의 뜻으로 쓰이며, 마찬가지로 우리나라에는 '선비정신'이, 일본에는 '무사도武士道 정신'이 있다.

유교문화 속에서의 우리나라와 일본의 차이는 '선비'와 '사무라이'를 통해 과연 어떤 식으로 나타나는 것일까? 선비와 사무라이가 어떻게 대비되는지 알아보고, 유교사상의 토대 위에 등장한 사무라이는 일본에 있어 과연 어떠한 존재였는지 잠시 살펴보기로 하겠다.

_ 정靜의 선비 · 동動의 사무라이

우리나라와 일본은 조선의 건국과 도쿠가와 정권의 수립이라는 비슷한 시대적 상황 속에서 유교의 일학인 주자학을 받아들였다. 이는 주자학이 신분차별을 인정하고 대의명분을 내세워 군신관계와 충군애국을 강조한다는 점에서 봉건적인 지배체계를 견고히 하는 데 안성맞춤이었기 때문이다. 특별히 우리나라와 일본은 주자학의 '충효사상'을 통치이념으로 받아들였는데, 두 나라의 각기 다른 사회적 정치적인 여건은 두 나라가 주자학을 서로 다른 방향에서 받아들이게 하는 결과를 낳았다. 즉, 우리나라는 '효'의 이념에, 일본은 '충'의 이념에 더 많은 가치를 두게 되었다. 그 결과 조선의 지배 계층이나 지식인 사회에서는 효와 문文을 숭상하는 '선비사상'이 강조되는 반면, 일본에서는 주군에 대한 충성과 무武를 중시하는 '사무라이 정신'이 강조되었다.

이로 인해, 선비와 사무라이는 같은 유교사회의 지배 계급이자 엘리트였음에도, 선비는 유교적 덕치德治, 인정주의仁政主義에 바탕을 둔 정靜적이고 방어적인 성향, 사무라이는 충군애국忠君愛国에 바탕을 둔 동動적이고 호전적인 성향으로 대비되었다.

_ 사무라이의 등장

사무라이는 교토京都로부터 도고쿠東国(도쿄를 중심으로 한 관동 지방) 지방에서 일어난 무장 개척 농민의 수령층이 점차로 토착 지방세력으로 대두되어 생겨난 계급이다.

지방에서 세력을 키운 그들은 점차로 율령 체제와 귀족들의 토지를 잠식하여 12세기 말, 겐지源氏와 헤이시平氏라는 2대 무사 집단의 무력충돌 끝에 마침내 무력 정권의 탄생을 맞이한다. 이때부터 일본은 사무라이라는 신분이 폐지되는 메이지유신까지 사무라이가 거의 모든 정치적 실권을 장악하게 된다.

사실 사무라이는 16세기까지만 해도 농업을 겸하면서 유사시에만 사무라이의 역할을 수행하였다. 그러던 것이 16세기 말 도요토미 히데요시豊臣秀吉의 병兵·농農 분리 정책으로 농민에서 분리된 하나의 지배 계층으로 군림하게 된 것이다.

고보리 도모토(小堀鞆音)의 『武士』(東京芸術大学 소장)

_ 군사 엘리트에서 문화 엘리트로

그렇다면, 일본의 문인들은 일본에서 어떠한 위치를 차지하고 있었을까?

사무라이의 정치 체제를 이른바 바쿠한幕藩 체제라고 한다. 이것은 중앙정부 격인 '바쿠후幕府'와 지방 자치격인 '한藩'으로 이루어진 봉건 정치 시스템을 말하는 것인데, 이 바쿠후는 무사 관료에 의해 운영되는 것이었기에, 사실 문인 관료가 나아갈 자리는 없는 것이나 다름이 없었다. 문인 관료는 굳이 말하자면 세습으로 이어지는 공가公家였다. 그들은 실권 없는 조정에 종사할 뿐, 정치의 무대로 나가지는 않았다. 1192년에 가마쿠라 바쿠후鎌倉幕府가 들어선 이후부터 1868년의 메이지유신까지의 676년간, 교토에 천황의 조정이 있다고는 해도 일본의 정치는 기본적으로 정이대장군征夷大將軍이라는 무가의 동량棟梁들에 의해 이루어졌다. 사무라이는 정치적 실권 계층으로서, 이 '문文'의 공백을 메워야만 했다.

사무라이가 학문이나 교양을 몸에 익혀, 거친 군사 엘리트적 성향을 탈피하고 문화 엘리트로 탈바꿈하게 된 것은 17세기에 시작되는 도쿠가와德川 바쿠후 정권 수립 이후부터이다. 근 1세기에 걸친 전국 시대戰国時代를 지나, 16세기 말에 시작된 오다 노부나가織田信長, 도요토미 히데요시豊臣秀吉, 그리고 도쿠가와 이에야스德川家康로 이어진 전국 평정 속에서 바쿠후와 한藩이라는 지방 정권분립의 체계가 완성되고 전쟁 없는 평화로운 시대가 도래되면서, 처음으로 사무라이는 '문文'과 가까워질 수 있었다. 우리나라의 경우는 '문文'과 '무武'를 분리하여 과거 시험을 통해 인재를 등용하는 문관 우위의 행정제도였으나, 이때부터 일본에서는 '무武'가 '문文'을 겸하게 되었다.

__ 사무라이 특권

사무라이에게는 세 가지의 특권이 부여되었다. 그것은 기리스테고멘切捨御免의 특권과 다이토帶刀라는 특권, 그리고 묘지名字의 특권이었다.

기리스테고멘은 평민이 사무라이에게 누를 범했을 경우 그 자리에서 목을 칠 수 있는 특권이며, 다이토는 칼을 허리에 차고 다닐 수 있는 특권, 그리고 묘지는 성姓을 말하는 것으로서 성姓을 가질 수 있는 특권을 말한다.

그러나 이 같은 특권이 부여되는 만큼 특권을 누리는 자로서 지켜야 할 생활 규범 또한 엄격했다. 그들은 무사도에 어긋나지 않는 사무라이로서의 생활 규범을 엄격히 준수해야 했으며 생활 또한 사치스러워서는 안 되었다. 앞서 말했듯이 사무라이가 문과 무를 겸하는 문화 엘리트로 탈바꿈하면서, 사무라이에게는 무사로서의 예법이나 무술 훈련뿐만 아니라 중국의 학문 전반에 관한 지식이나 교양도 요구되었다.

'선비'와 '사무라이'는 각 나라의 유교사회를 이끌었던 이른바 정치 엘리트였다. 이들에게는 지배 계층으로서 누릴 수 있는 특권과 이행해야 할 여러 가지 규범 내지는 법도가 있었다. 우리나라의 선비가 유교논리의 실천이나 학문상의 윤리 문제를 중요시했다면, 사무라이는 관료로서의 통치능력 내지는 주군에 대한 충성을 강조함으로써 신분질서 확립에 보다 주안점을 두었다. 일본의 유교가 독특하다 할 수 있는 것은, 주자학이 목표로 하는 문관文官이 곧 치자治者라는 문치사상文治思想이 아닌, 무가 사회의 '충'개념을 더욱 중요시한 점이라 할 수 있을 것이다.

선비와 사무라이의 역할, 그들의 행동을 컨트롤했던 가치와 규범은 두 나라의 정신적 근간으로서 오늘날까지 이어지고 있다.

▶ 참고: 참근교대제(參勤交代制)

에도(江戸) 막부시대에 막부의 권력을 유지하기 위한 제도이다. 이전의 막부인 가마쿠라(鎌倉), 무로마치(室町) 막부의 하극상을 지켜본 도쿠가와(德川)씨가 신하인 다이묘(大名)들이 반란을 일으키지 못하게 하기 위해서 만든 제도이다. 다이묘들의 가족들은 에도에 인질로 거주시키고 다이묘 자신도 자신의 영지에서 1년, 에도에서 1년 교대로 근무해야만 했다. 1년에 한 번씩 이동해야 하는 번거로움뿐 아니라 대규모의 인원과 짐이 움직여야 하므로 많은 비용이 들어서 다이묘들의 경제력을 악화시키는 결과를 낳았다. 또한, 원거리 여행 때문에 오가는 길목에 교통이 발달하고 많은 여관들도 생겨났다.

종교 없는 나라의 종교

일반적으로 일본인의 국민성을 논할 때 그 특성으로 지적되는 것 중의 하나는 특별히 믿는 종교가 없다는 것, 즉 무종교성이다. 일본인들은 성탄절에는 케이크를 사 들고 가서 캐럴을 들으며 성탄을 축복하고, 설날에는 신사神社나 절에 가서 하쓰모데初詣라 하여 새해의 첫 참배를 올린다. 또, 결혼식은 주로 신사나 교회에서 올리지만, 장례식만큼은 절에서 한다. 종교 면에서도 무엇이든 받아들이기를 좋아하는 그네들의 습성이 신도神道와 불교 그리고 기독교가 한 데 얽어진 지금의 기이한 형세를 낳은 것이다.

과연 일본인에게 있어 종교란 무엇일까? 종교란 그들에게 어떤 의미로 자리하고 있는 것일까? 일본의 3대 종교인 신도, 불교, 그리고 기독교를 통해 일본인이 말하는 그네들의 종교를 잠시 들여다보기로 하겠다.

_ 신도

신도神道는 간단히 말해 일본이 만들어 낸 일본만의 종교라 할 수 있겠다. 본디 신도는 샤머니즘적인 요소가 강한 것으로서 고대 일본인들의 물활론

物活論(모든 물건에는 영혼이 깃들어 있다고 믿는 신앙)적 믿음에 그 뿌리를 두고 있다. 때문에 신도에서 섬기는 신은 유일신이 아닌 각 가정이나 그 지방의 수호신이었다. 그러던 것이 그 지역의 영웅이나 지도자를 숭배하고 조상의 영혼을 섬기게 되면서 일본의 정신적 종교로 화하게 된 것이다.

신도에는 천황의 기원 신화도 하나의 기본 교리가 되어 있는데, 신도에 천황을 모시게 된 것은 1868년 메이지유신 이후 신도가 천황의 권위를 유지하기 위한 국가 종교로 장려되면서부터이다.

이들 신도의 신을 모시는 곳이 우리들이 너무도 잘 알고 있는 신사神社라는 곳이다. 일제 식민지기에 일본이 우리에게 신사 참배를 강요하고 신사에서 머리를 조아리게 했던 것도 신도라는 것이 그만큼 일본 고유의 정신이 깃든 종교였기 때문이다.

_ 불교

일본인에게 있어 불교佛教는 생활의 한 부분이라 해도 과언이 아닐 것이다. 불교는 기독교와 비교해 볼 때 외래 종교로서 대단한 성공을 거둔 셈이다.

불교가 처음 일본에 전해진 것은 6세기경으로, 538년에는 백제의 성명왕이 금동불상을 일본에 전했다고 한다. 일본의 불교는 유교 등에 비해 빠른 속도로 확산되었는데, 이는 현세 이익적인 면과 사후의 명복을 보증한다고 하는 주술적인 면이 당시 사람들에게 크게 작용했기 때문이다.

그러나 불교는 소박하고 실질적인 일본의 민간 신앙에 융해되기에는 너무 추상적이었고, 천황제의 이념과도 동떨어진 면이 아주 많았다. 불교가 일본에 뿌리를 내릴 수 있었던 것은 외래 종교 수용에 있어서의 이러한 독자적 개성과 타협을 했기 때문이다.

인간이 죽은 후에 가야 할 이상적 땅인 정토淨土가 서방의 저 끝에 존재한다고 보는 추상적인 '서방정토관西方淨土觀'이, 죽은 자의 영혼이 가야 할 곳은 산이라고 보는 보다 실제적인 '산중정토관山中淨土觀'으로 바뀌고, 천황제 이념에 부합코자 13종 56파였던 종파가 13종 28파로 통합된다. 그러나 불교가 토착화되는 데 가장 큰 역할을 한 것은 뭐니 뭐니 해도 불교식 장례 의식의 침투이다. 10~11세기의 하급 승려들은 죽은 이의 유족을 찾아가 유골의 일부를 산 같은 곳에 묻으면 정토왕생淨土往生할 것이라고 전도하며 다녔는데, 이것이 큰 호응을 얻어 오늘날의 납골 풍조가 생기게 되었다. 바로 이러한 납골 풍조가 근세에는 사단寺檀과 결부되게 되어 절과 묘지의 긴밀한 네트워크를 형성하기에 이른 것이다.

일본인들은 불교 신자가 아니더라도 절을 찾아 참배하고 장례식 또한 불교식으로 행한다. 또 죽은 자에게는 불교상의 이름인 계명戒名을 붙이기도 한다. 사실 일본인에게 불교가 하나의 종교로서 자리하고 있는지 혹은 전통적인 생활양식의 하나로서 자리하고 있는지 명확히 얘기할 수는 없지만 어쨌든 독자적이고도 특수한 일본의 상황에 지체 없이 순응한 불교의 노력은 종교가 민족의 생활양식이 되었을 만큼의 커다란 성과를 이룩하게 한 것이다.

_ 기독교

기독교基督教라 하면 일본에서는 가톨릭과 프로테스탄트를 한 데 묶어 일컫는 말이다. 이것은, 중일전쟁과 태평양전쟁 중에 종교 통제가 강화되면서 1941년 프로테스탄트들이 일본의 기독교단으로 강제 통합된 결과이다.

2017년, 문화청의 조사에 따르면 일본에서 기독교 종교를 가지고 있는 사람은 전체의 1.1%에 지나지 않는다. 불교가 외래 종교로서 대성공을 거둔 것이라면 기독교는 대참패를 한 것이라 할 수 있겠다. 주지한 바와 같이 외래 종교가 일본에서 토착화될 수 있느냐 없느냐의 성패는 종교를 받아들이는 데 있어서의 일본의 독특한 패턴에 순응하느냐 못하느냐의 여부에 달려 있는 것이다. 일본에서 기독교가 널리 전파되지 못한 이유로서는 첫째, 기독교가 신도와 불교의 아성에 도전하기에는 이들 두 종교의 입지가 너무도 확고했다는 점과 둘째, 회개나 반성보다 책임감을 강조하는 무사도 정신이 일본 정신의 근간을 이루고 있었다는 점, 셋째, 개인의 이익이 없으면 쉽게 종교를 포기하는 일본인의 세속주의적인 성향을 들 수가 있다. 그러나 무엇보다 가장 큰 이유는 기독교의 교리 자체가 천황 중심제와 국가주의 정신이 강한 일본에 융화되기 힘든 것이었다는 점, 즉 특이 상황에 순응이 불가능한 것이었다는 점일 것이다. 어쨌든 기독교는 일본에서 성장할 수 없었다. 그러나 기독교는 구미 문화의 중심을 이루는 기독교적 사고나 생활 방식, 도덕이나 사상 등을 일본에 전함으로 일본에게 근대 사회를 이끌어 가는 커다란 힌트가 되어 주었다는 점에서 큰 의미를 지닌다.

오늘날 기독교 신자의 수는 프로테스탄트가 약 54%, 가톨릭이 약 46%라고 한다. 이 숫자는 불교계에 비하면 매우 적은 숫자이긴 하나, 기독교는 일본 사회에서 일정한 지위를 확보하고 크고 작은 여러 가지 활동을 계속해 나감으로써 일본인들에게 좀 더 밀착하고자 하는 그네들 나름의 노력을 게을리 하지 않고 있다.

유일신은 없다

일본의 사회학자가 우리나라에 와서 '한국이 일본보다 많은 것 3가지만 말해보시오'라고 질문을 던졌다. 여관과 약국, 그리고 교회가 일본보다 현저하게 눈에 많이 띈다는 대답을 듣고, 그 다음에는 '왜 한국사회에는 여관과 약국 그리고 교회가 많은가'라는 질문으로 이어졌다. 갑작스러운 질문에 충분한 설명을 하지 못해 당황해 했던 기억이 난다.

우리나라의 '인구주택총조사'에 의하면(2017년), 종교를 가지고 있는 사람은 2,155만 4천 명으로 전체 인구 중 43.9%이며, 이 중에서 남자는 39.4%, 여자는 48.4%가 종교를 가지고 있다고 한다. 종교별로는 기독교(개신교) 인구가 967만 6천 명(19.7%)로 가장 많고, 불교 761만 9천 명(15.5%), 기독교(천주교) 389만 명(7.9%) 순으로 조사됐다. 기독교와 천주교를 합치면 기독교계가 27.6%를 점하게 된다. 이처럼 한국사회 속에서의 기독교는 일본보다 늦게 전래되었음에도 불구하고 크게 발전하였다.

그럼 일본의 기독교는 어떠한가? 일본의 종교를 크게 나누어 보면 신도神道계, 불교계, 기독교계와 이들 3종교에서부터 파생된 신흥종교 등으로 나눌 수 있다. 일본 문화청이 편찬한 '종교년감(2017)'에 따르면, 종교법인은 총 18만 1,645개이며, 각 종교별 신자 수는 불교계가 8770만 2069명(48.1%), 그 다음으로 신도계가 8473만 9699명(46.5%), 기독교계가 191만 4196명(1.1%), 기타 종교가 791만 440명(4.3%)이다. 모든 종교의 신도 수를 합치면 숫자상으로는 1억 8226만 6404명이나 된다.

일본 인구가 2017년 1억 2600만 명인 점을 고려한다면, 전체 종교의 신도 수가 인구의 약 1.5배나 되고 있는 셈이다. 이는 일본인 상당수가 중복된 종교생활을 하고 있다는 의미다. 신사 수는 8만 1158개, 사원은 7만 7256개가 있다.

이와 같이 이웃나라 일본은 우리보다 이른 시기에 기독교가 전파되었음에도 불구하고, 일본사회에서의 기독교발전은 우리와는 비교가 되지 않을 정도로 거의 이루어지지 않았다고 볼 수 있다. 일본에서 기독교계가 차지하는 비중이 1.1%에 지나지 않는 것처럼, 기독교의 존재는 대단히 미미한 것이다.

일본에서는 외래 종교로서 불교가 대단한 성공을 거두었지만, 기독교는 그에 비해 크게 번성을 하지 못했던 것이다. 그럼 일본에서 기독교가 발전하지 못한 이유는 과연 무엇일까? 물론 거기에는 일본 기독교역사의 전개과정과 일본의 정치 문화, 그리고 일본인들의 가치관 등 수 많은 요인들이 작용했을 것이다. 그럼 여기에서 일본에서 기독교가 번성하지 못한 이유를, 일본기독교의 선교과정을 중심으로 하여 간단히 정리해 보자.

_ 근세봉건사회의 기독교

1543년 포르투갈 상인 3명이 다네가시마種子島에 도착하여 일본에 화승총을 전해주었다. 6년 후인 1549년 8월 15일 예수회Jesuits 소속 프란시스 사비에르Francis Xavier(1506.4~1552.12, 스페인 출생) 신부는 가고시마鹿兒島

에 도착했다. 그는 일본을 왕래하던 상인들로부터, 일본은 이슬람교도도 유대인도 없는 선교의 천국이라는 이야기를 듣게 되었다. 그런 이유로 인도에서 동양선교의 발판을 구축하고 있던 사비에르는 동아시아의 첫 번째 선교활동지로 일본을 선택했다. 그의 선교에 의해 처음으로 일본에 도입된 기독교는 반세기도 채 되지 않아 일본 각 지역에 널리 알려지게 되었다.

예수회의 선교 방법은 좀 독특했는데, 이들은 일반 서민층이 아니라 군주나 귀족 등에게 먼저 접근하여 개종을 시키고, 그들의 정치적 영향력을 이용하여 일반인들에게 전파하고자 했다. 또한 단순히 선교만을 목표로 삼지 않고 원활한 무역을 원하는 국왕의 사신의 역할도 하고 있었다. 하지만 일본 승려들의 방해로 많은 심적 고통을 겪어야 했다.

당시 오다 노부나가織田信長는 군사적인 저항을 일으키고 있었던 불교도들에게 대항하기 위해서라도 기독교 선교를 적극적으로 장려하고 있었다. 따라서 선교사인 사비에르는 불교계의 저항에도 불구하고, 1,000명에 가까운 신자들에게 세례를 줄 수 있었다. 그래서 그는 본국에 보내는 보고서에서 일본은 선교 가능성이 대단히 높은 곳이라고 적었다.

2년간의 일본 체류를 통해 일본에 대한 중국문화의 영향력을 직접 확인한 사비에르는, 일본인들의 정신적 스승을 중국이라고 여겨 일본을 개종시키기 위해서는 중국을 먼저 개종시키는 것이 첩경이라는 결론을 내렸다. 그리고 그는 중국으로 발길을 돌렸지만 중국의 관동만에서 1552년에 사망했다.

또한, 일본 전국을 통일한 도요토미 히데요시豊臣秀吉도 예수회포교에 호의적인 태도를 취했다. 선교사들은, 자국의 상인과 수익을 필요로 하는 일본 다이묘大名들 사이의 중개를 통해서 일본 내에서 그들의 역할을 점차 넓혀가고자 했다. 또한 외국무역을 통해서 상업경제를 발전시키려고 했던 각

지방의 다이묘들은, 선교사를 활용해 경제적 이익을 도모하고 있었기 때문에, 양자의 이해관계가 일치하고 있었던 것이다. 당시 일본인들은 기독교를 서역에서 온 불교의 새로운 종파 정도로 받아들였으며 기독교의 교리보다는 선교사를 통해 들어오는 새로운 서구문물에 보다 큰 관심을 가지고 있었던 것이다.

당시 각 영주들은 서양식 무기 확보에 혈안이 되어 있었다. 사비에르가 일본에 왔을 때, 16세 소년 영주였던 오다織田도 역시 철포와 화약 등의 확보에 비상한 관심을 보이고 있었다. 그는 1569년에 기독교 포교를 공인하고, 가끔 선교사들을 집무실로 불러 유럽과 인도에 대한 질문을 끊임없이 넌시곤 했나고 한다. 오다가 기독교 포교를 공인한 속셈은, 불교 사원을 견제하고, 대포와 화약 구입에 필요한 재원을 포르투갈과의 무역을 통해 확보하려는 것이었다.

사비에르는 일본 영주들에게 세계는 둥글다는 진리를 깨우쳐 주었으며, 세계지도와 지구본을 선물하여 그들의 국제적 인식능력 제고에 크게 기여하였다. 사비에르의 뒤를 이은 포르투갈 선교사들은 일반 민중들이 영주의 말이라면 죽는 시늉까지 한다는 이야기를 듣고, 우선 영주를 개종시키는데 온갖 정열을 기울였다.

그 결과, 1563년 가고시마 지방의 영주 오무라 스미타다大村純忠(1533~1587)와 중신 25명에게 세례를 받게 하여, 오무라를 영주 기독교신자 제1호로 개종시키는 데 성공했다. 영주가 기독교 신자로 개종을 하자, 그 지역에는 5,000~6,000명의 새로운 신도가 생겼으며, 10년 후에는 신도수가 5만 명으로 늘어났다고 한다. 1641년경에는 규슈九州지방의 기독교 신자 수가 30만 명에 달했다.

당시 일본 기독교는 불교적 염세관으로 채색된 것이었으며, 영주의 명령에 따른 반 강제적인 것이었다. 또 알아두어서 나쁠 것이 없다는 식의 일본인들의 속성에 기인했다고 할 수 있다.

당시 포르투갈은 1547년 이래 중국과 일본 간에 공식적인 무역이 중단된 상황을 이용하여 일본 무역을 독점하였으며, 일·중간의 중계무역intermediary trade을 통하여 톡톡한 재미를 보고 있었다.

하지만 1603년 도쿠가와가 천하를 통일하자, 집권층에게 신 앞의 평등을 주장하는 기독교 교리는 거추장스러운 존재가 되었다. 신 앞의 평등을 설파하는 기독교 교리는, 일본적 유교를 기초로 하고 있었던 당시의 지배질서와도 큰 차이가 있었으며, 또한 당시의 사회생활 속에 존재하고 있었던 할복자살과 일부다처제 등도 부정하고 있었다. 막부의 지배층은 기독교 신자들 간의 교제와 교통이 민중 봉기로 연결될 것을 우려하고 있었다. 뿐만 아니라 불교, 신토神道, 기독교 간의 교리 논쟁은 사회불안을 조성하고, 기독교 신자들과 선교사들이 외세의 앞잡이 노릇을 할지도 모른다는 불안감에 당국은 경계를 늦추지 않았다.

처음에 기독교 포교에 호의적이었던 도요토미 히데요시도 집권말기에 가서는 탄압적으로 나왔다. 1590년경에는 이미 그에 의한 기독교 금지 정책이 펼쳐지고 있었다. 도요토미는 식민지 확대를 꾀하고 있었던 스페인과 포르투갈이 정치 경제와 밀착한 기독교 포교에 힘을 쏟고 있다고 판단했고, 마침내 1597년 나가사키長崎에서 활동하고 있던 후란시스코회 신부와 선교사 6명, 그리고 일본인 신자 20명을 처형하였다. 이것이 일본 기독교 박해의 시발점이 되었다.

도쿠가와 막부德川幕府도 1613년에 포교를 금지시켰다. 도쿠가와 막부도 점차 기독교를 금지하는 추세로 나아가다가, 급기야 기독교를 본격적으로 탄압하기 시작했던 것이다. 막부는 기독교 신자를 적발하는 갖가지 방법을

강구했는데, 그 중에 대표적인 것이 바로 후미에踏み繪였다. 이는 1629년 나가사키의 한 영주가 고안한 것으로서, 예수나 마리아의 그림을 땅에다 놓고 지나가는 행인들로 하여금 밟고 지나가도록 명령했던 의식이었다. 만약 밟기를 거부하거나 머뭇거리는 사람이 있으면 곧바로 기독교신자로 간주하여 처벌하였다. 일본에서는 1857년 네덜란드인의 요구로 후미에가 폐지될 때까지 계속되었다고 한다.

후미에踏み繪

이러한 탄압과 박해 과정을 통해, 일본의 기독교는 1854년 미국과 「일미화친조약」을 맺어 문호기 개방될 때까지 일본에서 공식적으로는 자취를 감추게 된다. 다만 그 250여 년 동안 '가쿠레 기리시탄隠れキリシタン'이라는 지하 신앙조직체의 신앙활동만이 명맥을 유지해 왔다. 가쿠레 기리시탄隠れキリシタン이란 '숨은 기독교인'이라는 의미이다. 그들은 가혹한 박해를 피해 숨어 살면서, 자신의 신앙을 숨기기 위해 성모상 대신 (십자가를 뒤에 새긴) 관음상을 사용하는 등 은폐의 방법을 사용했다.

당시의 선교사들은 세계가 넓다는 것을 막부정권과 지방의 다이묘들에게 깊이 인식시켜 주었으며, 나중에 교회부속 교육기관 등을 설치하여, 서양지식과 서양문화 보급에도 앞장을 섰다. 이들은 신학 이외에 철학, 법학, 정치학 등을 소개하여 남만문화(유럽문화)전파의 중심적 역할을 수행하였다.

_근대국가 형성기의 기독교

1868년 수립된 메이지明治정부는, 1873년, 도쿠가와 막부 이후 계속해서 금지시켜왔던 기독교금지제도를 철폐하였다. 이 당시에는 처음 기독교가 도입되었을 때와는 상당히 다른 상황이었다. 이전에는 주로 스페인과 포르투칼이 중심이었다면 이제는 미국과 영국 등의 선교사들에 의해 선교활동이 이루어지고 있었다.

그러나 유일 신앙만을 강조한 기독교의 생각은 다신교적 풍토를 가진 일본의 전통적인 생각과 충돌을 일으켰다. 1890년 천황제에 입각한 국가주의가 일본 국민들 속으로 침투해감에 따라 많은 사람들은 기독교에 대해 의혹을 가지게 되었으며, 점점 배타적으로 되어갔다.

또한 당시에는 '아라히토가미(현인신現人神) 천황天皇'의 관념이 권력자들에 의해 조직적으로 조작되기 시작했다. 따라서 일본에서 전통이 깊은 불교나, 신흥종교로서 일본에 정착하기 시작한 기독교는, 신도의 국교화에 적극적으로 대응하지 못했으며, 이러한 이유로 일본 대중들의 신도에의 정서적 귀의가 더욱 쉽게 이루어졌다. 범신교적인 전통을 오랫동안 갖고 있는 일본에 천황이 돌연변이처럼 일신교의 절대자로서 강림한 셈이다. 불교는 된서리를 맞았고 기독교도 움츠러들었다. 불경죄라는 족쇄가 등장하여 기독교 신자들을 괴롭혔다. 황실과 신궁神宮의 존엄을 무시하는 말을 하거나 행동하는 자를 형법상의 불경죄로 엄하게 다스렸다. 이 시기는 제국헌법과 교육칙어教育勅語 제정 등에서 알 수 있듯이 절대군주를 중심으로 하는 국가주의 의식이 강력하게 주입되고 확대되어 갔던 시기였다. 따라서 당시의 기독교는 시대적인 정치상황과 맞물려 선교를 제대로 할 수가 없었다.

일본의 기독교는 20세기의 산업혁명을 거치며 자본주의 사회로의 변신과 신학의 도입 등에 의해 그 양상을 바꾸어 갔다. 기독교는 어느 정도 일본의 전통적인 생각으로부터 자유로웠던 도시중산층 속에서 자리 잡아 갔다. 고등교육을 받았거나 혹은 서구문화의 정신적 의미를 이해하고 있던 일부 사람들은 스스로의 수양과 교양 등을 위해 기독교와 접촉하고 있었던 것이다.

메이지 후반기에는 기독교적 휴머니즘을 기반으로 사회평등과 정의 등을 위해 싸우는 기독교인들도 나타났으나 그 숫자는 상당히 미미했다.

__ 전시하의 기독교

1930년대 만성적인 국내불황 속에서 '신의 나라 운동'이 제창되면서, 지금까지 기독교에 관심이 없었던 농어민과 노동자들에게까지 선교운동이 확대되고 있었다. 그러나 일본기독교연맹은 정부가 추진하는 '정신작위운동'의 참여를 통해 선교의 확대를 시도했으나, 개인구제의 중요성만을 주창함으로써, 결국 전통적인 선교방식의 틀에서 크게 벗어나지 못했다.

학생 기독교운동은 이것을 비판하면서 개인화된 종교가 아닌 사회화된 종교로의 변혁을 역설했다. 당시 불확실한 상황과 근대 합리주의의 붕괴 속에서 여러 형태의 선교운동이 있었으나, 파시즘의 대두로 말미암아 그러한 운동도 사라져갔고, 사람들은 허무와 불안 속에 빠졌다.

1940년에 실시된 종교단체법안에 따라 기독교의 재편이 이루어졌고, 1941년 30여 개의 교파를 통합한 일본기독교단은 문부성으로부터 그 허가를 받았다. 또한 당시 전시체제하에서 기독교는 여러 가지 방법으로 전쟁에 협력하고 있었다.

이처럼 일본 기독교는 일본의 천황제 체제와 침략 전쟁에 철저히 영합하면서 기독교 신앙의 본질적인 색채마저 잃어가고 있었다.

__ 전후의 기독교

1945년 패전 후 1946년 신헌법이 제정되었고, 신헌법에 의해 기본적 인권이 보장되고 종교의 자유는 종교법인령에 의해 법적으로 회복되었다. 교회는 세계가톨릭과 수도회의 원조를 발판으로 교육 및 선교 그리고 사회사업 등 많은 성과를 이루어 냈다.

패전 후 일본에 진주한 미국의 점령군은 경제적 황폐와 정신적 허탈감에 빠져 있는 일본인들에게 민주주의를 선전하고 기독교를 지원했다. 그 결과 일본에서는 일시적인 기독교 붐이 일어났다. 1950년 한국전쟁이 발발, 미일군사협력과 일본재군비의 움직임이 일자 기독교는 평화운동을 전개했고, 1967년에는 미약하나마 전쟁협조에 대한 사죄를 했다. 그 후 기독교 본래의 정체성을 회복하려는 기독교의 노력은 오늘날까지 계속되고 있다.

일본기독교의 선교과정을 통해서 일본에서 기독교가 번성하지 못한 이유를 요약하면,

첫째, 일본은 다신교의 나라이며 800만 신八百万神(やおよろずのかみ)들이 존재한다고 한다. 그래서 종교에 있어서도 타종교를 배척하기보다는 서로 사이좋게 습합習合하는 문화이다. 기독교의 경우, 타종교에 대하여 배타적이며 또한 타종교를 인정하지 않고 유일신을 믿는 종교이므로 일본에서 깊게 뿌리내릴 수 없었다.

둘째, 역사적으로 기독교는 많은 탄압과 박해를 받았으며, 천황을 중심으로 하는 국가신도神道 의식이 강요되어 시대적인 정치상황과 맞물려 선교를 제대로 할 수 없었다.

천황만 빼고 모두 화장한다

일본은 유교문화권에 있으면서도 장묘문화에 있어서는 유교문화의 돌연변이라 불릴 정도로 세계에서 으뜸가는 '화장火葬 대국'이다. 메이지明治 정부 이래 정부의 적극적인 장려정책과 행정지도에 힘입어 2009년부터는 거의 100%를 차지하고 있어, 같은 유교문화권에 속해 있는 우리나라(84.6%, 2017년 기준)와는 크게 다른 양상을 보이고 있다.

우리나라와 같이 국토가 좁고 유교적 가치관을 공유하고 있는 일본사회가 어떠한 과정을 거쳐 지금의 화장문화를 정착하게 되었는가에 대하여 살펴보기로 하자.

_ 화장률의 실태

일본 후생성厚生省 통계에 의하면 일본의 화장률은 1896년 26.8%, 1900년에 29.2%에 불과하던 것이 25년 43.2%, 50년 54.0%, 60년 63.1%, 70년 79.2%, 80년 91.1%, 90년 97.1%로 꾸준한 증가 추세를 보였고, 2009년부터는 전체 장묘의 거의 100%를 화장이 차지하고 있다. 이와 같은 통계에서 보여주는 바와 같이 일본의 화장은 근대에 들어 정착되어 온 문화라 말할 수 있다.

일본에서는 특히 전후, 도시지역에서의 인구증가에 따라 점점 묘지가 부족하게 되자 화장의 비율이 증가했다. 이 시기에 있어서 일본 정부는 1948년부터 '묘지 및 매장단속규칙埋葬取締規則'을 제정하여 공영 화장터를 전국에 건설하면서 매장을 금지하고 화장을 장려하였다. 매장이나 화장된 유골에 대한 토장을 지방 자치단체장의 허가를 받은 묘지구역 내에 한하여 가능하도록 규정하고는 있었으나 실제로 지정한 경우는 그리 많지 않았다. 현재 매장이 허용되고 있는 것은 예부터 매장을 해 온 공동묘지의 경우 등이다.

이와 같이 현재 일본에서는 '천황만 빼고 모두 화장한다'는 말이 있을 정도이며, 종교상의 이유로 또는 화장터가 설치되어 있지 않은 일부 도서지역을 제외하면 사실상 100% 화장을 한다고 해도 과언이 아닐 것이다.

_ 최초의 화장은

일본의 고서 중의 하나인『속일본기續日本記』에 의하면 서기 700년 원흥사元興寺의 승려 도쇼道昭의 화장이 최초라고 한다. 또한 천황으로서 최초로 화장을 한 것은 지토持統 천황이며 그 후 4명의 천황이 잇따라 화장을 했다고 한다. 그러나 그것보다 앞선 6세기경의 화장무덤이 발견되었던 점으로 미루어 보아 화장이 언제 어떻게 시작되었는가를 정확히 알 수는 없다.

_ 화장과 불교

죽은 사람을 매장하는 방법에는 화장 이외에 매장埋葬, 수장水葬, 풍장風

葬, 조장鳥葬 등이 있는 것으로 알려져 있다. 일본에서는 예부터 매장이나 풍장이 주로 행하여졌으나, 백제로부터 인도 불교문화가 전래됨에 따라 화장이 뿌리를 내리게 되었다고 한다. 당시 화장은 상층 계급에서 시작되어, 그 다음에 지방의 호족으로 퍼져, 헤이안平安시대에는 서민들 사이에도 서서히 화장을 행하는 경우가 증가했다.

본래 일본에 있어서 불교는 인도 원시 불교와는 크게 달랐고, 위령진무慰靈鎭撫와 호국불교의 목적으로 수용되어 신불습합神佛習合으로 불리는 일본만의 독특한 종교의식이 조성되었다. 신불습합이란 신도와 불교가 융합하는 것을 말한다. 일본인의 종교생활을 특징짓는 이 신불습합이라고 하는 것은 나라奈良・헤이안平安 시대 이후 확립되어, 가마쿠라鎌倉 시대 신흥불교의 융성과 에도江戶 시대의 사단寺檀제도의 확립을 거쳐, 일본인의 생활 속에 완전하게 뿌리를 내리게 되었다.

에도江戶(지금의 도쿄東京)에서는 대부분 사람이 죽으면 시신을 사원의 관할 안에서 거의 불교 양식으로 장례를 행하였다. 무가武家의 일부는 보리사菩提寺에 토장되었으며, 그 외 많은 사람들은 화장터가 있는 사원에서 화장되어, 고향으로 유골을 가져가거나 보리사의 묘지에 매장되는 것이 보통이었다.

에도의 화장은 각 사원이 그 말사에 화장터를 마련하고 있었다. 그 대표적인 것이 고즈카바라小塚原, 후카가와深川, 요요기代々木, 가미오치아이上落合, 기리가야桐ケ谷 등이며 후자의 세 곳은 지금까지도 화장터로서 현존하고 있다.

에도 시대 후기부터 메이지유신에 걸쳐 신도 국교화 정책에 의해 사원이나 불상 등을 파괴하는 극단적인 불교 배척 운동이 행하여졌다. 이것에 의해 많은 문화재가 파괴되어 소멸하게 된 것을 생각하면, 불교와 밀접하게 결합된 화장 또한 공격의 대상이 된 것은 당연한 일이다.

현재 일본인들의 장례식은 94% 정도가 불교식으로 치러지며, 신도식과 기독교식도 혼재하고 있다. 일본의 불교와 장례식은 각별한 관계를 유지하면서 전승되어 오고 있다.

_ 화장문화의 정착

유교나 국학의 대두에 의해 화장을 이국의 잔혹한 풍습이라고 하는 견해가 강해져, 황실, 막부, 여러 영주 등을 중심으로 다시 매장으로 돌아왔다. 즉 황실의 장묘가 불교식으로부터 신도식으로 변경된 것도 이 시기이다.

한편, 일반 서민에게도 화장을 금지한 지역이 있었다고는 하지만, 1873년 7월 18일에 화장 금지의 태정관포고太政官布告가 발효되었던 것이, 1875년 5월 23일에 폐지되었다. 원래 화장을 금지한 이유는 이 풍습이 불교와 밀접한 관계를 가졌기 때문으로, 왕의 신격화를 위해 화장을 금지하였으나 전염병 때문에 2년 만에 해금되었다.

결국, 1875년에 신교의 자유가 보장되어 화장의 금지도 풀리게 되었고, 그 후 전염병에 의한 사망자에 대해 정부가 화장을 의무 부여함으로써 오히려 화장의 비율이 증가하게 되었다. 매장의 풍습이 뿌리 깊게 남아 있던 지방에도 화장터가 설치되게 되었고 위생적인 이유로 매장을 금지하는 자치체 등도 나타나게 되었다.

그 후 뿌리 깊게 내려온 매장의 풍습도 도시 계획과 밀접하게 얽히면서 묘지의 면적이 좁아지는 등, 매우 경제적·현실적인 이유로부터 급속히 감소하게 되어, 1960년대에는 현재의 형태와 비슷하게 되었다. 매장 자체는 고도 성장기까지는 다소 존재하고 있었고, 현재도 전혀 없는 것은 아니다.

이와 같이 일본 사회에서 화장률이 높은 이유는 전통적인 관습(불교의 영향)에 기인한 부분도 있으나, 인구의 도시 집중화로 인한 부동산 가격의 상승에 따른 묘지난, 일본인들의 위생관념과 경제의식 등을 들 수 있다. 또한 정부의 철저한 화장 장려정책과 행정지도 및 정치가들의 솔선수범의 결과의 산물이라 할 수 있겠다. 따라서 인간의 죽음과 관련된 장례문화는 법제도 이전에 관습과 의식개혁의 문제이며 무엇보다도 사회 지도층이 솔선수범할 때 정착될 것이다.

서정적인 죽음의 미학

일본의 자살자수는 1997년까지 2만 명대 전반이었으나 1998년에 급증하여 3만 명을 넘게 되었다. 경제협력개발기구(OECD) 보건지표 2017(OECD Health at a Glance 2017) 통계자료에 따르면 OECD 35개 회원국 가운데 일본의 자살률(2013년 기준)은 인구 10만 명당 17.6명으로 리투아니아(29.0명), 우리나라(28.7명), 러시아(21.0명), 헝가리(19.4명), 슬로베니아(18.1명), 6위 라트비아(18.1명), 일본(17.6명) 순이다. 한 때 우리와 같이 심각한 자살률에 시달리던 일본의 경우 인구 10만 명당 17.6명 수준까지 낮아졌다. 이를 고려하면 우리도 대책 마련을 서둘러야 한다는 지적이 많다.

2009년에만 3만 2천 845건의 자살 사건이 발생하여 하루 평균 100명에 가까운 사람들이 목숨을 끊었다. 일본에서 폭발적인 인기를 누리던 5인조 록그룹 X-JAPAN의 기타리스트 마쓰모토 히데松本ひで가 돌연 자살하자 그의 열광적인 10대 팬들이 연이어 자살하는 해프닝이 있었고 아타미 주조伊丹十三라는 영화감독이 자신의 스캔들 기사를 비관하여 자살하기도 했다. 아라이 쇼케이新井將敬라는 중의원은 뇌물 수수 혐의와 관련 자살했고 미야자키 구니지宮崎ぐにじ라는 다이이치칸교第一勸業 은행의 전 회장 역시 같은

혐의로 '몸으로 책임을 지겠다'는 유서를 남긴 채 자살했다.

일본인이 특별히 감상주의적이거나 염세주의적인 민족은 분명 아니다. 그럼에도 이렇듯 빈번한 자살을 보게 되는 것은 그들의 의식 속에 죽음을 뭔가 다른 관점에서 보도록 하는 사고가 작용하고 있기 때문이 아닐까 한다. 일본인의 죽음에 대한 사고는 어떻게 배양된 것인지 역사적으로 보여진 일본인의 자살을 통해 죽음에 대한 일본인의 가치관을 이야기해 보는 것도 재미있을 듯하다.

_ 일본인의 내세관

일본인은 죽음을 어떻게 생각하는 것일까?

일본에서 가장 오래된 시가집으로 만요슈萬葉集라는 것이 있다. 만요슈에는 만가挽歌라는 노래가 나오는데 이 곡에는 '죽은 자의 혼이 산 위로 떠돌아 간다'는 구절이 후렴구로 나와 있다. 또 후지산富士山을 노래한 장가의 한 구절에는 '신처럼 행동하는 산'이라는 말이 있다. 말하자면 산이란 죽은 자가 올라가는 영지이며 산 자체가 신으로서 숭배의 대상이 된다는 말이다. 고대의 만요슈라는 가사집에서 엿볼 수 있는 이러한 '산악신앙'은 지금도 일본인만의 독특한 가치관으로서 일본인의 의식 속에 뿌리깊이 자리해 있다. 그래서 일본인은 지금도 죽음을 현실 세계와의 완전한 단절로 보지 않고 죽은 후에는 영혼이 집 근처의 산이나 숲에 머무르게 된다고 생각한다. 즉 일본인에게 있어 죽음은 현실세계와 연결된 신성한 유토피아인 것이다. 일본인이 죽음을 두려워하지 않게 된 데는 고대로부터 이어진 이러한 내세관이 한몫을 했다 할 수 있다. 또 이 내세관은 일본이 오랜 역사를 통해 죽음을 하나의 미학으로 승화시키는 데도 커다란 역할을 했다.

_ 할복

일본은 충과 의 그리고 명예를 위해 목숨을 초개처럼 버리는 할복이라는 자살 의식을 하나의 아름다움으로 칭송하여 그 첫 번째 미학을 탄생시켰다. 예로부터 일본의 무가武家 사회에서는 할복 자살을 '무사의 꽃'으로 미화하고 무사다운 죽음으로 칭송했다. 헤이안平安 시대(794~1192)부터 시작되었던 할복은 무사 이상의 신분에게만 내려지는 형벌이기도 했으며 스스로 목숨을 끊을 기회를 부여하는 보다 명예로운 것이었다.

일본에는 1346년에 짓기 시작했다는 '히메지성姬路城'이 있는데 이 성에는 성의 한쪽 구석에 아예 할복 장소를 만들어 놓아 당시 사람들이 할복을 얼마나 중요히 여겼는가를 짐작케 할 정도이다.

이들이 특별히 배를 가르는 것은 배에는 정신이 깃든다고 생각했기 때문이었다. 때문에 자신의 배를 갈라 보임으로서 마음속에 사심이 없다는 것을 나타냈다. 할복을 할 때는 목을 쳐주는 가이샤쿠닌介錯人이 옆에서 기다리고 서 있다가 할복을 하면 그때 칼로 단번에 목을 쳐주었다. 이는 할복 후 목숨이 끊어질 때까지의 고통을 덜어주려는 이유도 있지만 할복에 실패하여 구차한 생을 연명하게 되는 것을 방지하기 위함이기도 했다. 때문에 가이샤쿠닌은 명예로운 죽음을 도와주는 인생의 은인으로서 평소에 신뢰하는 친구나 친분이 있는 상관에게 부탁하는 것이 상례常例였다.

할복은 패배한 무사들에 의해 주로 행해졌다. 주군에 대한 충성과 맹종, 직무상의 책임 이행의 표시로서 행해지는 경우가 많았다. 즉 할복이라는 자살 형태는 자신에게 주어진 모든 책임과 의무를 죽음으로써 이행한다는 하나의 도리이자 예禮였던 것이다.

이러한 할복의 정신은 오늘날에도 그대로 이어져 관청의 부정을 추궁 당하는 관료가 할복 자살을 하는 사건이나 천황에 대한 충성을 부르짖으며 할복했던 미시마 유키오三島由紀夫같은 보수 우익의 자살 사건으로 나타나 가끔 세간에 충격을 던져주기도 한다.

할복 준비 그림, J. M. W. Silver(1867)
「Sketches of Japanese Manners and Customs」

1970년 11월 25일, 미시마 유키오는 다테노카楯の會 회원 4명과 함께 도쿄 시내 육상자위대 총감부總監部에 난입, 총감을 인질로 삼고 "천황폐하 만세"를 3창, 천황중심제의 부활을 주장하며 할복자살을 시도하였다. 그의 추종자인 모리타 마사카쓰森田必勝가 가이샤쿠닌 역을 맡았으며 그도 할복자살했다. 당시 목을 쳐준 3명의 대원은 전통적인 관용에 따라 4년 징역을 받았다고 한다.

_ 가미카제神風 특공대

그런데 역사를 다시 거슬러 올라가 보면 미시마 유키오와 같은 우익성향의 자살 형태가 근대에 새로이 등장하게 된다. 태평양전쟁 당시 자살 특공대로 유명했던 가미카제神風 특공대.

13세기 일본은 원나라와 고려 연합군의 침공이 태풍 때문에 두 번이나 실패로 돌아가자 이 태풍을 '신이 주신 바람'이라는 의미에서 '가미神, 카제風'라 명명하고 이때부터 자신들은 신이 지켜주는 나라라는 신국사상神国思想을 키워가기 시작했다. 태평양전쟁이 막바지로 치달을 무렵, 물량 면에서 도저히 미군을 대적할 수 없어진 일본군은 신이 태풍으로 나라를 지켜주었

카미가제神風 특공대

다는 가미카제라는 이름의 신국사상을 고취시키고 젊은 조종사들에게 비행기 한 대로 군함 한 척을 격침시킬 것을 명령하여 자살 특공대를 출격시켰다. 당시 가미카제 비행기에는 편도에 해당하는 연료만을 급유하여 조종사가 다시는 돌아올 수 없도록 하고 비행기도 자살 특공 임무를 위한 사양으로 특별 제작했다고 한다.

이와 같이 근대에 나타난 가미카제 특공대의 자살 형태는 천황을 위해 목숨을 바치는 충성심의 표현으로서 할복과 그 맥을 같이 한다고도 할 수 있다. 그러나 가미카제는 보다 강제성을 띤 자살이었다. 예컨대 맹목적인 충성을 강조하여 정부가 만들어 낸 강제적인 죽음의 미학이었던 것이다.

2001년 9월 11일 미국 뉴욕에서 발생한 동시다발테러에서 보여진 테러 자살 형태는 가미카제 특공대의 자살 형태와 매우 흡사하다고 할 수 있지 않은가.

_ 신주心中

그렇다면 보다 순수한 자살의 형태는 없었을까?

분라쿠文楽라는 일본의 전통 인형극 중에는 사랑하는 남녀의 동반자살을 다룬 '소네자키 신주心中'라는 작품이 있다. 이 작품은 에도 시대에 일어난 동반자살 실화를 소재로 한 것인데, 실제로 에도 시대 중기인 1680~1770년 사이에는 동반자살이 유행처럼 번졌다고 한다.

여기에 나오는 신주는 사랑하는 남녀, 특히 이룰 수 없는 사랑을 하는 남녀의 동반자살을 뜻하는 말로, 육체는 사라질지언정 서로의 마음 속心中에 남아 저승에서 행복하게 살겠다는 의미에서 붙여진 말이다.

설국雪国  실락원失楽園

어쨌든 당시 일반 서민들은 사랑하는 두 남녀의 동반자살을 사랑을 이루기 위한 진정한 용기로 보았기에 당시에는 도처에서 모방 자살이 잇따랐고 정부에서는 신주 금지령을 내릴 정도로 큰 사회 문제가 되었다. 실제로 '신주 대감大鑑'이라는 문헌을 보면 1600년대 말경에는 매년 20건 이상의 동반자살 사건이 전국에서 발생했던 것으로 나와 있다. 이러한 신주의 잔재는 현대에도 남아 있어 얼마 전에는 50대 신문기자와 대학교수 부인의 이룰 수 없는 사랑과 동반자살을 그린 '실락원失楽園'이라는 작품이 일본인들의 큰 공감을 얻기도 했다.

신주는 사랑 앞에 죽음을 두려워하지 않는 일본인의 감성이 만들어 낸 가장 서정적인 죽음의 미학이었다.

기나긴 역사 속에서 일본인의 자살은 끊임없이 이어져 오늘날에는 이지메, 실직에 따른 자괴감으로 인한 죽음 등 무사도나 신주와 맥을 같이 하는 자살이 있는가 하면 사회적 현상이 빚어낸 또 다른 원인의 자살도 생겨났다.

러일전쟁 당시 육상 전투를 지휘했던 노기 마레스케乃木希典 장군은 메이지明治 천황이 죽자 그 뒤를 따라 자살했고, 1989년 히로히토裕仁 천황이 죽었을 때도 그 뒤를 따라 죽은 사람이 있었다. '설국雪国'으로 노벨 문학상을 수상했던 가와바타 야스나리川端康成는 더 이상 '설국' 이상의 소설을 쓸 수 없을 것 같다는 이유로 가스 자살을 했고, 또 낭만파 소설가 다자이 오사무太宰治는 애인과 함께 강에 몸을 던져 자살했다.

그리고 오늘날, 몇 년 전에는 다케시타 노보루竹下上 전 총리의 비서가 총리를 위해 리쿠르트사의 정치 헌금 사건의 비밀을 모두 떠안은 채 자살함으로써 사건을 종결시켰다.

역사적으로 죽음을 하나의 도리나 예로 여기고 아름다움으로 승화시키는 일본인의 사고는 죽음을 현세의 연장으로 보는 그들의 내세관과 결합하여 일본인으로 하여금 자살을 쉽게 용인토록 하는 결과를 낳았다.

가문의 영광, 가업을 잇다

본래 직업은 개인을 단위로 성립한 개념이다. 개인개념이 희박한 전근대의 일본에서는 서구적인 의미의 직업개념은 없었으며, 오히려 이에家 개념에 기초를 둔 가업의식이 강했다. 그러나 가업이라는 의식과 그것을 뒷받침하는 경영기반으로서 가산家産이 확립된 것은 비교적 경제적으로 풍부한 계층에만 한정되었으며, 그 외의 서민층은 큰 상점의 상가商家나 지주농가 혹은 오야카타おやかた, 親方 직인이 있는 곳에 봉공奉公하였다. 그러므로 가업과 봉공의 관계는 경영과 노동의 관계에 해당한다.

_ 무가武家사회에서의 봉공

봉공이라 하는 것은 원래 사私를 부정하고 주군主君 또는 주가主家에 봉공・헌신하는 의미를 가지고 있다. 그것은 고대에는 관리가 복무일반을, 중세에는 무사가 주군에게 신하로서 따름을 나타냈으며, 그 후 하인이 주인에게 봉공하는 것까지 확대되었다. 도쿠가와德川 시대가 되어서 그것은 더욱 민간의 고용관계 일반까지 미쳤다. 따라서 봉공은 사용자인 주가에 대한 절대적인 복종을 의미했었는데, 거기에는 일종의 고용계약이 보이며 연계봉공인(미리 햇수를 정하고 하는 고용살이)과 같이 계약기간과 일정의 급료, 우대 약속 등이 정해진 경우도 있다. 그래서 주가에 더부살이하면서 종신적으로 근무하면, 그 연한에 따라 소정의 대우가 따르는 구조로 되어 있다. 무가봉공의 패턴이 상가나 농가의 연계봉공의 패턴이 되었다.

주군에 대한 충이 헌신의 동기가 되고, 주군을 위해 죽는 것이 무사의 최고의 봉사라고 생각했다. 자기 자신의 사적인 이해와 명예는 부정되었고 멸사는 봉공의 금욕적 생활태도와 연결된다. 따라서 금욕적 근면과 절약은 주군에의 충성의 도덕적 전제라고 하는 면에서 주군에 대한 헌신, 봉사와 공명성이 있다. 무사에 있어서 근면, 절약과 절제는 충성의 구체적인 표현이며, 사적인 이해와 명예의 추구같이 필요 이상으로 자신을 위해 소비하는 사적인 즐거움과 좋아함은 금욕시되었다.

_ 가업家業정신

가업의 경영에 있어서도 '사私'를 버리는 것이 요구되었다. 가업과 가산은 선조로부터 맡겨진 것이라고 생각해 가업을 귀중히 여겨, 끊임없이 힘쓰고 분수를 분별하여 위험을 범하지 않고, 이에家의 발전을 위해 헌신하고, 조상의 얼굴을 더럽히지 않게 집안의 명예를 높이는 것이 상속자의 의무이다. 그래서 상속자가 그 의무를 다하지 않는 무능력자이면 상속권은 박탈당하고 비혈연자로 바뀐다. 가업에 있어서 번두番頭(상가의 고용인의 우두머리) 경영이나 합의제 등의 경영방식, 가산과 상속을 분할하지 않고 전부 소유하는 소유 방식이 취해진 것이 근대 일본의 기업경영에 전해진 특징이다. 봉공제도에 있어서 연공서열제와 종신고용제도 또한, 근대 일본기업의 고용관계와 밀접한 관계를 가지고 있다.

일본의 경우 가업은, 이에家 아이덴티티의 핵심에 관계된 것으로서, 때로는 혈연 이상으로 중요시되며, 그로 인해 데릴사위를 들여서 조상 대대로 지켜온 가업의 계승발전을 꾀하는 일도 있다.

도쿠가와徳川 시대의 직인층은 자신의 솜씨와 작품에 자부심을 가지고, 사회 또한 직인을 그 역량과 작품의 솜씨에 따라 존경했기 때문에, 직인은 한평생 하나의 가직家職에 대하여, 부친에게 배운 것을 자신들의 연구로 발전시키고 자식에게 가르쳐, 자식에게 가업을 계승시키는 것을 자기의 업무로 알고 있었다. 도자기, 직물, 철기, 목공, 칠기 등의 명산지는 일본의 여러 곳에 널리 산재해 있으나, 일본에 있어 수공업의 발전과 그 산지의 형성은, 기술적 분업에 의해 만들어진 직인의 가업·가직이 몇 세대에 걸쳐 일정한 지역사회 속에서 계승·세련洗練된 결과에서 온 것이다.

_ 이시다 바이간石田梅岩의 심학心學사상

심학사상은 이시다 바이간石田梅岩(1685~1744)에 의해 시작된 일상도덕을 중심으로 하는 사상운동이다. 바이간은 이 운동을 에도 시대 중기에 교토京都에서 시작했는데 18세기 말에는 전국적으로 보급되어, 상인 및 촌락 지배자층에 받아들여져 민중의 생활사상뿐만 아니라, 권력에 의한 이데올로기적 편성의 수단으로서도 중요한 역할을 했다.

심학이란 의미는 '마음으로 반성해 몸으로 실천한다'라는 의미이며, 본심에 수양과 반성을 원점에 두고 도덕적인 감성에 호소하며 크게 발전하였다. 그가 설파한 '상인도'에서는 상인이 지켜야 할 '도'와 '마음가짐'을 중시하여 오늘날 '화합'과 '신뢰'에 이르는 사상의 기초가 되기도 하였다.

그는 상인의 이윤봉급설을 들어 상인의 이윤을 무사의 봉급과 비교하여, 상인은 이윤을 목적으로 하지 않으며 고객을 이윤 확대의 수단으로 생각하여 이윤확보에만 연연해하지 않도록 했다. 그리하여 상인이 가져야 할 도덕관으로서 검약, 근검과 고객과의 신뢰를 쌓는 것을 내세웠으며, 특히 고객과의 원활한 신뢰구축은 상인 자신과의 공생관계를 유지할 수 있다고 하였다. 이것은 일본적인 화和를 중시하는 풍조가 그대로 반영된 것이라 하였다.

그의 상인도에 나타난 또 하나의 덕목은 검약이다. 상인은 검약을 통해서만이 적극적이고 창조적인 삶을 살 수 있으며 상인의 검약은 소비자를 위한 검약이라 하였다. 자신의 이윤을 남기기 위해 소비해야 하는 돈을 검약으로 줄이는 것이 소비자 즉 고객에게 이익을 주는 것이다. 그리하여 후에 고객이 물건에 대해 생각할 때도 그 돈에 대하여 아깝다고 생각하거나 후회하지 않도록 하는 것이다.

그는 또한 상인의 도란 근검과 정직이라고 말했다. 근검과 정직을 통한 상행위야말로 신뢰를 쌓을 수 있는 바탕이 될 수 있으며, 그것이 나아가서는 화합의 근본이 될 수 있다는 것이다.

이것이 훗날 일본의 경영방침의 기본정신의 근간이 되어 '기업은 곧 사람이다'라는 정신을 낳고, 기업의 이윤이나 부의 축적보다는 화합과 기업의 유지 존속을 우선시하게 되었다. 이것은 경영자 측의 희생을 요구하기도 하며 결국에는 기업의 모든 구성원에게 사명감을 북돋는 계기가 된다.

바이간의 심학사상은 오늘날의 전통가업계승의 측면에도 영향을 미쳐, 한 가업 안에서 최고가 되려고 하는 '도'와 '심'이 장인정신을 낳게 하기도 하였다. 이러한 장인정신은 대대로 세습되어 오늘날까지 이어지고 있는 것이다. 이 심학사상은 일본의 가업계승 그리고 그 안에서의 최고정신 즉 장인정신과 함께 오늘날 니혼이치日本一라고 일컬어지는 가업사상을 낳기도 했다.

이와 같이 무사의 윤리는 점차 사회 각 계층에 수용되어 상인의 윤리로서도 계승되었다. 메이지유신 이후, 수많은 무사들이 상업과 산업에 진출해 중요한 역할을 한 것도 무사의 윤리가 산업계에서 활용된 증거이다. 그리고 무사의 윤리성이 근대 일본의 경제윤리에서 중요한 위치를 점하고 있다고 할 수 있다. 그리고 바이간의 심학사상 또한 근대에 들어오면서 민중의 전반적인 생활에 뿌리를 내리면서 일본의 기업경영방식에 많은 영향을 끼쳤다. 특히 가업사상은 일본의 도덕관이나 이윤에 대한 생각과 화和를 중시하는 풍조가 깊이 뿌리 내려져 있다고 할 수 있다. 이는 곧 장인정신으로 설명할 수 있는데, 이윤과 부의 축적에 얽매이지 않고 고객의 만족에 이를 수 있는 품질의 완벽성과, 자신이 만족할 수 있는 어떤 대상에 몰두하면서 기쁨을 누리는 것과 관련이 있다고 할 수 있다.

평화방위를 넘어 군사대국으로

일본자위대는 '경찰예비대'로 발족하여 2010년에 60주년을 맞이하였다. 한국의 6·25전쟁 발발로 창설된 '경찰예비대' 7만 5천 명의 부대는 벌써 24만 명의 거대 군사조직으로 탈바꿈했으며, 최첨단 하이테크 군비로 무장한 세계 5대 강군이다. 군사비도 연간 약 5조 엔(약 60조 원)이 넘고 병사들 급료는 세계 최고라고 한다. 또한 군사전문가들은 일본이 군사 대국화의 길을 걷고 있는 것이 아니라 이미 일본은 군사대국이라고 지적하고 있다.

덧붙여, 국제공헌이란 명목 아래 해외에 자위대를 파병하기도 하고 전력 증강사업도 착착 추진하고 있다. 평화헌법의 굴레에서 벗어나기만 하면 자위대는 보통군으로 거듭나게 된다. 우리는 21세기 아시아의 안보변화의 핵인 자위대의 움직임을 간과할 수 없을 것이다.

자위대 창설 배경

일본은 제2차 세계대전에서 패전함에 따라 항복 조건으로 전 육해공군이 해체되었다. 당초 연합국총사령부(GHQ)는 일본의 비군사화, 비무장화를 추진했었다. 그러나 한국에서 6·25가 발발한 것을 계기로 1950년 7월 연합국총사령부는 기존의 정책방향을 바꾸어 일본의 치안을 유지하고 유사시에 미군의 보조적 역할을 수행할 수 있도록 7만 5천 명의 '경찰예비대'를 창설하도록 지시하였다. 일제의 무력에 수탈당한 식민지 한반도가 아이러니컬하게도 일본의 군사적 재기를 도와준 셈이다. 그리고 1952년 4월에 해상경비대도 설치되었다. 샌프란시스코조약이 발효된 1952년 8월 경찰예비대와 해상경비대를 통괄하는 기관으로서 보안청이 설치되었고, 해상경비대는 경비대로, 경찰예비대는 보안대로 개편·확충되었다. 그리고 1954년 미·일 상호방위조약 등 네 개의 협정이 조인되어 일본의 재군비 및 일본과 미국의 방위협력에 관한 기본 틀이 정해짐에 따라 경비대와 보안대를 모태로 현재의 자위대가 출범하게 되었다. 1954년 방위청 설치법과 자위대법이 시행되자 보안대는 육상자위대로, 경비대는 해상자위대로 개편되었고 동시에 항공자위대가 발족되었으며, 이들을 통괄하는 방위청이 설치되었다. 자위대란 육상자위대, 해상자위대, 항공자위대와 이들의 통괄기구인 방위청, 통합막료회의, 방위시설청 및 이들의 부속기관을 총칭하는 말이다.

_ 자위대의 군사력

한국전 발발로 급조된 7만 5천 명의 부대는 2017년 3월 현재 육상자위대 약 13만 6000명, 해상자위대 약 4만 2000명, 항공자위대 4만 3000명으로 3개 자위대 총병력은 약 24만 명(여성 1만2,300명)의 거대 군사조직으로 탈바꿈했다(표1 참조). 자위대의 병력수는 한국의 60만보다 적지만 이들의 대부분은 하사관 이상의 장교들로 언제라도 100·200만의 병사를 양산할 수 있는 시스템을 구축하고 있다고 할 수 있다. 2016년 방위비 규모는 GDP의

1%에 해당하는 약 4조 7000억 엔(약 50조 원)이다.

자위대의 주력무기는 세계 최상급의 첨단장비들이 대부분이며, 빠진 것이 있다면 핵폭탄, 원자력 잠수함, 항공모함 정도일 것이다. 그리고 자위대는 통신장비 또한 막강하다. 이와 같은 첨단무기와 장비는 일본의 경제력과 세계수준의 제조업 기술이 뒷받침하기 때문에 가능한 것이다. 미일양국이 공동 연구 중인 전역미사일방위(TMD) 구상에 미국도 일본의 기술력을 활용할 정도이다.

【표1: 자위대의 정원 및 현원(2017. 3. 31. 현재, 방위백서)】

구분	육상자위대	해상자위대	항공자위대	통합막료회의	합계
정원	150,863	45,364	46,940	3,987	247,154
현원	135,713	42,136	42,939	3,634	224,422
충족률(%)	90.0	92.9	91.5	91.1	90.8

_ 자위관이 되는 길

자위대의 장교가 되는 길은 세 가지가 있다. 첫째는 방위대학을 졸업하고 간부후보생 과정을 거쳐 직업군인이 되는 길이다. 방위대학은 예비사관학교와 비슷한 것이지만, 간부후보생학교라는 1년 과정의 전문교육이 별도로 있기 때문에 군사교육의 비중은 상대적으로 작은 편이다. 4년간 총 155단위를 이수해야 하는데 군사관련 교육은 23단위로 전체의 14.8% 정도밖에 되지 않는다. 이들은 제복을 입고, 기숙사에서 생활하며 대다수가 직업군인이 되어 자위대의 핵심세력을 형성하고, 최고직까지 승진해 간다. 이는 한국에서 사관학교 출신이 한국군의 중추를 형성하는 것과 매우 흡사하다 할 수 있다. 둘째는 일반대학 출신이 간부후보생이 되는 길이다. 한국의

ROTC나 3사관학교 출신이 장교가 되는 과정과 비슷하다. 셋째는 사병이나 하사관에서 출발해 장교가 되는 길이다. 하사관에서 출발하면 일반적으로 사칸佐官(한국군의 영관급 장교) 이전에서 승진이 끝난다.

또한, 자위대는 복무기간에 의해 두 그룹으로 분류할 수 있다. 직업군인을 지향하는 비임기제 자위관과, 단기간 복무하는 임기제 자위관이다. 전자는 장교와 하사관, 일부 사병으로 구성되고 후자는 임기제 사병으로 이루어진다. 2009년 3월 현재 자위대의 구성을 보면 비임기제의 간부와 하사관이 약 18만 4천 명으로 전체 인원 약 23만 명 중에 79%를 차지하고 있다. 이 점에서 자위대는 철저하게 장교와 하사관 중심의 조직이라 말할 수 있다(표2 참조).

임기제 사병의 복무기간은 육상자위대 2년, 해상과 항공자위대는 3년이다. 2~3년의 의무복무기간을 마치면 복무를 연장할 것인지 아니면 자위대를 그만둘 것인지를 결정하게 된다. 두 번의 임기를 마치면 이들에게는 하사관을 지원할 수 있는 자격이 주어진다.

【표 2 : 비임기제 자위관과 임기제 자위관】

구분	비임기제 자위관				임기제 자위관
	간부	준위	하사관	사병	사병
정원	45,524	4,940	140,005	56,685	
현원	42,444 (2,150)	4,632 (45)	137,951 (7,901)	16,402 (1,244)	22,993 (2,367)
충족률(%)	93.2	93.8	98.5	69.5	

(注) ( ) 안은 여자, 정원은 예산 정원.

_ 자위대의 이미지 및 지원하는 이유

일본사회에서 자위대의 장교가 자신의 존재를 과시하는 경우는 그다지

많지 않다. 예를 들어 일본사회에서 자위대 장교나 사병이 자위대에 근무하고 있음을 자랑하는 예는 거의 없으며, 일본인들 역시 이를 출세라고 여기지 않는 경우가 대다수인 것 같다.

그렇다면 이런 사회의 분위기임에도 불구하고 징병제가 아닌 모병제에서 일본의 젊은이들은 왜 자위대에 지원하는 것일까? 가장 큰 이유 중 하나는 공무원 신분이 주는 매력 때문일 것이다. 자위대 지원자는 대도시보다 지방 출신이 많은 편이다. 고등학교를 졸업하고 또는 지방대학을 졸업해서 일류회사에 입사하기는 그리 쉽지 않다. 따라서 공무원 신분으로 안정적인 자위대를 직장으로 선택하는 것이다. 특히 일본 자위대는 전쟁에 나갈 가능성이 거의 없을 뿐더러 한국과 같은 위험성은 거의 없다는 것이다.

또 다른 이유 중의 하나는 최근 몇 년간 해외의 재난에 자위대를 파견 국제공헌도를 높임으로써 자위대의 이미지가 좋아졌다고 판단하여 평화유지군(PKO) 활동에 매력을 느껴 지원했다는 사람도 있다. 또한 부모가 자위관으로 근무하기 때문에 그 영향으로 입대했다는 사람도 있다. 그리고 자위대에서 복무기간 중, 배나 비행기의 조종이나, 자동차 운전, 토목・건축기술 등 기술을 익혀, 복무를 마친 후, 취업을 하고 싶다는 사람도 많다.

_ 일본의 안보정책의 변화

1958년 첫 방위력증강계획 이후 기술력과 경제력을 기반으로 군비확장을 계속해 온 일본은 점차 군사대국으로 발돋움하고 있다. 1976년 미키三木 내각은 방위비를 GNP의 1%를 넘지 않도록 한다는 한도를 설정하여 방위력 증강에 제동을 걸었으나, 1986년 나카소네中曾根내각은 방위비를 GNP의 1%의 한도를 초과하기도 했다. 이와 같이 자위대의 50년은 실로 숨 가쁜 확장의 역사였다. 세계군사 대국 중 자위대는 본격적으로 군축을 경험하지 않은 유일한 군대이다. 예를 들면 1985년 이후 러시아는 80%, 미국·중국은 40%씩 육군 병력을 감축하였으나, 자위대는 병력 감축면에서 거의 변함이 없다. 오히려 냉전 시대 일본의 가상적은 소련이었으며 그 위협을 명분으로 군비 증강에만 힘을 기울일 수 있었다.

냉전 붕괴 후 일본의 안보·방위 전략의 질적 변화는 외부적 요인에서 비롯되있다고 할 수 있다. 1991년의 걸프전 때에는 국제분쟁 해결에 기여한다는 새 명분을 찾아 동년 4월 자위대 발족 이래 최초로 페르시아만에 병력을 파병하였다. 같은 해 말 일본의 정치권은 국제공헌을 명분으로 자위대의 해외파병을 명문화한 유엔평화유지군협력안을 의회에서 통과시킨 뒤 1992년 6월 제정된 '유엔평화유지활동(PKO)협력법'에 의거 자위대 요원을 캄보디아와 모잠비크에 파병하였다. 그들의 임무는 정전 감시를 비롯한 비전투 활동이지만 자위대 역사에 한 획을 긋는 것이었다. 또한 자위대의 해외파병은 일본의 유엔 안전보장이사회 상임이사국 진출의 터 닦기 측면도 강하다.

1994년의 북한 핵 위기는 일본 주변의 비상사태 때 자위대가 발을 들여놓을 수 있도록 한 계기가 됐다. 당시 미국은 유엔 안보리의 대북 경제제재가 중국 반대로 불가능할 것으로 보고 한·미·일 제재를 추진했었다. 그러나 일본은 이를 들어주지 못했다. 위기를 느낀 미국은 96년 미일 안보공동선언, 97년 새 방위협력지침 제정을 주도했다.

또한 98~99년의 북한 미사일 시험발사와 공작선 영해침범은 일본이 북한으로부터의 공격을 명분으로 군사위성을 비롯한 각종 첨단장비 도입에 많은 예산을 투입할 수 있는 계기를 마련해 주었다.

이와 같이 일본은 외부적 요인을 빌미로 헌법 해석(해석 개헌)을 통해 자위대의 활동반경을 넓혔고, 미·일 동맹의 강화로 이어진 안보 관련 국내법 정비에 나서고 있다. 특히, 만약 국제적 위기가 온다면 일본은 평화헌법의 굴레를 언제라도 송두리째 벗어 던질 가능성이 있다고 하는 사실을 의심하는 이는 거의 없을 것이다.

히노마루日の丸와 기미가요君が代

1999년 2월 28일, 일본은 크게 술렁거렸다. 일본의 2월은 대부분의 학교가 졸업을 맞는 시기로 2월 28일은 히로시마広島현의 세라世羅 고등학교가 졸업을 하루 앞둔 날이었다. 늦겨울의 스산함 속에서 예년과 다름없이 졸업을 준비하던 이 날. 학생들에게 찾아 온 놀라운 사건은 목을 매고 숨진 채 발견된 교장의 자살 소식이었다.

_ 이시카와 도시히로石川敏浩(58세) 교장의 죽음

히로시마는 제2차 세계대전 이후 일본에 불어닥친 평화주의 열풍의 본거지였다. 그런데 현의 교육위원회가 그 해 졸업식에서 일본의 국가, 즉 기미가요君が代의 제창을 지시했다. 이에 교원노조는 히로시마 원폭을 불러 온 제국주의의 침략성을 기리는 처사라며 반대했고 교장은 연일 회의를 열어 문제를 해결하고자 노력했지만 허사였다. 고민하던 그는 "다른 길이 없었다. 이젠 무엇이 옳고 그른지 모르겠다."는 쪽지만을 남긴 채 목을 매어 자살했다고 한다.

기미가요君が代

히노마루日の丸

한 생을 올곧게 살아온 한 평범한 교육자의 죽음이 던진 파문은 대단히 큰 것이었다. 일본인들에게 히노마루日の丸와 기미가요에 대한 확실한 결단을 요구하는 하나의 계기가 되었던 것이다. 지구상에 제대로 모양새를 갖춘 나라 중 어느 나라가 자신들의 국기와 국가에 대한 사랑에 감히 이의를 제기할 수 있을까? 그러나 일본의 특수한 상황은 국민이 애국적 상징에 대해 이상한 거부감을 느끼도록 만들어 놓았다. 일본의 국기와 국가에는 과연 어떠한 내력이 숨어 있는 것일까?

일장기라 불리는 히노마루와 일본의 국가로 일컬어지는 기미가요는 불과 1년 전까지만 해도 공식적인 국기와 국가가 아니었다. 히노마루와 기미가요가 국기와 국가로서 법제화된 것은 1999년 8월 9일이다. 히노마루와 기미가요가 이제껏 법적인 근거 없이 일본인들에게 국기와 국가로서 확고한 입지를 구축하지 못한 것은, 그들이 지니는 이미지가 침략적이고 제국주의적인 전쟁의 이미지와 맞물리기 때문에 이에 국민들의 호응을 얻지 못한 탓도 있지만, 한편으로는 그들이 생겨난 배경이나 쓰임새가 애초부터 국가적인 색채를 띠고 있거나 한 것이 아니었다는 점도 생각해 볼 수 있다.

예컨대 히노마루는 원래 일본을 나타내는 국가의 상징이 아니었다. 조정에 대항하는 적군을 토벌하러 나갈 때 관군의 표시로서 해와 달을 금과 은으

로 수놓은 붉은 비단 기, 즉 니시키노미하타錦の御旗에 쓰였던 것이 그 시초라고 한다. 때문에 초기의 히노마루는 일본을 나타내는 국가의 상징이 아닌 권위와 권력의 핵심을 상징하는 존재였다. 게다가 당시의 히노마루는 그 색이 일정치가 않아서 청색·흑색·백색·적색·금색 등 다양하게 쓰이기도 하고 동그라미가 여러 개 그려진 경우도 있었다. 흰 바탕에 붉은 동그라미가 그려진 오늘날의 히노마루가 등장한 것은 14세기 중엽으로, 비단이 없어 천으로 대신 만들었던 깃발이 오늘날의 히노마루이다. 당시 난을 피해 수도에서 떨어진 민가로 피신한 천황은 니시키노미하타를 하사하려 하였는데, 직물의 산지에서 멀리 떨어진 피난처에서 달리 비단을 구할 수 없어 궁여지책으로 만들어 하사했던 깃발이 현재 쓰이고 있는 히노마루의 원형이라고 한다. 또 에도江戸 시대에는 히노마루가 바쿠후幕府를 표시하는 기능을 하여 주로 바쿠후의 연공미를 나르는 운반선의 표시로서 쓰이기도 했다.

그런가 하면 기미가요는 본래 장수長壽를 기원하며 부른 노래이다. 기미가요라는 이름도 특별히 따로 제목을 붙인 것이 아니라 가사의 첫머리에 나오는 '기미가요와君が代は'에서 따온 것이다. 이 노래는 '君が代は天代に八千代にさざれ石の巖となりて答のむすまで(기미가요와 지요니 야치요니 사자레이시노 이와오토나리테 고케노 무스마데)'라는 가사로 이루어져 '그대여, 작은 돌이 큰 돌이 되어 이끼가 낄 때까지 오래오래 사십시오'라는 의미를 담고 있다. 기미가요의 원형은 10세기 초에 만들어진 '고킨와카슈古今和歌集'라는 가사집에서 찾아 볼 수 있는데, 이 노래는 주로 연회 등에서 축가로 불리던 가사였다고 한다. 그것은 '기미君'가 여러 가지 의미를 함축하고 있어서 상황에 따라 주인이나 윗사람, 혹은 친구 애인 등 다양한 의미로 쓰일 수 있었기 때문이었다. 즉 '기미'가 처음부터 천황을 상징하는 의미로 쓰인 것은 아니었던 것이다.

이렇듯 히노마루와 기미가요는 애초에 그 쓰임새가 나라의 상징과는 성격이 달랐기 때문에 오늘날과 같은 국기나 국가로서 자리하게 되기까지 꽤 오랜 시간이 걸렸다.

히노마루만 해도 에도 시대 말이 되어서야 처음으로 국기의 역할을 하게 되었다. 서양 열강들의 힘에 눌려 개국의 상황에 놓인 일본은 최초의 서양식 대형 군함인 쇼헤이마루昌平丸를 건조하였는데, 이때 외국배와 혼동되지 않도록 흰 천에 붉은 색의 히노마루를 국장으로 사용하도록 하여 1854년 7월에 모든 배의 표시를 흰 바탕에 붉은 히노마루의 깃발을 달도록 포고했던 것이 시작이 되었다. 메이지明治 시대에는 1870년에 태정관포고太政官布告라는 것을 통해 이윽고 히노마루를 우편선과 상선에 '국기'로서 게양하도록 규정하고 그 규격을 정하여 일본을 상징하는 정식 국기로서 위치 지웠다. 그러나 당시 국기에 관한 명령은 군선이나 상선 혹은 관청에 관한 것이 대부분이었고 일반 국민에 대한 명령은 아니었기 때문에 국기에 대한 인식은 일반 민중들 사이에는 여전히 심어지지 못했다.

한편 기미가요는 그것이 국가로 지칭되기까지 더 오랜 시간을 필요로 했다. 기미가요에 곡조가 붙은 것은 메이지유신 1년 후인 1869년이었다. 당시 사쓰마薩摩 지방의 사무라이들에게 서양 음악을 가르치던 J. W. 펜톤John William Fenton이라는 영국인이 일본에도 국가가 필요하다는 의견을 낸 것이 계기가 되어, 사쓰마의 포병 대장이었던 오야마 이와오大山巖가 사쓰마 지방의 민요를 모은 '호라이산蓬來山'이란 시집에서 기미가요를 발췌해 펜톤에게 작곡을 의뢰했다. 그러나 일본의 가사에 맞지 않는 서툰 서양식 곡조 때문에 그 평은 그리 좋지 못했다. 이에 해군성은 궁내성 아악과에 기미가요의 작곡을 의뢰하였는데 당시 아악과 악장이었던 모리 히로모리森広守가 곡조를 만들어 제출하자 여기에 해군의 외국인 교사였던 F. 에케르트

Franz von Eckert라는 독일인이 서양의 화성을 붙여 오늘날의 기미가요를 완성하였다. 이 곡은 '천황을 찬미하는 의례곡'으로서 1880년 11월 3일 천장절天長節에 궁중에서 처음으로 연주되어 극찬을 받았다. 그러나 당초의 기미가요는 국가로서 제정된 것이 아니었기에 천황을 위한 의례 연주곡에 머물러 있었다. 기미가요는 그 후로도 오랫동안 천황의 의례곡으로 쓰여 국가로서 기능하지 못했으며 발표된 지 57년 만인 1937년에야 비로소 국가의 칭호를 얻게 되었다.

자, 그렇다면 왜 하필 히노마루와 기미가요였을까? 나라의 상징과는 전혀 무관하다면 무관하다 할 수 있는 이 깃발과 가사는 국기와 국가로서 여전히 일반 민중에게는 흡수되기 힘든 존재였다. 그럼에도 히노마루와 기미가요에게 국기와 국가의 자격을 부여하고자 했던 일본의 진의는 무엇이었을까?

에도 시대 말, 외압에 못 이겨 개국을 해야만 했던 일본은 서구 열강의 거침없는 침투 속에서 스스로를 지키고 자신들의 우위성을 확보해 두지 않으면 안 되었다. 이에 일본은 국민을 내부적으로 단단히 결속시킬 수 있는 하나의 매개체가 필요했다. 국민을 하나로 모으는 매개체. 일본 정부는 일본이 다른 민족과는 현격히 다른 우월한 민족임을 국민에게 심어줌으로써 국민들을 결속시킬 수 있다고 생각했다. 이를 위해 일본이 선택한 방법은 신의 혈통을 이어받았다고 하는 천황의 신화를 이용하여 일본을 신의 나라로 만드는 것이었다. 메이지유신을 통한 근대 국가로의 탈바꿈을 시도하면서 일본은 우선적으로 천황을 신의 자손으로 규정짓고 이를 제도화하여 근대국가의 지배이념으로써 국민을 하나로 통합하고자 했다. 여기에 태양을 나타내는 히노마루는 서구열강에 대항하여 동양에서 떠오르는 태양이라는 의미로서 일본을 상징하는 데 더 없이 좋은 표식이 되었고, 천황의 치세를 염원하는 노래로서는 '천 대 팔천 대에 걸쳐 작은 돌이 큰 돌이 되어 이끼가

낄 때까지'라는 기미가요의 가사만한 노래가 없었던 것이다.

이후 히노마루와 기미가요는 천황의 이름으로 행해지는 모든 전쟁과 침탈의 과정에 동참하게 되었고 이때부터 전쟁과 군국주의의 이미지와 결합하게 되었다.

이상이 일본인이 자국의 애국적 상징에 대해 거부감을 갖게 된 전반적인 사정이다.

일본의 경우, 나라 원수의 애국에 대한 발언은 세계적인 망언으로 간주되고 정부 관료의 국가적 전통 신앙에 대한 경외는 구시대적이고도 제국주의적인 근성의 발로로 이야기된다. 이런 탓인지 국기와 국가에 대한 일사불란한 경애심이나 존경심 같은 것은, 광적인 우익 단체라면 모를까, 일본인에게서 기대하기가 어렵다. 국경일이면 집집마다 태극기를 내거는 우리나라와 같은 풍경도 일본에서는 찾아볼 수 없다.

1990년대 중반 이후 좌파 진보세력의 힘이 약해진 틈을 타 정부는 1999년 8월 9일 히노마루와 기미가요를 법제화하여 국기와 국가로서의 법적 근거를 마련하기에 이르렀다. 그러나 조례 행사 때 불리는 기미가요나 경기장에서 다른 나라 국기와 같이 게양되는 히노마루에 큰 의미를 부여하는 일본인은 여전히 별로 없다.

한 나라의 국기와 국가는 그 나라의 상징으로서 국민을 하나로 모으는 커다란 구심체의 역할을 한다. 국기와 국가가 올바른 구심체의 역할을 할 수 있도록 하는 것은 두말할 나위 없이 그 나라 정부의 과제이다. 이러한 점에서 일본 정부는 히노마루와 기미가요를 국기와 국가로 법제화함에 있어 그에 얽힌 국체 사상이나 평화주의와 제국주의, 그리고 우파와 좌파 간의 문제들을 시급히 매듭지어야 하는 커다랗고 막중한 과제를 안고 있다 하겠다.

【 히노마루(日の丸) 연표 】

연 도	내 용
1185년	내전 시 천황 측 관군들이 붉은 부채에 금색 동그라미를 그려서 반군과 구별했다. 동그라미는 태양, 관료의 핵심을 상징.
14세기	흰색 바탕에 붉은 동그라미를 그린 깃발이 등장.
18세기	흰색, 붉은 동그라미의 형태가 보편화되었으며 정부(바쿠후) 선박의 식별을 위해 쓰임.
1854년	도쿠가와(徳川) 바쿠후는 히노마루를 일본 선박의 표식으로 인정.
1870년	태정관포고(太政官布告)를 통해 해적선 취급을 받지 않도록 우편선과 상선에 히노마루를 게양하도록 규정하고 히노마루의 규격을 정함.
1871년	재외공관으로는 처음으로 워싱턴에서 히노마루 게양.
1872년	혁명정부가 양력을 채용했으며 신정 휴일 축하를 위해 일반 시민들의 히노마루 게양을 정부가 허락하여 히노마루의 정착이 가속화됨.
1890년경	공휴일·축하일에 게양할 깃발로서 공공단체와 학교가 사용.
1958년	문부성(文部省)의 학습지도 요령에 축제일 등에는 국기 게양이 바람직하다고 명기.
1962년	각 성청(省庁)의 히노마루 게양을 정무차관 회의서 합의.
1975년	교원노조(日教組), 히노마루의 법제화의 학교 교육에 대한 적용 반대.
1989년	입학식, 졸업식 등의 국기 게양 지도 내용을 신 학습지도요령에 명기, 문부성이 지도를 강화.
1994년	무라야마(村山) 수상, 히노마루와 기미가요가 국기와 국가라고 국회 답변.
1995년	교원노조, 히노마루·기미가요 반대 방침 보류.
1999년	히로시마현 세라고교 교장 자살. 히노마루 기미가요의 법제화 검토 시작. 히노마루를 국기로 규정하는 법률안 확정(8월 9일).

【 기미가요(君が代) 연표 】

연 도	내 용
1869년	사쓰마(薩摩) 지방의 포병대장 오야마(大山)가 가사집(古今和歌集)에서 기미가요를 국가로 선택, 작곡 의뢰. 영국 해군 군악대 악장 펜톤(John William Fenton)이 작곡.
1880년	궁내성 아악과 악장 모리 히로모리(森広守)와 해군의 외국인 교사였던 F. 에케르트(Franz von Eckert)에 의해 현재의 기미가요 완성.
1890년경	공휴일에 온 국민이 함께 부르는 노래로 제정.
1900년	소학교령 시행 규칙으로 1월 1일 등 국경일에 교직원과 학생이 기미가요를 제창케 함.
1937년	국정교과서 『소학수신(小学修身)』 4권에서 기미가요를 국가로 지칭.
1958년	문부성의 학습지도요령에 '축제일 등에는 국기 게양, 기미가요 제창이 바람직하다'고 명기.
1975년	일본 교원노조(日教組), 히노마루, 기미가요 법제화에 대한 학교 교육 적용에 반대.
1989년	신 학습지도요령에 '입학식, 졸업식 등에서 국기 게양국가 제창을 지도한다'고 명기, 문부성이 지도를 강화.
1994년	무라야마(村山) 수상, 히노마루와 기미가요가 국기와 국가라고 국회 답변.
1995년	교원노조, '히노마루 · 기미가요 반대' 방침 보류.
1999년	히로시마현 세라고교 교장 자살 사건. 정부의 히노마루와 기미가요의 법제화 검토 시작. 기미가요를 국가로 규정하는 법률안이 국회에서 확정(8월 9일).

고령화사회와 사회보장제도

우리는 흔히 선진화라는 말을 자주 한다. 선진화란 과연 무엇인가? 사회가 발전하고, 국민의 의식주 문제가 해결되고 그래서 국민의 생활 수준과 의식 수준이 높아지게 되는 것, 이것이 그 대체적인 개요이다. 더 나아가서는 개인 한 사람의 복지까지도 책임질 수 있는 능력을 국가가 갖추게 되는 것이라 할 수 있다. 국민 개개인의 복리를 위해 국가가 얼마나 적절한 연구와 노력을 기울이는가는 선진과 후진을 가늠하게 하는 척도의 하나이다.

일본이 선진국의 대열에 들게 되면서 맞닥뜨리게 된 문제 중의 하나는 소자화少子化(출생률 저하로 인해 자녀의 수가 줄어드는 현상)와 고령화 현상이다. 아시아의 선진 제1국을 자처하는 일본이 이러한 사회 문제 앞에서 국민의 복지를 위해 어떠한 방안을 모색하고 있는가는 선진화를 위해 발돋움하고 있는 우리들에게 좋은 방향을 제시해 줄 수 있을 것이다.

인구의 고령화는 세계 선진국에서 공통적으로 볼 수 있는 현상이지만, 일본의 특징으로서는 고령화의 속도가 선진국 중에서도 유난히 빠르다는 점을 들 수가 있다. 보통, 고령화의 속도는 65세 인구 비율이 7%(고령화 사회: aging society)에서 14%(고령 사회: aged society)에 달하는 데에 몇 년이 걸리는가로 측정한다. 가장 먼저 고령화가 진행되었던 스웨덴에서는 7%에서 14%에 달하는 데에 82년, 고령화가 비교적 늦게 시작된 미국에서는 69년 정도가 걸렸다. 일본은 1970년 7%를 넘어 1994년 14%를 넘는 데 고작 24년밖에 걸리지 않았다. 게다가, 일본은 2006년에 20% 선을 가장 먼저 도달하여 초고령 사회(super-aged society)에 접어들었다.

임신 가능한 연령(15~49세)의 모든 여성을 대상으로 하여 각 연령마다 출산한 자녀의 수를 여자 인구수로 나눈 출생률을 산출하여 합계한 수치를 합계 특수생산율이라 한다. 이는 여성이 일생 동안 평균적으로 몇 명의 자녀를 낳는가의 수치이며 다음 세대로 이어지는 인구 재생산의 정도를 나타낸다. 일본의 경우 이 비율이 2.07이 되면 앞으로 인구는 줄지도 늘지도 않는 정지 상태가 된다. 그런데, 전후戰後 얼마간은 4.5 가까이나 되었던 합계 특수생산율이 미혼율의 증가, 만혼晩婚, 만산晩産 등의 이유로 저하되기 시작하더니 급기야 2016년에는 1.44로 현재 일본의 출생률 저하 현상은 점점 더 심각해져만 가고 있다.

한편, 2017년에는 평균 수명은 남성이 81.09세, 여성이 87.26세로 지금은 세계 최고 수준이다.

다음의 표는 1965년과 95년의 인구 및 2025년의 인구 추계이다. 생산 연령인 15세 이상 65세 미만의 인구가 65년부터 95년에 걸쳐 2,000만 명 증가하였음에 반해, 95년부터 2025년까지의 같은 기간 동안에는 1,500만 명이 감소한다. 한편, 65세 이상의 고령자 인구는 앞으로 30년 동안에 마찬가지로 1,500만 명이 증가할 것이라고 한다.

(단위 : 100만 명, %)

	0~14세	15~64세	65세 이상	총계
1965	25(25.6)	67(68.1)	6(6.3)	98(100.0)
1995	20(16.0)	87(69.5)	18(14.6)	126(100.0)
2025	16(13.1)	72(59.5)	33(27.4)	121(100.0)
1965~1995	−5	+20	+12	+27
1995~2025	−4	−15	+15	−5

자료 : 일본 국립 사회보장·인구 문제 연구소 『인구 통계 자료집』

이러한 상황에서 일본은 스웨덴 등 구미 여러 나라를 모델로 복지 국가의 현실에 맞는 연금 수준의 향상 등 사회보장의 충실에 힘을 기울여 왔다. 이 때문에 나라가 제공하는 사회보장 서비스의 규모를 나타내는 사회보장 지출비용(연금, 의료, 복지 등을 합친 액수)은 해마다 증가하여 2006년도에는 89조 1098억 엔에 달하고 있다. 국민소득에서 사회보장 지출비가 차지하는 비율 또한 1970년 5.8%에서 23.9%로 크게 상승하였다.

자, 그렇다면 일본은 이에 어떠한 대처 방안을 모색하고 있는 것일까? 우선, 일본이 사회 보장제도를 21세기에도 유지 가능하도록 하기 위해서는 연금·의료·복지와 같은 사회 보장의 각 분야에 걸친 대규모의 개혁이 필요하다. 때문에, 공적 연금에 있어서는 후생성厚生省이 99년 2월, 후생 연금의 지급 개시 연령을 65세까지 끌어올릴 것과 연금 지급 수준을 5% 줄일 것 등을 포함한 '공적 연금 개혁안'을 국회에 제출, 진료 보수 체계 및 약가 기준 제도의 재검토를 거쳐 공적 개호介護(간병) 보험이 2000년 4월부터 도입되었다. 공적 개호 보험은 지금까지 각 가정에서 가족이 행하고 있었던 고령자의 개호를 사회가 행하는 보험 제도로, 시市·마치町·무라村가 보험의 주체가 되어 피보험자를 40세 이상으로 하고 65세 이상을 제1호 피보험자, 40~64세를 제2호 피보험자로 나눈다. 제1호 피보험자는 연금 지급에서 보험료가 공제되고, 개호가 필요하게 될 경우에는 개호 서비스가 제공된다. 제2호 피보험자의 보험료는 의료보험료로 함께 처리된다. 이용자는 이용 시에 개호 비용의 10%를 부담하고 남은 90%의 반을 보험료, 반을 공비로 부담한다. 사회적 입원 등으로 의료 보험의 대상이 되고 있는 사람은 개호보험 대상으로 옮겨짐으로써 의료비의 지출을 줄일 수 있다는 기대도 해봄직하다.

이상, 사회 문제로 대두되고 있는 일본의 소자화·고령화 현상과 이에 대응하는 국민의 복리 대처 방안을 살펴보았다. 물론 모든 방안이 계획대로 진행될지는 의문이다. 그러나 국민의 복리를 위해 최소 30년을 내다보는 정부의 행정 계획은 계속적으로 재검토되고 다듬어져 가장 효과적인 방안으로 정착되리라 짐작된다. 어쨌든 소자화·고령화로 인해 생산 연령의 인구가 감소하는 상황에서, 어떻게 하면 국민 개개인의 복리를 책임지면서 동시에 자국의 경제 활력을 유지해 갈 것인가가 지금의 일본이 풀어야 할 가장 큰 숙제라고 말할 수 있다.

고령화사회와 개호보험제도

세계 총인구에서 65세 이상의 고령화율은 2000년에 6.9%에서 2050년에는 16.4%까지 상승할 것이라고 내다보고 있다. 인구 고령화는 선진국은 물론 개발도상국에서도 급속도로 진행되고 있으며 우리나라와 중국 등도 마찬가지이다.

일본의 65세 이상의 고령자 인구를 보면, 2008년 10월 1일 현재 2,822만 명이며 총인구(1억 2,777만 명)에서 점하는 고령화율은 22.1%이다. 1999년과 비교하면 고령자 인구는 703만 명 증가하였고 고령화율은 5.4 포인트 상승했다(표 참조).

일본 후생성厚生省은 최근 65세 이상의 고령자 인구 및 고령화율은 평균수명의 신장과 낮은 출생률을 반영하듯 계속 상승 추세에 있으며, 2017년 9월 15일 현재 고령자 인구는 3,514만 명(남성: 24.7%, 여성: 30.6%), 고령화율은 27.7%를 넘어 국민 4명 중 1명이 65세 이상의 노인이라고 하는 본격적인 초고령사회로 진입했다.

【65세 이상의 고령자 인구】

		고령자인구(천 명)		고령화율(%)	총인구(천 명)
		남성	여성		
2008년 10월 1일	2,822	1,204 (성비)	1,617 75.5	22.1	12,777 (성비) 95.8
1999년 10월 1일	2,119	882 (성비)	1,237 71.3	16.7	12,669 (성비) 95.9
증가수(천 명)	703	322	383	–	100
증가율(%)	5.4	36.5	31.0	–	0.16

자료 : 총무청통계국 「인구추계연보」(2008년), 총무청통계국 「인구추계연보」(2008년)
(주) 성비는 여성인구 100명에 대한 남성인구의 비율

이와 같은 급속한 속도로 진행되고 있는 고령사회의 문제는 노인복지의 문제와 동시에 생산연령 인구비율의 감소에 따른 노동력 감소라는 커다란 문제를 야기한다. 특히 인구고령화에 따라 거동이 부자유한 노인이나 치매성 노인이 나날이 증가 추세에 있으므로 개호서비스에 대한 수요가 증대될 것으로 예상하고 있다. 이에 일본 정부는 2000년 4월부터 개호介護보험제도를 도입하여 실시하고 있는데 이 제도에 대하여 간략하게 살펴보기로 하자.

_ 개호보험제도 도입의 배경

2003년 개호 서비스의 이용자수는 전국적으로 298만 명으로 추정되고 있으며, 이 중 시설서비스 이용자는 74만 명, 재택서비스 이용자는 223만 명이다. 매년 약 10만 명씩 증가할 것이라고 보고 있다. 이에 일본 정부는 노후의 최대 불안 요인인 개호문제에 대응하기 위해 2000년 4월부터 개호보험제도를 도입했다.

가정에서 가족만으로 개호를 하게 되면 가족의 노고는 매우 크다. 특히 핵가족화와 개호를 하는 쪽의 고령화 등의 요인 때문에, 개호에 드는 부담은 육체적으로나 정신적으로 클 수밖에 없어 개호로 인한 피로 상태가 계속되며, 가족간의 관계가 상처를 입는 상황도 일어날 수 있는 등 가족의 개호는 이미 한계에 이르렀다고 할 수 있다. 이와 같이 개호라고 하는 것이 사회 전체적으로, 국민 한 사람 한 사람에게 큰 문제가 되고 있다. 이에 가족의 노고를 사회전체가 도와주면서, 사회 전체가 개호문제를 신중하게 생각해, 사회전체가 바라는 제도를 도입한 것이다.

또한 지금까지 특별양호 노인 홈(주거 공간)이 부족하여 노인병원에 오랫동안 입원하는 소위 '사회적 입원'이라 하는 현상이 확대되어 그 비용은 의료보험에서 충당했다. 그러나 개호보험 도입에 의해 개호에 드는 부분을 의료보험으로부터 떼어내어 '사회적 입원' 해소를 위한 여건을 정비할 수 있으며, 이것이 의료보험제도의 근본적인 개혁의 전제가 될 수 있다고 한다.

_ 개호보험제도의 내용

지금까지의 제도에서는 의료와 복지가 종적관계로 되어 있어 노인과 그 가족이 서비스를 자유롭게 선택할 수 없다든가, 서비스 이용 시의 부담에 불공평이 생긴다든가, 개호를 이유로 병원에 장기 입원함으로써 의료 서비스가 부적절하게 이용되었다는 등의 문제가 지적되었다. 예를 들어 간호사가 방문간호를 하기 위해서는 의료기관이나 방문간호의 사무소의 창구에 신청하지만, 한편으로는 방문개호원(home helper)을 부르기 위해서는 또 다른 시市・마치町・무라村에 신청하지 않으면 안 된다. 그러나 개호보험에서는 이와 같은 문제를 해소할 수 있으며 고령자의 개호에 관한 제도를 근본적으로 재편성해서 각종 개호의 수요에 대응하는 서비스를 일원적, 종합적으로 행하는 구조로 되어 있다.

지금까지 노인복지 제도는 공비公費로, 노인보건제도는 의료보험비와 공비로 충당되었다. 그러나 개호보험제도에서는 실시주체를 주민에게 가장 가까운 시市・마치町・무라村로 하고 사회보험방식을 채용하여 개호보험료라고 하는 보험료를 받는다. 그래서 공비와 보험료를 50%씩 재원으로 하고 이용자가 각종 서비스를 받을 수 있게 되어 있다.

_ 개호보험의 대상

개호보험의 대상은 65세 이상을 제1호 피보험자, 40~64세 중 의료보험에 가입하고 있는 사람을 제2호 피보험자로 나누고 있다. 40세라는 연령이 노화의 조짐을 보이기 시작하고 있고, 또 이 연령의 사람들의 부모가 개호를 받는 대상이 되는 시기가 된다는 것을 고려해, 40~64세까지의 사람도 제2호 피보험자로서 개호보험의 대상자가 된다.

개호 서비스를 받을 수 있는 상태는 65세 이상에 대해서는 목욕, 식사 등의 일상생활에 대해서 개호를 필요로 하는 상태, 즉 '요要개호상태'에 있는 경우와 '요要개호상태'는 아니지만 그렇게 되지 않게 적절한 서비스를 받을 필요가 있는 상태(허약상태)에 있는 경우에 보험을 받을 대상이 된다. 그리고 40~64세까지는 뇌졸중이나 초노기치매初老期癡呆 등 노화와 함께 발생하는 요개호 상태나 허약 상태의 경우에 서비스를 받을 수 있게 되어 있다.

_ 재원

개호보험의 재원은 피보험자가 50%, 나머지 50%는 공적부담으로 구성된다. 개호보험료는 일본 국민의 40세 이상은 누구나 보험료를 납부하여야 하며, 65세가 되었을 때부터 개호서비스를 받는다.

‖ 피보험자의 부담 ‖

제1피보험자(65세 이상)가 부담하는 보험료 중에서 연간 18만 엔 이상 연금을 받고 있는 사람은 연금에서 특별징수(원천공제)되며, 그 외의 사람은 시·정·촌에서 소득단계별로 산정된 보험료를 개별 납부한다. 즉 생활보호수급자, 노령복지연금수급자 등 소득이 낮은 사람은 기준액에 따라 부과되며, 본인의 주민세가 비과세 되는 사람은 기준액만 부과된다. 또한 본인이 주민세를 내고 있는 사람은 할증보험료가 부가된다. 부과방법은 개호보험료와 의료보험료를 별도로 구분하여 부과하며, 특별징수가 곤란한 사람에 대해서는 시·정·촌 및 특별구가 개별적으로 징수를 실시한다.

제2피보험자의 경우 전국 균일금액으로 하되, 가입된 의료보험마다 가산해서 정해진다. 건강보험피보험자는 사업주가 국민보험피보험자는 공비에서 각각 50%를 부담하며 부과방법은 개호보험료와 의료보험료를 의료보험 고지서에 통합하여 고지·징수하고 있다.

‖ 공적 부담 ‖

개호에 대한 보험료 중 공적부담분이 50%는 중앙정부, 도도부현, 시·정·촌이 각각 2:2:1로 구성된다. 중앙정부가 부담하는 공비는 조정교부금, 국민부담을 합한 재원을 말한다.

‖ 개호보험의 이용료 부담 ‖

개호보험 서비스를 이용하는 사람은 보험료 이외에 이용료의 10%를 자기 부담으로 납부하여야 한다. 시설 서비스를 받는 사람은 식대를 별도로 부담하여야 한다.

_ 서비스의 종류

서비스는 크게 나누어 시설 서비스와 재택 서비스가 있다. 시설 서비스는 특별 양호 노인 홈(주거 공간), 노인 보건시설, 요양형 병상군과 같은 시설에 입소해서 개호를 받는 것이며, 재택 서비스는 방문개호원(home helper)이 가정을 방문해서 개호를 행하는 방문개호(가정 도우미 서비스), 간호사가 가정을 방문해서 행하는 방문간호, 고령자에 목욕, 식사 제공, 기능 훈련 등을 시설에서 매일 공급하는 데이 서비스(day service), 그리고 2, 3일 혹은 1주일 정도의 단기간 동안, 시설에서 고령자를 받는 단기입소 생활개호(short stay) 등이 있다.

개호보험은 개호를 필요로 하는 사람이 능력에 따라 자립하여 생활할 수 있게 재택이나 시설에서 필요한 복지 서비스, 의료 서비스 등을 제공하기 위한 것이다. 특히, 재택에 관한 급부에 대해서는 개호를 필요로 하는 많은 사람들이 될 수 있는 한 오래 살아 정든 가정이나 지역에서 생활할 수 있도록 서비스 등에 충실을 꾀하고 24시간 대응할 수 있는 수준을 목표로 하고 있다.

이상, 일본사회가 당면하고 있는 중대한 문제의 하나인 고령화 현상에 따른 개호보험제도에 대하여 살펴보았다. 개호보험제도는 북유럽의 국가들도 실시하고 있는데, 재원을 어떻게 조달할 것인가가 이미 실시하고 있는 나라들이 당면하고 있는 주요 과제이다. 물론 일본의 경우도 예외는 아니며 '보험료가 비싸다', '자기 부담액이 많다', '정보가 부족하다' 등 많은 문제점이 지적되고 있다. 우리나라도 급속한 속도로 고령화사회가 진행되고 있는 추세를 감안한다면 일본이 이 문제를 어떻게 풀어가는가를 주목할 필요가 있다.

일본의 노벨상 수상자

일본의 역대 노벨상 수상자는 모두 24명(일본출신 난부 박사는 미국국적, 난부 박사를 포함해서 25명)이다. 이 중 22명은 자연과학 분야다. 또한 노벨상을 2008년 한 해에 4명이 동시에 수상하는 것은 이번이 처음이라 일본국내의 과학기술, 기초연구에 대한 관심이 그 어느 때보다 높아지고 있다. 또한 '소립자 비대칭성 연구'로 3명이 동시 수상, '청색발광 다이오드 발명'으로 2명이 동시에 수상하면서 물리학 분야 수상자는 10명으로 훌쩍 늘었다. 최근 2012년에 들어서면서 2018년까지 생리학·의학분야에서 수상자가 압도적이다. 도대체 노벨상이 무엇이며 그 상이 주는 의미가 무엇인가 살펴보기로 하자.

우선 노벨상에 대해서 알아보자. 세계에서 가장 권위가 있는 학술 문화상이라고 하는 「노벨상」은, 다이너마이트(그리스어로 '분말'이라는 뜻)를 발명한 스웨덴의 과학자 알프레드·노벨(Alfred Bernhard Nobel, 1833~1896)의 유언에 따라, 스웨덴 왕립 과학 아카데미에 기부된 유산을 기금으로 하여 1901년에 민간의 「노벨재단」이 만들어지면서 창설되었다.

노벨 재단에서는, 1901년에 문학상, 평화상, 물리학상, 의학·생리학상,

화학상의 5개의 노벨상을 만들었고, 그 후 1969년에 노벨 재단과는 별도로 스웨덴 국립은행의 기금에 의해 새롭게 경제학상이 설치되어 현재의 6개의 부문이 되었다.

노벨상은 1901년부터(경제학상의 경우 1969년부터) 시상되어 왔으나, 과학 분야의 경우 가장 중요한 발견이나 발명을 한 사람으로서 매년 인류를 위해서 최대의 공헌을 한 사람에게 수여되어 왔다. 노벨상 수상 대상자는 개인(최대 3명까지 공동수상 가능)에 국한되며, 평화상의 경우 기구나 협회도 수상할 수 있다.

수상자 선정은 노벨의 유언과 정관에 의해(1901년 설립된 민간기구인 노벨재단은 대외직인 활동, 홍보활동, 시상행사 등을 담당할 뿐, 수상자의 선정에는 관여하지 않음), 왕립스웨덴과학원(물리학상과 화학상)과 카롤린스카 의과대학(생리의학상)소속 노벨위원회의 심사를 거쳐, 왕립스웨덴과학원과 카롤린스카 의과대학 의학노벨총회에서 투표로 최종 결정된다.

먼저 노벨재단은 매년 9월 익년도 후보자 추천요청서를 노벨상 수상자, 왕립스웨덴과학원 회원, 각국의 과학자 등에게 발송하여 익년도 1월 31일까지 추천을 받는다. 수상자후보 명단이 모이면 각 분야별 노벨위원회의 심사 작업이 개시되어, 초가을쯤에 수상자후보를 왕립스웨덴과학원과 카롤린스카 의과대학 의학노벨총회에 건네준다. 그러면 매년 10월 중순(늦어도 11월 15일까지) 과학원과 의학노벨총회는 비밀투표로 수상자를 최종 결정하여 발표하게 된다. 평화상 시상은 노벨이 사망한 12월 10일, 노르웨이 수도 오슬로에서 행해지며, 그 외의 상은 스웨덴의 수도 스톡홀름 콘서트홀에서 시상된다.

상금 액수는 재단의 기금운용사정에 따라 매년 조금씩 변하는데, 처음 수상한 1901년의 1부문에 대한 15만 8백 크로나에서 1981년에는 1백만 크로나,

1999년에는 790만 크로나(약 12억 원), 2001년에는 1,000만 크로나(약 14억 원)로 해마다 증가하고 있다. 이 상금 이외에도 상장과 금메달이 주어진다.

일본의 수상자는 2018년 물리학분야에서 10명, 화학분야에서 7명, 문학분야에서 2명, 생리·의학분야에서 5명, 평화분야에서 1명이 수상하고 있다. 이들을 간단히 소개하면 다음과 같다.

【일본의 역대 노벨상 수상자】

연도	이름	분야	수상 이유
1949	유가와 히데키(湯川秀樹)	물리	양자와 중성자의 사이에 작용하는 원자력을 매개하는 것으로서, 미지의 소립자 「중간자」의 존재를 예언. 소립자 물리의 기초를 쌓아 올렸다.
1965	도모나가 신이치로(朝永振一朗)	물리	소립자의 전자기적 성질을 취급하는 양자 전자역학의 난문을 해결하는 「편입 이론」으로, 양자 전자역학을 발전시켰다.
1968	가와바타 야스나리(川端康成)	문학	「이즈의 무희」, 「설국」 등의 작품으로 독자적인 미의 세계를 구축. 일본의 마음의 참뜻을 표현했다.
1973	에사키 레오나(江崎玲於奈)	물리	반도체·초전도체 터널효과에 대해 연구하여, 걸리는 전압이 낮아지는 것에 따라 전류가 늘어나는 특성을 가지는 반도체 「에사키·다이오드」를 발명했다.
1974	사토 에이사쿠(佐藤榮作)	평화	일본의 수상으로서 나라를 대표해 핵병기 보유에 시종 반대하여, 태평양 지역의 평화의 안정에 공헌했다. 숀·맥브라이드 전 아일랜드 외상과 공동 수상.
1981	후쿠이 겐이치(福井謙一)	화학	원자가 가지는 특정의 전자에 주목해 계산하는 것으로, 화학반응의 모습을 예언할 수 있는 「프런티어 전자 궤도 이론」을 개척. 화학반응 과정에 관한 이론의 발전에 공헌했다.

연도	이름	분야	수상 이유
1987	도네가와 스스무(利根川進)	의학	생체를 병원체로부터 지키는 다양한 면역 항체가 만들어지는 과정을 유전자 레벨로 해명. 즉「다양한 항체 유전자가 체내에서 재구성되는 이론」을 입증하여. 유전학·면역학에 공헌했다.
1994	오에 겐자부로(大江健三郎)	문학	정치상황을 반영한 작품을 발표. 생명과 우화가 응축된 세계를 창조해 내며 현대인의 고뇌를 그렸다.
2000	시라카와 히데키(白川英樹)	화학	전기를 전하는 플라스틱의 일종인 polyacetylene막의 합성에 성공. 분자 일렉트로닉스의 개발의 문을 열었다.
2001	노요리 료지(野依良治)	화학	키랄 촉매에 의한 "비대칭 수소화 반응"의 연구에 의해, 구조가 꼭 닮은 유기물을 분자 촉매를 이용해「비대칭 촉매 합성」방법을 개발. 유기 화합물의 합성법 발전에 기여했다.
2002	고시바 마사토시(小柴昌俊)	물리	「우주 물리학, 특히 우주로부터의 뉴트리노의 검출에 선구적인 공헌」. 별이 멸망할 때의 초신성 폭발로 태어나는 수수께끼의 소립자인 뉴트리노를 검출하는 것에 성공. 뉴트리노에 질량이 있는 것을 밝혀, 소립자 이론에 큰 영향을 미쳤다.
2002	다나카 고이치(田中耕一)	화학	「생체 고분자의 분류 및 구조 해석을 위한 수법의 개발」. 생물의 몸체를 이루는 단백질 분자가 어떤 형태를 하고 있는지를 해석하는 기술을 개발. 신약의 개발이나 암의 조기진단에의 길을 열었다.
2008	고바야시 마코토(小林誠)	물리	우주가 물질로만 가득한데, 왜 우주초기에 물질과 반물질의 비대칭성이 나타났는지를 이론적으로 설명.
2008	마스카와도시히데(益川敏英)	물리	우주가 물질로만 가득한데, 왜 우주초기에 물질과 반물질의 비대칭성이 나타났는지를 이론적으로 설명.
2008	난부 요이치로(南部陽一郎)	물리	소립자 세계에서 자발적인 대칭성 깨짐으로 불리는 현상을 발견.

연도	이름	분야	수상 이유
2008	시모무라 오사무(下村脩)	화학	녹색형광단백질(GFP) 발견과 개발
2010	네기시 에이이치(根岸英一)	화학	크로스커플링(cross-coupling) 개발
2010	스즈키 아키라(鈴木章)	화학	크로스커플링(cross-coupling) 개발
2012	야마나카 신야(山中伸弥)	생리학 의학	다양한 세포로 성장할 수 있는 능력을 가진 iPS세포 제작.
2014	아카사키 이사무(赤崎勇)	물리	고광도로 저전력백색광원을 가능하게 한(에너지 효율성이 높은) 청색발광 다이오드(DIODE) 발명.
2014	아마노 히로시(天野浩)	물리	고광도로 저전력백색광원을 가능하게 한 청색발광 다이오드(DIODE) 발명.
2015	가지타 다카아키(梶田隆章)	물리	뉴트리노(NEUTRINO)가 질량을 가진 것을 나타내는 뉴트리노(NEUTRINO) 진동 발견.
2015	오오무라 사토시(大村智)	생리학 의학	선충의 기생으로 발생되는 감염병에 대한 새로운 치료법에 관한 발견.
2016	오오스미 요시노리(大隅良典)	생리학 의학	오토파지(AUTOPHAGY)의 구조 해명.
2018	혼조 타스쿠(本庶佑)	생리학 의학	면역체계를 이용한 암 치료법인 면역관문수용체를 발견.

_유카와 히데키湯川秀樹 ; 물리학자

1907년 일본 도쿄東京 출생. 1929년 교토京都대학 물리학과를 졸업한 후 그곳에서 강사생활을 했으며, 1933년 오사카大阪제국대학으로 옮겨 1938년 박사학위를 받았다. 1939~50년 이론물리학을 연구했지만, 1948년 도미하여 프린스턴대학 객원교수로 있었고, 1953년 교토대학 기초물리학 연구소장으로 재직하였다.

1935년에 질량이 전자와 양성자의 중간쯤 되는 일시적인 입자인 중간자의 존재를 정확히 예측한 핵력核力 이론을 세웠다. 이 중간자 이론으로 1949년 노벨 물리학상을 수상했다.

_ 도모나가 신이치로朝永振一郎 ; 물리학자

1906년 일본 도쿄출생. 1929년 교토대학 이학부를 졸업했으며 1932년 이화학연구소 연구생으로 들어갔다. 1937~39년 독일 라이프치히대학에서 원자핵이론을 연구했다.

1941년 도쿄문리과대학교 교수가 되었고, 1956~62년 도쿄교육대학의 총장을 역임했으며 1963~69년 일본학술회의 회장으로서 기초과학 육성에 기여했다.

양자전기역학을 특수 상대성 이론과 완전히 부합하도록 바꾼 공로로, 1965년 미국의 물리학자 리처드 P. 파인먼, 줄리안 S. 슈윙거와 함께 노벨 물리학상을 받았다.

유명한 저서로는 〈양자역학〉(1962), 노벨상 수상 강연집인 〈양자전기역학의 발전 : 사적 회고〉(1966) 등이 있다.

_ 가와바타 야스나리川端康成 ; 소설가

1899년 일본 오사카大阪 출생. 1924년 도쿄제국대학 국문학과를 졸업한 뒤 반자전적인 작품 《이즈[伊豆]의 무희(舞姫)》(1926)로 문단에 발을 들여놓았다. 1924년 요코미쓰 리이치横光利一 등과 《문예시대》를 창간하여 신감

각파의 유력한 일원이 되었으며, 그 후 《수정환상水晶幻想》(1931), 《서정가抒情歌》(1932), 인생을 비정의 눈으로 응시한 《금수禽獸》(1933) 등 문제작을 발표했으며, 《설국雪国》(1935~1947)에 이르기까지 왕성한 창작활동을 계속했다. 《설국》은 가와바타 문학의 최고봉으로 지목되는 작품으로서, 《센바즈루千羽鶴》(1951), 《고도古都》(1962) 등 전후의 작품과 함께 1968년 노벨문학상을 받았다.

_ 에사키 레오나江崎玲於奈 ; 고체물리학자

1925년 일본 오사카大阪 출생. 1947년 도쿄대학東京大学 물리학과를 졸업한 후 1956년 소니사社의 수석 물리학자가 되었으며, 터널링 현상에 관해 집중적으로 연구했다.

반도체에 불순물을 첨가함으로써 고체상태 반도체의 특성을 조절하는 방법을 고안해냈으며, 이를 통해 '에사키 다이오드'라고 불리는 이중 다이오드를 발명했다.

1960년 보다 깊이 있는 연구를 위해 미국 IBM의 특별연구기금을 제공받아 뉴욕 IBM 실험실에서 연구활동을 했고, 1973년 이바르 예이베르, 브라이언 조지프슨과 함께 노벨 물리학상을 받았다. 그 외에 니시나 기념상(1959), 아사히 신문상(1960), 일본 아카데미상(1965) 등 많은 상을 수상했다.

_ 사토 에이사쿠佐藤榮作 ; 정치가

1901년 일본 야마구치현山口縣 출생. 1924년 도쿄東京대학 법학과를 졸업한 후, 철도성鐵道省에 들어가 국장, 그 후 운수성運輸省 차관을 역임했다.

1948년 자유당에 입당하여 다음해 중의원 의원으로 당선되었고, 1952년 건설상에 임명되었으나 이듬해 자유당 간사장을 맡기 위해 사임했다. 1958년 기시 내각에서 재무장관이 되고, 이케다池田 내각의 통산장관 등을 역임하였으며, 1964년 총리 이케다의 뒤를 이어 총리로 임명되었다.

그는 제2차 세계대전 후 일본이 세계 열강으로 재등장한 시기에 내각 총리대신(1964~72)을 역임, 재임 기간 동안, 핵무기확산금지조약 체결, 오키나와沖繩 반환협정의 조인 등 큰 발자취를 남겼고, 그 공로를 인정받아 1974년 숀 맥브라이드와 함께 노벨 평화상을 받았다.

_ 후쿠이 겐이치福井謙一 ; 화학자

1918년 나라현奈良縣 출생. 교토왕립대학교에서 산업화학을 전공하고 1948년 공학박사가 되었다. 1951년 모교에서 연료화학 교수로 임명되어 실험유기화학분야에서 화학반응이론을 연구했다. 그는 '화학반응의 궤도함수 대칭 해석'이라는 연구로, 1981년 로알드 호프만과 함께 노벨 화학상을 수상했다.

그의 연구는 우리의 실생활 속에서 화학적 변환과정의 활용을 이론적 개념의 연쇄 발달 과정으로 연결시키는 것으로서 화학반응에 대한 우리의 이해를 증가시켰다.

_ 도네가와 스스무利根川進 ; 분자생물학자 · 면역학자

1939년 일본 나고야名古屋 출생. 교토京都대학 화학과를 졸업한 뒤, 미국 캘리포니아 샌디에이고대학교에서 분자생물학으로 박사학위를 받았다.

1971년 스위스 바젤면역학연구소 주임연구원이 되어 면역에 관한 유전자를 연구한 뒤, 1981년부터 미국의 매사추세쓰공과대학에서 생물학을 강의했다. 〈다양한 항체생성에 관한 유전학적 원칙〉이란 연구논문으로 인체의 면역메커니즘을 밝힘으로써, 인위적으로 몸 안에 필요한 특정 항체의 생성을 가능하게 한 업적으로, 1987년 노벨 생리·의학상을 수상, 일본문화훈장도 받았다.

_ 오에 겐자부로大江健三郎 ; 소설가

1935년 일본 에히메현愛媛縣 출생. 도쿄 대학 불문학과를 졸업했다. 사르트르, 카뮈 등의 영향을 받아 대학 재학 중에 소설을 발표했고, 「사육飼育」으로 아쿠타가와상芥川賞을 수상했다. 1950년대 후반부터 이시하라 신타로와 함께 젊은 세대를 대표하는 작가로 급부상했다. 지적 장애의 아들이 태어난 충격으로 「개인적인 체험」을 발표했고, 기형아 출산을 주제로 삼아 인권을 유린당한 전후세대의 문제를 파헤쳐, 1964년 신초사新潮社 문학상을 수상했으며, 1994년 노벨문학상을 수상했다. 대표작으로는 〈만연원년万延元年의 풋볼〉, 〈히로시마 노트〉 등이 있다.

_ 시라카와 히데키白川英樹 ; 화학자

1936년 일본 도쿄출생. 1961년 도쿄공업대학 화학공학과를 졸업 후, 석사·박사학위를 받았다. 1979년 쓰쿠바대학 물질공학계 조교수가 된지 3년만에 교수로 임명, 1999년 퇴직 후 현재 명예교수로 있다.

고분자화학을 전공한 그는 전자기적으로 특이한 성질을 가진 유기고분자

화합물의 합성과 물성에 관한 연구에 전념했고, 미국의 앨런 맥더미드Alan G. MacDiarmid, 앨런 히거Alan J. Heeger와 함께 플라스틱의 전도체화를 위한 공동연구 결과, 1977년 전도성 고분자(플라스틱)를 발명했다. 이러한 공로로 앨런 맥더미드, 앨런 히거와 함께 2000년 노벨화학상을 공동 수상했다. 그 외에 고분자학회상(1983), 고분자과학공적상(2000)을 수상하기도 했다.

_ 노요리 료지野依良治 ; 화학자

1938년 일본 고베 출생. 1967년 일본 교토대학京都大学에서 박사 학위를 받았다, 1972년부터 나고야대학名古屋大学 화학과 교수로 재직 중 미국의 놀스William Knowles, 샤플리스Barry Sharpless와 함께 광학활성光學活性 촉매를 이용한 광학이성질체光學異性質體 합성법으로 수소화반응과 산화반응을 개발, 유기합성화학 분야 연구에 새로운 지평을 열었다. 이 연구를 더욱 발전시켜 산업화하는 데 이바지한 공로로 2001년 놀스, 샤플리스와 함께 노벨화학상을 수상했다. 그 외에 일본학사원상(1994), 문화훈장(2000), 울프상(2001) 등을 수상했다.

_ 고시바 마사토시小柴昌俊

1926년 일본 혼슈의 아이치현愛知縣 출생. 도쿄대학 물리학과를 졸업하고 대학원에 진학. 뉴욕의 로체스터대학교에서 물리학 박사 학위를 취득한 뒤, 도쿄대학 교수로 부임해 같은 대학 우주연구소 소장을 거쳐 2002년 현재 명예교수로 있다.

중성미자中性微子 : neutrino 천문학의 창시자로, 역시 중성미자의 존재를 입증한 미국의 천체물리학자 레이먼드 데이비스, 리카르도 지아코니와 함께 "우주에서 날아온 중성미자와 X선을 처음으로 관측하여 우주를 이해하는 새로운 창문을 연" 공로로 2002년 노벨물리학상을 받았다. 니시나상(1987), 아사히상(1988, 1999), 일본정부 문화장(1988), 일본학술원 학술상(1989), 후지와라상(1997), 울프상(2000)을 비롯한 많은 상을 수상했다.

_ 다나카 고이치田中耕一 ; 계측공학자

1959년 일본 도야마현 출생. 1983년 도호쿠대학에서 공학 전공으로 학사 학위를 받았다. 같은 해에 교토에 있는 시마즈제작소島津製作所에 입사하여 분석계측기 연구 업무에 전념. 2년에 걸쳐 '연성 레이저 이탈기법(소프트레이저 착탈법)'을 개발해 생물학적 거대분자의 질량을 정확하게 측정할 수 있는 길을 열었다. 이러한 공로로 2002년 미국의 분석화학자 존 B. 펜, 스위스의 고분자생물리학자 쿠르트 뷔트리히와 더불어 노벨 화학상을 공동 수상, 평범한 기업 연구원에서 일약 세계적인 과학자의 반열에 올랐다.

_ 고바야시 마코토小林誠 ; 물리학자

나고야名古屋 대학 이학부 졸업, 이학 박사(나고야 대학). 전 일본 고에너지 가속기 연구기구 교수. 1970년대의 연구성과가 평가된 것이다. 해외유학의 경험이 없이 국내에서만 연구에 몰두해 온 '순수 국내파'다.

_ 마스카와 도시히데益川敏英 ; 물리학자

1940년 나고야名古屋 출생. 나고야 대학 이학부 졸업, 이학 박사(나고야 대학). 전 교토대 교수. 고바야시小林・마스카와益川 이론에 CP 대칭성의 파괴 의 근원의 발견에 의한 입자 물리학에 공헌 1970년대의 연구성과가 평가된 것이다. 해외유학의 경험이 없이 국내에서만 연구에 몰두해 온 '순수 국내파'다. 저서로는 『현대의 물질관과 아인슈타인의 꿈』, 『지금 또 하나의 소립자론 입문』 등이 있다.

_ 난부 요이치로南部陽一郎(미국국적) ; 물리학자

도쿄대학 이학부 졸업, 이학 박사(도쿄대). 전 시카고대 교수.
1970년 49세의 나이에 일본 국적에서 미국 국적으로 변경.
1960년대 연구성과가 평가된 것이다.

_ 시오무라 오사무下村脩 ; 화학자

나가사키의대長崎医科大学 부속 약학전문부를 졸업,
이학 박사(나고야 대학) 전 보스턴대 교수. '녹색형광단백질(GFP)' 발견도 1962년의 연구성과다. 이렇게 독창적인 기초연구의 성과는 그 가치가 밝혀질 때까지 40년 정도의 긴 시간이 소요된다.

_ 네기시 에이이치根岸英一 ; 화학자

1935년생으로 일본의 화학자이며, 퍼듀대학 특별교수이다. 2010년에 팔라듐의 촉매교차를 결합한 네기시 반응을 연구한 공로로 리처드 F. 헥, 스즈키 아키라와 함께 노벨 화학상을 수상했다.

유기 알루미늄 화합물, 유기 지르코늄 화합물을 크로스커플링(cross-coupling)에 이용할 수 있다는 것도 최초로 보고했다. 또한 2010년 노벨상 수상 공적에 의해 같은 해 문화공로자로 선정됨과 동시에 문화훈장의 수상자로도 선정됐다.

_ 스즈키 아키라鈴木章 ; 화학자

1930년생으로 홋카이도대학 이학부 졸업. 일본 화학자로, 홋카이도 대학 명예교수이다. 팔라듐을 매개로 하는 방향족화합물芳香族化合物인 탄소동사를 효율적으로 연결시키는 획기적인 합성법을 고안, 1979년 '스즈키·미야우라 커플링'을 발표, 방향족화합물의 합성법의 하나로 자주 사용되었다. 1979년에 방향족화합물의 합성법으로서 자주 이용되는 반응의 하나인 '스즈키·미야우라 반응'을 발표했다. 금속의 팔라듐을 촉매로서 탄소끼리 효율적으로 연결하는 획기적인 합성법을 개발한 공로를 인정받아 2010년에 리처드 F. 헥, 네기시 에이이치와 함께 노벨 화학상을 수상했다.

_ 야마나카 신야山中伸弥 ; 생리학자 · 의학자

1962년생으로 일본의 의학자이며 줄기세포 연구자이다. 교토 대학 iPS세포연구소소장·교수이다. 2012년에 '성숙하고 특화된 세포들이 인체의 세포조직에서 자라날 수 있는 미성숙 세포로 재프로그램할 수 있다는 것을 발견'한 공로로 존 거든과 함께 노벨 생리학·의학상을 수상했다.

_ 아카사키 이사무赤崎勇 ; 반도체공학자

1929년생으로 교토대학 이학부 졸업. 나고야대학 공학박사 일본 반도체 공학자로 나고야대학 교수 등을 역임했다. '고광도 청색발광 다이오드 발명'으로 2014년 노벨물리학상을 수상했다.

_ 아마노 히로시天野浩 ; 전자공학자

1960년생으로 일본의 전자공학자로 나고야대학대학원 공학연구과 교수, 나고야대학 아카사키기념연구센터장 등을 역임했다. 아카사키 이사무와 함께 세계 최초로 청색 LED에 필요한 고품질 결정 기술의 발명에 성공했다. 이러한 업적으로 2014년에 아카사키 이사무, 나카무라 슈지와 함께 노벨 물리학상을 공동 수상했다.

_ 가지타 다카아키梶田隆章 ; 물리학자 · 천문학자

1959년생으로 일본의 물리학자이자 천문학자이다. 사이타마현 히가시마쓰야마시출신으로 도쿄대학 특별영예교수, 도쿄대학 우주선연구소장·교수이다.

1996년부터 슈퍼가미오칸데Super-Kamiokande로 대기뉴트리노NEUTRINO를 관측하여 뉴트리노가 질량을 가지고 있다는 것을 확인하고, 1998년에 뉴트리노 물리학·우주물리학 국제회의에서 발표됐고, 이듬해 1999년에는 제45회 니시나기념상仁科記念賞을 수상했다.

2015년에는 아서 B. 맥도널드와 함께 노벨 물리학상을 수상했는데 노벨 물리학상 수상 이유는 '뉴트리노가 질량을 가지고 있다는 것을 증명하는 뉴트리노 진동의 발견'이다. 같은 해 노벨 생리학·의학상을 수상한 오무라 사토시와 함께 문화훈장을 받았다.

_ 오오무라 사토시大村智 ; 화학자 · 의학자

1935년생으로 일본의 화학자(천연물화학)로 도쿄이과대학대학원 이학박사, 도쿄대학 약학박사, 기타사토대학 특별영예교수이다.

미생물을 생산하는 유용한 천연유기화합물의 탐색연구를 45년 이상 실시했고, 지금까지 480종이 넘는 신규 화합물을 발견, 그것들에 의해서 감염병 등의 예방과 퇴치, 창약, 생명현상의 해명 또는 발견에 큰 기여를 했다. 또한 화합물의 발견이나 창제, 구조 해석에 대해 새로운 방법을 제창하거나 실현하여 기초부터 응용까지 폭넓고 새로운 연구 영역을 세계에 앞서 개척했다.

2015년 노벨 생리학·의학상 수상자이며, 연구 외에도 사회에 공헌한 업적을 갖고 있으며 문화훈장 등 다수의 훈장을 받았다.

_ 오오스미 요시노리大隅良典 ; 생물학자

1945년생으로 일본의 생물학자이다. 도쿄공업대학 특임교수·영예교수이며, 도쿄대학 특별영예교수 등을 역임했다. 2016년에 오토파지AUTO-PHAGY의 메커니즘을 발견한 공로로 노벨 생리학·의학상을 수상했다.

_ 혼조 타스쿠本庶佑 ; 생리학자 · 의학자

1942년생으로 일본의 의사, 의학자(의화학·분자면역학)이다. 교토대학 의

학박사로 교토대학 명예교수, 공익재단법인 첨단의료진흥재단 이사장, 후지노쿠니 지역의료지원센터 이사장 등을 역임했으며, 문화공로자, 문화훈장 수훈자이다.

세계 최초로 활성화 유도 사이티딘데아미나아제를 발견한 것으로도 알려졌다. 이어 면역항암요법을 개발하면서 후에 면역조절항암제인 니볼루맙의 개발로 이어졌다. 이러한 업적을 인정받아 일본 학사원 회원과 문화공로자로도 선정됐고 2013년에는 문화훈장을 수여했다.

2018년에는 음성적 면역조절 억제에 의한 암 치료법을 발견한 공로로제임스 P. 앨리슨과 함께 노벨 생리학·의학상을 수상했다.

교육백년대계, 집단주의

우리가 한・미・일 삼국의 교육에 대하여 말할 때 흔히들 우리나라의 교육은 '일등을 해라', 미국의 교육은 '봉사활동(volunteer)을 해라', 일본의 교육은 '남에게 폐를 끼치지 않도록 해라迷惑をかけないように'라고 한다. 세 나라에서 모두 교육받은 경험이 있는 본인도 동감하는 이야기다. 특히 일본에서는 자기 할 일을 스스로 하도록 가르치는 일, 바로 그것이 남에게 폐를 끼치지 않는 첫 걸음이 아닐까 한다. 남에게 폐를 끼치지 않는다는 것은 한 집단 규율에 순응한다는 의미도 된다.

우리에게 일본하면, 전쟁을 도발하여 인근 국가에 피해를 주고 지금은 강력한 경제력을 기반으로 국제적으로 영향력을 확대해 가며 제국주의를 부활하려는 나라로서의 이미지가 많이 남아 있다. 그리고 이러한 움직임에 대한 우려의 목소리도 높은 게 현실이다. 또한 최근의 역사 교과서 왜곡 문제 등 부정적인 이미지의 시각도 많은 게 현실이다. 그러나 긍정적으로는 조용하고, 깨끗하고, 청결하고, 다툼이 없고 질서를 잘 지키며 집단주의적 성향이 강한 나라라는 이미지 또한 강하다. 지나칠 정도로 청결하며 받는 쪽에서 오히려 황송할 만큼의 친절이, 좁고 복잡한 일본 사회를 매끄럽게 작동시키고 있다. 무엇이 일본사회의 이와 같은 특질을 생성시키고 있는가? 그 중요한 해답의 단서를 일본의 교육현장을 통해 알아보자.

_ 유치원 교육

우리나라에도 '세 살 버릇 여든 살까지 간다'는 속담이 있듯이 어렸을 적의 교육은 매우 중요하다. 일본에서는 태어나서 3살 때부터 가정을 떠나 사회 생활을 처음 하는 게 유치원이므로 유치원 교육은 매우 중요하다. 2007년 유치원 총수는 13,723개교이며 국립(41개교)·공립(5,382개교)유치원이 39.6%, 사립(8,292개교)이 60.4%를 차지하고 있다. 유치원 교육은 지성중심의 학습이라기보다는 주로 환경·체험·놀이를 강조하는 편이다. 만 3~5살까지 다니는 유치원의 등굣길을 보면 겨울의 추운 날씨에 유치원생과 함께 등교하는 부모들은 두터운 옷차림인데도 불구하고 어린이들은 감기와 부상을 제외하고는 짧은 바지와 치마 차림이며 긴 바지와 치마, 롱스타킹은 금지되어 있다. 이와 같이 일본의 어른들은 아이의 건강과 정신력·인내력 단련에 매우 신경을 쓴다. 추운 겨울에 아이에게 반바지를 입히는 관습은 메이지유신明治維新 이후라고 한다. 당시 일본은 근대화의 상징으로 아이를 강하게 키워 장래의 인재로 쓰자는 붐이 일어난 데서 연유되었다고 한다. 부모, 친구들, 선생님과의 사이에 아침인사로부터 시작되는 유치원은 현관에 들어서면서부터 부모들과 작별을 하고 스스로 교육받을 준비를 한다. 교내에 들어서자마자 스티커를 붙여 자신의 출석여부를 확인하는 곳도 있다. 그 이유는 자립심을 길러주기 위해서라고 한다.

선생님이 어린이들의 출석을 호명할 때는 반말을 하지 않고, 남자아이의 경우는 ○○군君, 여자아이의 경우는 ○○짱ちゃん이라 예우를 갖춘다. 어

린이들 사이에 반말을 하지 않고 욕을 하지 않는 것은 이런 교육 현장에서 비롯되었다고 할 수 있다. 실제로 일본에서 생활하며 느낀 것인데 우리나라, 미국과 비교했을 때 욕이 상당히 적음을 알 수 있었다.

선생님이 아이에게 말을 지도할 때도 자기의사를 주장하는 것보다 상대방의 말을 경청하는 태도를 주로 가르친다. 즉 일본인에게 있어 언어란 개인의 감정을 표현하는 수단이라기보다는 집단적 연대감을 표현하는 수단이라 해야 할 것이다. 실제 일본인들은 자기의 본마음本音을 잘 드러내지 않는다고 하는데 아마도 그것은 이러한 유아시절의 교육과 무관하다고 할 수 없을 것이다.

교사는 하루하루 아이의 정서상황, 건강, 식사, 놀이 형태, 심지어 변의 상태 등을 자세히 연락장에 적어 아이 편에 가정으로 보내면 부모는 가정에서의 생활을 자세히 기재해서 아이 편에 교사에게 보낸다. 이 연락장을 통해 아이의 학교에서의 생활과 가정에서의 생활을 알 수 있으며 교사와 학부모간에 의사소통이 이루어진다. 실제 교사와 학부모의 관계는 사적인 관계를 떠나 지극히 공식적이고 의례적인 성격이 강하다.

_ 초등학교 교육

일본의 초등학교(일본에서는 소학교小學校라 함)는 만 6~12세까지의 아동이 다니며 2007년 사립학교가 200개교로 약 0.9%를 차지하며 국립이 73개교, 공립이 22,420개교로 98.8%를 차지하고 있다. 전국적으로 1학년은 노란 모자를 착용하게 하는데 그 이유는 교통상해보험에 가입했다는 의미이다. 즉 1학년은 학교생활과 주변환경에 익숙하지 못하므로 교통사고 예방을 위해 정부가 마련했다고 한다.

또한 1학년은 6학년과 의형제 관계를 맺어 학교생활의 전반에 걸쳐 도움을 받는다. 예를 들면 화장실, 학교시설 이용법 등이다. 점심은 월요일부터 금요일까지 유료로 제공하며 학교에 따라서는 선배와 후배가 함께 식사하는 경우도 있다. 예를 들어 3학년 학생과 4학년 학생이 함께 식사를 하면서 친분을 익히기도 한다. 또한 선생님도 학생들과 함께 식사를 하기도 한다. 어린이들 숫자가 크게 줄어들고 있고, 외동뿐인 어린이가 많기 때문에 가족의 단란한 생활을 학교 교육을 통해 익히게 한다.

등굣길에는 학생들이 무리를 지어 등교하는 모습을 볼 수 있다. 등교 시에는 6학년이 반장이 되어 선두에 서고 학년별로 질서정연하게 등교하는데 후미에는 부반장인 4・5학년이 선다. 1학년이 오지 않았을 경우는 출발을 하지 않고 기다리다 출발하며, 6학년이 1학년을 데리러 간다. 또한 부모들이 한 명씩 나와 등굣길을 돌봐 준다. 하교 길에는 왔던 길로 꼭 돌아가게끔 교육을 시킨다. 이와 같이 전통적인 집단의식을 아이들의 등굣길에서도 볼 수 있다. 집단에서 낙오되지 않기 위해서는 남들과 똑같이 행동하고 모든 것을 미리 준비해 두어야 하며, 가방도 똑같은 것 일색이다.

_ PTA(Parents-Teacher Association : 학부모-교사 협의회) 활동

부모들은 정기적으로 모임을 가지며, 학부형간의 친목도모, 학교를 지원하는 일, 학교에 대한 건의, 소풍, 운동회, 사은회, 졸업식 등을 뒤에서 주관한다. 개별적인 요망은 결코 용납되지 않는다. 물론 많지는 않지만 일정 회비를 걷어서 비용을 충당한다. 우리나라의 치맛바람과는 성격이 매우 다르며 촌지와 봉투는 없다. 일반적으로 연 1회 선생님은 가정방문을 하는데 커피나 차도 먹지 않는 것이 관례라 한다. 유학시절 촌지에 대하여 일본의 주부와 이야기할 기회가 있어 물어보았는데, 학년이 바뀔 때 감사의 표시로 상품권 정도는 괜찮지 않느냐고 물었더니 그것도 안 된다고 했다. 왜냐하면 전 선생님이 다음 선생님에게 학년이 바뀔 때 학부모로부터 상품권을 받았다고 전하면 불공평이 생길 수 있기 때문에 안 된다고 했다.

학부모들은 선생님을 돕는다는 기쁨을 갖고 선생님들은 PTA의 활동을 고맙게 생각하고 있다. 연 1회 아버지들이 참가해서 같이 게임이나 운동을 하며 친목을 도모하기도 한다. 또한 매년 1회 쓰던 물건이나 장난감 등을 가지고 와서 바자회를 여는 데 살 수 있는 수량은 한정되며 물건값 역시 제한된다.

위에서 살펴본 바와 같이 일본의 아이들은 학교라는 집단 속에서 집단구성원으로서 사회성과 동질성을 추구하도록 교육받는다. 그러나 너무나 동질성만을 추구한 나머지 좀 특이한 개성을 가진 개인을 집단이 학대하는 병폐가 있는데 이것이 이지메 현상이다. 이런 현상은 일본 집단주의의 한 단편이다. 어쩌면 남에게 조심스럽게 대하는 태도는 집단에서 낙오되지 않기 위한 필수 조건일 것이다. 개인의 창의성은 아마도 무시되고 있지는 않을까?

그러나 남에게 폐를 끼치지 않으며 끊임없이 긴장하며 자기가 속해 있는 집단에 헌신하며 잘 살아가겠다는 지혜를 불어 넣어준 교육의 힘은 크다고 할 수 있다. 정수리부터 일본 혼이 단단히 뿌리 박힌 일본 아이들과 우리의 아이들, 나라의 명운을 점치는 잣대 하나로 교육을 선택할 때 어느새 일본은 하나의 교훈으로서 우리에게 다가선다고 할 수 있겠다. 교육은 백년지대계다. 아이들을 보고 그가 속해 있는 집단의 내일을 예측할 수 있는 법인데, 우리는 우리의 아이들이 수놓을 우리의 내일을 자신 있게 보여줄 수 있을까?

지나친 동질성 추구의 산물, 이지메

'이지메いじめ'는 일본어의 '이지메루いじめる' 즉, 괴롭히다, 들볶다라는 의미의 동사가 명사화되어 생겨난 말로, 어떤 특정한 대상을 정해 놓고 전 학급 또는 집단이 다같이 괴롭히는 일을 말한다. 즉 이지메는 '동일집단 내의 상호작용 과정에 있어서 우위에 선 자가 의식적 또는 집합적인 타인에게 정신적, 신체적으로 고통을 주는 행위'라고 정의하고 있다. 물론 이지메의 행위에는 싸움이나 신체적인 고통을 목적으로 하는 '폭력행위' 혹은 금품을 목적으로 하는 '공갈행위' 등도 포함된다. 괴롭히는 데는 뚜렷한 이유가 없으며, 그 대상은 대개 '약하고 힘없는 존재'이다. 그저 자신들과는 뭔가 다른 구석이 있다는 이유만으로 한 사람을 두고 집단으로 괴롭히는 것이다. 가방 안에 죽은 쥐를 집어넣는다거나 다리를 걸어 넘어뜨리기도 하고 뒤에 앉은 아이가 이지메의 대상이 되는 아이를 바늘로 찔러 피가 나게 하기도 한다. 이지메는 대학생과 직장인 사이에도 존재한다. 이때 이지메의 대상은 주로 중노년층이나 여자 직원이 되는데, 욕이나 저속한 언행은 기본이고 도저히 감당해 내기 어려운 분량의 일거리를 부과하거나 회사의 손실을 개인적으로 보상토록 강요하는 경우도 있다.

'이지메'는 일본만의 이례적인 사회 현상으로서 세계적인 고유명사가 되었을 정도이다. 자, 그렇다면 이러한 특수 현상이 일본에서 생겨나게 된 이유는 무엇일까? 여기에는 분명 어떠한 필연성이 작용하였으리라 짐작된다. 그 필연성을 찾아내기 위해서는 우선 그네들이 공유하고 있는 그네들 특유의 인성과 역사성, 그리고 최근의 사회적 상황을 살펴보지 않으면 안 될 것이다.

_'이지메'를 자초하는 일본인

사회학자들은 흔히 일본인의 특성을 이야기 할 때, '응석', '소극성', '집단주의' 등의 성격을 자주 들어 이야기한다. '응석'은 어린아이가 엄마의 품에 안겨 있을 때 볼 수 있는 아주 일반적인 감정을 말하는 것인데, 성장과 함께 자립해 가는 개인의 성숙을 기대하는 서양과는 대조적으로 일본에서는 어른이 되어서도 이 모친 의존적인 '수동적 애정 희구'와 같은 '응석'이 사회관계 속에서 조장된다. 응석은 조화로운 인간 관계와 정서적 안정을 위해 필요한 것이지만, 이것이 지나치면 폐쇄성이나 논리성 결여의 원인이 되기도 하며, '소극성'과 맥을 같이 하여 수동적이고도 타인 의존적인 성향을 띠게 된다. 또 집단주의는 조직 성원의 협동을 강조하는 개념으로서 '사람과 사람의 관계'나 '개체와 전체의 관계'를 중요시하는 개념이며, 동료와 함께 있음으로써 안심하는 '동료 사회', '집단 사회'를 지향한다. 그런데, 이러한 특성들이 어떻게 이지메라는 집단 괴롭힘과 연결될 수 있는 것일까?

그것은 전체를 중시하는 집단주의적인 성향이 너무 강해질 경우, 집단에서 벗어난 개인을 용서하지 않게 되어 집단 내에서 조금이라도 튀는 행동을 하는 사람이나 집단과 잘 어울리지 못하는 사람이 있으면 그를 대상으로 삼아 이지메를 가하게 되는데, 이것이 수동적이고도 타인 의존적인 '응석'이나 '소극성'이라는 성향과 맞물려, 개인적으로는 상대를 '이지메'하지 못하고, 자신을 포함한 집단에 의존하여 그 대상을 괴롭히는 형태로 나타나게 되는 것이다. 또 한 가지 재미있는 것은, 만약 이지메의 대상을 괴롭히는데 동참하지 않으면 그 사람도 이지메의 대상이 되기 때문에, 자신은 하고 싶지 않아도 그 대상이 되는 것이 두려워서 이지메를 가하게 되는 경우가 많다는 사실이다. 집단에 속해 있음으로 안심하고 그러면서도 집단을 두려워하는 일본인의 극단적인 집단주의적 성향이 '이지메'를 낳는 일면을 보여주는 것이다.

_ 역사 속의 이지메

그런데, 이러한 이지메의 필연성을 보다 확실하게 뒷받침하는 것은 일본의 역사 속에 자리한 '공인公認된 이지메'의 모습이다. 일본의 이지메는 역사적으로 볼 때 충분한 이유가 있다. 예로부터 지진이나 화산 폭발, 태풍 등의 천재지변과 화재, 전염병이 많았던 일본에서는 재앙을 면하기 위해 신에게 가호를 비는 지금의 마쓰리祭り(축제나 제사)와 같은 집단주의적인 행사가 많았다.

또한 벼농사稲作나 농경 생활을 위해서는 집단적인 근로가 필수 불가결하였다. 마쓰리나 집단적인 농경 생활을 통해 일본 특유의 집단 의식과 공동체 의식이 몸 속 깊이 배게 된 것이다. 이러한 상황 속에서 마을의 집단적인 생활을 무리 없이 유지해 나가기 위해서는 집단 내의 규율을 엄격히 하고 규칙을 위반하거나 비협조적인 자에게는 집단적인 학대 같은 엄중한 제재를 가할 수밖에 없었다. 에도 시대에는 벌써 이러한 관습이 사회적으로 공인되기에 이르러, 무라하치부村八分라는 풍습과 에타穢多와 히닌非人이라는 천민을 낳았다.

무라하치부는 마을의 공동 작업에 태만하거나 도둑질 등의 비행을 한 자에게 가해지는 집단 응징의 관습이었다. 마을에서 필요한 공동 행사, 즉 농사일·혼례·수해·화재 진압·장례식 등의 열 가지 기본 행사 중에서, 불이 났을 때 도와주는 것과 누군가 죽었을 때 함께 장례를 치러 주는 일 이외의 여덟 가지에 대해서는 일절 거들떠보지도 않을 뿐만 아니라, 의도적으로 괴롭히고 따돌려서 소외감을 맛보게 하였다.

한편, 에타와 히닌은 농민 계층이 아예 집단적인 학대를 가하도록 만들어진 천민 집단이다. 농민들로서는 무사들로부터 받는 고통이 무척 심했다. 왜냐하면 농민들은 수확량의 반 이상을 무사들에게 수탈당해야 했고, 어쩌다 한 번의 실수로도 무사에게 자칫 죽임을 당할 수도 있었기 때문이다.

그런데 농민은 전 인구의 80% 이상을 차지하는 데다가 나라의 재정을 유지시켜 주는 조세 수입의 원천이었기 때문에 그들의 이러한 고통을 모른척하고 무시할 수만은 없는 노릇이었다. 그래서 바쿠후幕府는 농민들의 불만을 해소해 주기 위하여 더럽다는 의미의 예다穢多 즉, 에타와 사람이 아니라는 의미의 비인非人, 즉 히닌이라는 천민 집단을 만들어 냈다. 자신들이 농민을 괴롭히듯 농민들 역시 이들 천민을 부담 없이 학대함으로써 대리만족을 느끼도록 한 것이다. 많은 농민들이 이들 천민을 때리거나 욕하고 괴롭히는 것이 당연시되었기 때문에, 그들은 자신들의 행위에 아무런 죄의식을 느끼지 않았고 오히려 쾌감을 느꼈다고 한다.

이와 같이 농경 사회가 낳은 집단주의적 의식과 역사적으로 공인된 집단 학대의 잔재가 현대의 이지메라는 형태로 그대로 이어지고 있는 것이다.

_ 이지메를 부활시킨 일본의 사회

이상, 역사적으로 볼 때 집단적 학대는 집단주의적인 농경 사회가 빚어낸 필연의 산물임을 알 수가 있다. 그렇다면, 극도의 심각성을 띠고 있는 현대의 '이지메'에는 과연 어떠한 필연이 작용한 것일까? 이지메라는 집단 괴롭힘이 다시 고개를 들게 된 데에는 어떠한 사회적 요인이 작용한 것일까?

그 첫 번째로는 어린이가 혼자서 가지고 놀 수 있는 기계나 도구가 범람하게 되었다는 점을 들 수가 있다. 이들 혼자서 즐길 수 있는 기계가 인간과의 접촉 기회를 어린이로부터 빼앗아, 점차로 대인관계를 미숙하게 만드는 요인이 된다고 할 수 있다.

일본에는 '대인 곤란성'이란 말이 있다. 이것은 대인 관계가 상당히 미숙한 상태를 말하는 것으로서, 이로 인해 누군가와 친해지고 싶다고 생각해도 접근하지 못하거나 그 표현 방식이 그릇된 방향으로 전달되는 경우가 많은데, 그러한 하나의 현상이 이지메로 나타난다. 그런데, 이렇듯 혼자서 즐길 수 있는 기계의 범람이 이 '대인 곤란성'의 기반이 되고 있는 것이다.

두 번째로는 출생률 저하의 폐해를 들 수 있다. 형제의 수가 적거나 없기 때문에, 형제간의 싸움이나 형제간의 결속이 없어 감정을 다스리는 법이나 타인과 함께 공생해 나아가는 법을 배우기가 힘들다. 또한 부모의 입장에서는 애정을 한 곳으로 집중하게 되는 결과를 낳아, 자녀는 자기의 불만을 조금도 참아 내지 못하는 '내성耐性 결여'의 아동이 되어 버리기 십상이다. 이지메의 측면에서 말하자면, 이지메를 가하는 측도 당하는 측도 내성이 결여되어 있다고 할 수 있다. 이지메를 가하는 측에서는, 마음에 안 드는 녀석이라고 생각하면 그 사실만으로도 참기가 어려워져서 면박을 주거나 욕설을 하게 되고, 이지메를 당하는 측에서는, 앞서 말한 '대인 곤란성'과도 이어지는 현상으로서, 친해지고 싶어도 어떻게 해야 할지를 모르고 노력해 봐도 잘 되지 않는 상황에서 조금이라도 기분 나쁜 일을 당하면 금세 기가 죽고 마는 것이다. 이지메의 악순환은 여기에서 시작되는 것이다. 부모의 손에 곱게 자라 어려움을 겪은 경험이 없는 자녀로서는 이지메를 당했을 경우 좋은 대처 방안을 찾지 못해 어찌할 줄 모르게 되는데, 이를 지켜보는 동료들로서는 그런 모습이 재미있어 견딜 수가 없는 것이다. 이러한 식으로 집요하게 이지메가 계속되면 내성이 없는 자녀는 결국 등교 거부나 자살 행위로 자신을 내던지게 된다. 그러나 중요한 것은 이지메를 가하는 측도 똑같은 요인이 작용한다는 사실일 것이다. 바로 '내성 결여'라는 똑같은 원인이 이지메의 가해와 피해를 낳는다는 것이다.

마지막으로 과잉 정보라는 시대적 영향도 무시할 수 없는 요인이 된다. 특히 TV, 신문 등의 매스컴이 자극적이고 센세이셔널sensational 한 정보를 여러 방면에 걸쳐서 흘려보내고 있다는 점이다. 청소년 문제, 그 중에서도 이지메 문제에 대해서는 지나치게 적극적인 보도를 하고 있는 것이다. 이 때문에 전혀 그러한 문제가 없었던 지역에서도 이지메가 다발하게 되는 경우가 적지 않다. 매스컴이 모든 지역에서 이지메를 조장하고 있다고 해도 과언은 아닐 것이다. 모든 사회 문제에 있어서 그 선동적인 역할을 해내고 있는 것이 매스컴이지만, 이지메는 청소년과 보다 밀접하게 얽혀 있는 문제이기에 매스컴의 부추김에 보다 민감하게 반응할 수 있다는 점을 유의해야 할 것이다.

이상, 우리는 이지메가 발생할 수밖에 없는—일본 특유의 인성에 의한, 역사에 의한, 그리고 사회적 상황에 의한— 필연성을 살펴보았다. 이지메는 지극히 집단주의적이면서도 소극적인 일본인의 성향이 기계화, 출생률 저하 등의 현대적 사회 현상에 맞물려 나타난 일본의 특수한 사회 문제이다.

이지메의 가장 큰 문제는, 이지메가 단순한 집단 괴롭힘의 문제로 끝나는 것이 아니라 등교 거부, 비행, 자살, 정신 장애 등의 심각한 다른 사회 문제를 파생시킨다는 데에 있다.

일본이 심각해질 대로 심각해진 이지메의 문제로 골머리를 앓고 있을 무렵, 우리나라에서는 '왕따'라는 이름의 '신종 이지메'가 꾸물꾸물 고개를 쳐들고 있었다. 그러나 이지메와 같은 현상이 우리나라에 생겨나게 된 것은 일본처럼 역사적으로 이지메와 비슷한 관습이 있었다거나, 한국인 특유의 인성과 그 사회적 상황이 함께 반응하였기 때문은 아니다. 그것은 일본으로부터의 무시할 수 없는 영향력 위에 일본과 비슷하게 돌아가는 기계화나 출생률 저하와 같은 현대적 사회 현상이 그 배경으로 작용했기 때문으로 보아야 할 것이다. 어쨌든 이지메는 이제 단순한 남의 일이 아니다.

이지메가 현대 사회가 낳은 필연적 산물이라면, 단기간에 종식되기는 어려운 문제라고 본다. 가장 근본적인 개선은 학교와 가정에서 이루어져야 할 것이다. 자녀가 올바른 인간 관계를 형성해 나갈 수 있는 발판을 마련해 주는 것은 학교와 가정 교육이 담당해야 할 문제인 것이다. 그 위에 사회와 정부가-이지메에 관한 보다 실질적인 연구를 진행하는 등- 혼연일체渾然一體가 되어 이지메 근절을 위한 사회 분위기 조성에 힘을 기울인다면 이 사회에서 이지메(왕따)라는 말이 사라지는 그 날이 그리 멀지만은 않을 것이다.

일본 젊은이들의 결혼관

사회·문화적 유행은 우리나라와 일본에서 다소의 시차를 두고 일어나고 있으나 그 양상은 매우 흡사한 것처럼 보인다. 그러나 실제 그 내면을 들여다보면 두 나라의 사회·문화적 유행은 전혀 다른 모습을 하고 있음을 알 수 있을 것이다. 여기에서는 여러 사회·문화적 유행 가운데 젊은이들 사이에 가장 호기심의 대상이라고 할 수 있는 결혼관에 대하여 살펴보기로 한다. 과연 일본의 젊은이들은 어떠한 결혼관을 갖고 있는 것일까?

결혼이란 남녀가 부부가 되는 것으로 새로운 가족의 형성이다. 최근 일본에서는 결혼 연령이 상승하고 있을 뿐만 아니라 미혼율이 현저하게 높아져, 결혼하지 않는 남녀의 비율이 증가하고 있는 실정이다.

_ 중매결혼보다 연애결혼을 선호

중매결혼과 연애결혼의 비율의 변화를 보면 1940년대 70%를 차지했던 중매결혼은 전후 감소의 길을 걸어 2005년에는 중매결혼이 6.2%까지 감소하고 있다. 결혼할 의사가 있는 35세 미만의 독신남녀를 대상으로 한 조사에 따르면 남성의 66.8%, 여성의 73.4%가 연애결혼을 희망하고 있으며 그 비율은 해마다 증가하고 있다. 한편 실제의 결혼형태에 있어서도 1960년대 후반부터 연애결혼이 중매결혼을 웃돌아 2005년 이후에 결혼한 부부의 연애결혼 비율은 87.1%에 이르고 있다.

또한 2005년 35세 미만의 독신자의 이성과의 교제상황을 보면, '교제하고 있는 이성이 없다'라고 대답한 비율이 남성은 52.2%, 여성은 44.7%이다. 이와 같이 꽤 높은 비율로 이성의 교제상대가 없는 상황의 배경에는 중매결혼이 감소해 연애지향이 강해지는 한편, 남녀가 서로 사랑하고 존중하면서 교제를 깊게 하는 연애문화가 성숙되어 있지 않은 것 등이 지적된다.

_ 결혼 연령의 상승

일본은 세계에서도 유수한 만혼의 나라이며 연령별 미혼율은 1950년 이후 점점 상승하여 1980년부터 급격하게 높아지고 있는 추세이다. 일본에서 부부의 평균 초혼 연령의 추이를 보면, 전쟁 후 얼마 되지 않은 1950년에는 남자 25.9세, 여자 23.0세이던 것이, 1970년대 중반 이후 남녀 모두 일관해서 상승을 계속하여 2009년에는 남성 29.6세, 여성 27.8세로 약 4세나 높아졌으며, 특히 최근에는 여성의 초혼 연령이 높아지는 경향이 있다. 그러나 부부가 처음 만났을 때 각각의 평균연령은 1970년대 후반부터 거의 변화가 없으므로, 최근의 만혼화의 현상은 만남으로부터 결혼에 이르는 교제기간의 장기화에 의해 발생된 것이라 할 수 있다.

_ 미혼율의 추이 및 미혼화의 진행

2017년 일본 내각부 자료에 의하면 혼인 건수는 제1차 베이비 붐 세대가 25세 전후 연령이 되는 1970년부터 1974년에 걸쳐서 연간 100만 쌍을 넘었고, 결혼율(인구 1000명당 혼인 건수)도 대략 10.0이상이었다. 그 후 혼인 건수, 결혼율 모두 감소경향으로 1978년 이래 2010년까지는 연간 70만 쌍대(1987년만 60만 쌍대)로 증감을 반복하는 추이였지만, 2011년 이래 연간 60만 쌍으로 추이되고, 2015년은 63만 5156쌍(전년 대비 8593쌍 감소)으로 2014년에 이어 계속 과거 최저가 되었다. 결혼율도 5.1로 2014년에 이어 과거 최저로 1970년대 전반에 비해 절반수준이 되었다.

한편, 미혼율을 연령(5세 단위)별로 보면, 2015년은 예를 들어 30~34세에서는 남성이 약2명에 1명(47.1%), 여성은 약3명에 1명(34.6%)이 미혼이며, 35~39세에서는 남성이 약3명에 1명(35.0%), 여성이 약4명에 1명(23.9%)가 미혼이었다. 장기적으로 보면 상승경향이 이어지고 있지만 남성 30~34세, 35~39세, 여성 30~34세는 2010년 조사와 보합 수준이다. 또한 50세의 미혼율을 보면, 1970년은 남성 1.7%, 여성 3.3%였다. 그 후 남성은 일관적으로 상승한 반면, 여성은 1990년까지 보합세이었지만, 이후 상승이 이어졌고, 2010년 조사에서는 남성이 20.1%, 여성이 10.6%, 2015년은 남성이 23.4%, 여성이 14.1%로 남성은 2할, 여성은 1할을 넘고 있다. 2010년 조사 결과에 근거한 추론으로는 지금까지의 미혼화, 만혼화의 흐름이 변화가 없을 경우, 앞으로도 50세의 미혼비율은 상승이 이어질 것으로 예측된다.

_ 만혼화, 만산화의 진행

2017년 일본 내각부 자료에 따르면 평균초혼연령은 장기적으로 보면, 신랑, 신부 모두 상승하여 만혼화가 진행되고 있다. 2015년에 신랑이 31.1세, 신부가 29.4세로 1985년과 비교하면, 신랑은 2.9세, 신부는 3.9세 상승하였다. 2014년과 비교하면 남녀 모두 보합세이다.

또한 출생 때의 엄마 평균연령을 출생순위별로 보면, 2015년에는 첫째아이가 30.7세, 둘째아이가 32.5세, 셋째아이가 33.5세로 상승경향이 이어져서 1985년과 비교하면 첫째아이는 4.0세, 둘째아이는 3.4세, 셋째아이는 2.1세로 각각 상승하였다.

연령(5세 단위)별 초혼율에 대하여 1990년부터 10년 단위와 2015년의 추이를 보면, 신랑은 25~29세로 1990년 68.01‰가 2015년 48.25‰로 되는 등 하락폭이 크고, 35~39세로 1990년 8.25‰가 2015년 13.61‰가 되는 등 35세 이상에서 상승하고 있지만 그 상승폭은 작다. 한편 신부는 20~24세로 1990년 54.40‰가 2015년 26.11‰가 되는 등 하락폭이 컸지만 30~34세로 1990년 12.73‰가 2015년 28.83‰가 되는 등 30세 이상에서 상승하고 있어서 신랑에 비해 그 상승폭이 크다.

_ 여성의 결혼상대에 대한 '경제력' 중시 현상

독신남성의 약 80%, 여성의 약 90%가 결혼상대에 요구하는 조건으로서 '인품(사람됨)'을 중시하고 있다. 또한 남녀 모두 '자기 일에 대한 이해와 협력', '가사', '육아에 대한 상대의 역할'이 그 다음을 차지했다. 남녀가 큰 차이를 보인 항목으로서는 '경제력'이나 '직업'을 들 수 있는데, 여성의 33.5%가 '경제력'을, 21.8%가 '직업'을 중시하고 있다고 대답한 반면(여기에 '고려한다'라고 하는 비율을 포함하면, 각각 90.9%, 77.9%에 달한다), 이러한 항목을 중시하는 남성의 비율은 불과 2.8%, 3.0%('고려한다'를 포함하면 각각

30.8%, 35.8%)에 지나지 않는다. 이와 같은 여성의 결혼상대에 대한 '경제력' 중시 현상은, 남자는 밖에서 일을 하여 돈을 벌며, 여자는 가정을 지킨다고 하는, 뿌리 깊은 남녀의 역할 분업 의식에 기인된 것이라 할 수 있다.

또, 25~34세 미혼남녀의 독신의 이유는 '적당한 상대를 만나지 못해서'가 49%로 제일 많지만, '자유나 마음 편함을 잃고 싶지 않아서'도 34%가 되고 있어, 결혼이 자유의 제약 요인으로 의식되고 있는 것을 알 수 있다.

_ 연상의 아내 비율이 증가

일본의 전통적인 관념에서 본다면 결혼하는 데 남성이 연상, 여성이 연하가 일반적이다. 그러나 현대의 젊은이들은 이와 같은 일본의 전통적인 관념에 사로잡히지 않는 것 같다. 초혼 부부의 연령차이의 추이를 보면, 결혼연령의 상승에 수반해 남편과 아내의 연령차이는 줄어드는 경향에 있어, 1970년의 2.7세 차가 1994년에는 2.3세 차가 되고 있다. 특히, 동갑 및 아내 연상의 비율이 증가하고 있어, 1998년에는 동갑 부부가 약 20%, 아내 연상 부부가 20%를 넘어, 양쪽을 합하면 초혼 부부의 40%에 달하고 있다. 2017년 조사에서는 아내 연상 부부가 24.2%, 동갑부부가 20.8%로, 계속 증가하는 추세로 연상 여인과의 결혼이 유행하고 있다는 말을 뒷받침하고 있다.

_ 여성의 경우에는 학력이 높아짐에 따라 초혼 연령이 높아지는 경향

초혼 연령을 학력별로 보면, 남성의 경우에는 학력의 차이에 의한 평균 초혼 연령에 큰 차이는 없는데 반해, 여성의 경우에는 학력이 높아짐에 따라 평균 초혼 연령이 높아지고 있다.

평균 초혼 연령의 추이를 결혼 전의 취업 상태·직업별로 보면, 남녀 모두가 자영업 및 전문직·관리직 및 사무·판매 서비스에 종사하고 있는 경우, 평균 초혼 연령이 해마다 높아지고 있는 데 반해, 공장 등의 현장 노동, 파트·임시고용 및 무직 그 외에서는 반드시 평균 초혼 연령이 상승하는 경향은 보이지 않고, 남성의 경우에는 오히려 평균 초혼 연령이 내려가고 있다.

이와 같이 남성의 경우에는 학력에 의해 초혼 연령에 큰 차이는 없는데 반해, 여성의 경우에는 학력이 높아짐에 따라 초혼 연령이 높아지는 경향이 있다. 또한, 남녀 모두 전문직 등 일정한 직업에 종사하는 사람은 초혼 연령이 높아지는 경향이 있다.

_ 결혼 전의 성관계와 동거

결혼 전 성관계에 대하여 보면 독신자의 82%, 기혼자의 70%가 '결혼 전 남녀가 성관계를 가져도 상관없다'에 찬성하고 있으며, 최근 결혼 전 성관계는 폭 넓게 받아들여지고 있다. 실태를 보아도 이성과의 성관계 경험이 있는 미혼여성의 비율은 10대에서도 20% 정도이고 전체적으로 약 50%를 차지하고 있으며, 20대 전반의 경험률의 증가가 현저하다.

한편, 미혼자의 동거율은 남녀 모두 1.7%이며 과거에 동거경험이 있는 사람을 합해도 남성 4.8%, 여성 4.6% 정도로 다른 선진국에 비해 매우 낮다. 참고로, 동거의 일반화가 진행하고 있는 스웨덴에서는 동거하고 있는 남녀 중 정식으로 결혼하지 않고 동거하고 있는 남녀의 비율은 20세 전반의 여성이 약 75%, 20세 후반도 약 50%를 점하고 있다.

또한 '남녀가 함께 산다면 결혼을 해야 한다'라는 생각에 기혼자의 75%,

미혼자의 64%가 찬성하고 있어, 이는 결혼 전의 성관계에 대해서는 관용을 보이고 있지만 동거에 대한 관용도는 낮음을 보여준다. 그러나 5년 전과 비교하면 찬성하는 비율이 감소하면서 관용도가 높아지고 있다.

여기서 한·일 양국의 20대의 결혼 전 성관계와 동거에 대한 조사 결과를 보면, 우리나라 20대의 약 30%가 결혼 전 성관계는 바람직하지 않다고 대답한 반면 일본은 3.6%에 불과하다. 또한 결혼 전 동거에 대해서도 일본의 20대의 85%가 결혼 전 동거에 긍정적인 반응을 보인 반면, 우리나라는 약 50%가 긍정적인 반응을 보였다. 즉 일본 젊은이들이 우리나라 젊은이들보다 성에 대하여 개방적임을 알 수 있다.

이상과 같이, 일본에서는 1970년대 이후 남녀 모두 미혼율이 상승하기 시작했지만, 1980년대에 들어오면서 결혼에 대한 가치관이 크게 변화해, 반드시 결혼하지 않아도 된다고 하는 사람이 급속히 증가하고 있는 추세이다. 또한 평균 초혼 연령도 상승해, 최근에는 국제적으로도 미혼율이 높은 나라가 되었다. 한편, 일본의 동거율은 서구 선진국에 비해 매우 낮은 편이나 우리나라에 비해서는 높은 편이다. 미혼율의 상승 즉 결혼하지 않는 남녀의 증가가 출생률의 저하에 직결하는 결과가 되고 있다. 일본사회는 소자화·고령화가 심각한 사회문제가 되고 있다.

직업 아닌 직업, 프리터

우리나라의 직업종류는 노동부에 따르면 13,600여 개(2013년 기준)로 분류되고 있으며, 미국은 22,000여 개이며, 일본은 25,000여 개로 조사되고 있다. 직업의 종류는 사회구조의 변화와 발달단계에 따라 그 종류도 전문화, 세분화, 첨단화의 다양한 양상을 띤다고 할 수 있다. 따라서 다양한 직업들이 끊임없이 생겨나기도 하고 없어지기도 한다.

최근 일본의 젊은 세대들 사이에 하나의 직업으로 프리터Freeter라는 새로운 직업이 등장하여 일본사회의 변화를 말해 주고 있다. 프리터는 일본 젊은이들의 서구적 '개인주의' 혹은 '사생활주의'의 특성을 함축하는 신종 직업이라 할 수 있다. 프리터란 프리free와 아르바이터arbeiter의 합성어로 영어로는 'Free Time Jobber'이다. 처음 이 신종어가 사용될 때는 여가시간을 활용하기 위해 아르바이트를 하는 젊은이라는 뜻으로 사용되었으나, 최근에 들어서는 아르바이트로 돈을 벌어 자유롭게 생활하고 돈이 떨어지면 또 아르바이트로 돈을 벌어 자신의 생활을 추구하는 사람들을 지칭하는 말이다.

일본사회에서 어떤 젊은이는 자신의 직업란이나 희망직업에 프리터라고 당당히 기입하는 경우도 있을 정도로 엄연히 새로운 직업으로 등장했다고 말할 수 있다. 소위 기성세대들의 평생직업관의 신화가 서서히 무너지고 있다고 해도 과언이 아닐 것이다.

_프리터의 실태 및 현황

그렇다면 여기서 프리터에 대해 좀 더 자세히 알아보기로 하자. 일본 노동성은 최근 발표한 『2000년판 노동백서』에서 프리터를 15~34세의 나이에, 파트타임이나 아르바이트를 하는 사람으로, 남성의 경우는 취업지속연수가 1~5년 미만인 자, 여성의 경우는 미혼자로 현재는 무직으로 파트타임 part-time이나 아르바이트를 희망하고 있는 자로 정의하고 있다.

프리터의 숫자가 82년 50만 명, 92년 101만 명에 달한다는 통계가 처음으로 나와 일본사회에 충격을 던져 주었다. 『2000년판 노동백서』에 따르면 프리터의 수는 151만 명(97년 기준)이라고 추계하고 있다. 이 가운데 남성은 61만 명, 여성은 90만 명이다. 즉 5년간 50만 명이 증가한 셈이다. 연령별로는 20~24세가 82만 명으로 가장 많고, 다음이 25~29세로 35만 명, 15~19세가 20만 명, 30~34세가 14만 명이다. 학력별로는 고졸이 35.4%, 대학・대학원졸이 17.5%, 전문대・단기대졸이 12.7%이다. 편의점과 수퍼 등 서비스업에 종사하는 사람이 60%를 넘으며, 월평균수입이 10만~14만 엔인 사람이 30%를 점하고 있다.

일본 후생노동성은 2009년 프리터 수가 178만 명으로 2008년보다 8만 명 증가했다고 잠정 집계했다. 프리터 수는 2003년 217만 명으로 최대치를 기록한 뒤 2005년 201만 명, 2007년 181만 명, 2008년 170만 명까지 줄었지만 불황이 본격화된 2009년부터 증가세로 돌아선 것이다.

2014년도 후생노동백서에 따르면 15~34세의 프리터 총수는 182만 명이며, 이중 15~24세가 80만 명, 25~34세가 102만 명으로 집계되었다. 이는 2009년 이후 증가세로 돌아선 후, 2010년 182만 명, 2011년 184만 명으로 증가, 2012년에는 180만 명으로 감소하였으나 2013년 다시 증가했다.

_ 패러사이트 프리터Parasite Freeter

특히 이 가운데 경제적으로 자립이 곤란해 가족과 동거하는 '패러사이트 프리터'는 80%에 해당되며 그 숫자는 120만 명이나 된다. 대졸자는 4명 중 1명꼴이며, 고졸자는 3명 중 1명꼴로 프리터가 된다는 분석이 나왔다.

그러면 신생어인 '패러사이트 프리터'Parasite Freeter란 어떤 의미인가? 패러사이트parasite는 영어로 기생이란 뜻이며, 프리터는 프리free와 아르바이터arbeiter의 일본식 합성어이므로, '패러사이트 프리터'는 '기생하며 아르바이트하는 사람'으로 번역할 수 있다. 가혹하게 말한다면 부모의 경제력에 의존해 가며 사는 자립의식이 약한 기생인간이라 할 수 있다. 학교 졸업 후, 저임금의 정사원으로 일하기보다는 프리터를 선택해 파트타임으로 적당히 일해 가며 인생을 즐기거나 정말 좋아하는 일을 탐색한다. 달라진 젊은 세대의 직업관·인생관이 낳은 특이한 사회현상이라 할 수 있다.

물론 모두가 좋아서 패러사이트 프리터가 되는 것은 아니다. 리쿠르트조사에 의하면 불황으로 정사원으로 채용되지 않는 바람에 어쩔 수 없이 그 길로 접어드는 경우도 적지 않다. 좋은 직장이 나올 때까지 아르바이트를 해가며 기다리겠다는 '비자발형' 프리터들이다. 그리고 꿈을 이루기 위해 직업학교를 다니거나 자격증을 따내는 등의 '자기실현형'도 전체의 25.3%에 달한다. 또한 장래에는 프리터를 그만두고 정사원으로 안주하고 싶다고 하는 사람이 64.7%에 달하며, 프리터를 계속하고 싶다는 사람도 7%를 점하고 있다(표 참조).

【 프리터Freeter의 유형화 】

<table>
<tr><td colspan="2" rowspan="2"></td><td>자기실현형</td><td>장래불안형</td><td></td><td rowspan="2">프리터 계속형</td><td>그 외</td><td></td></tr>
<tr><td></td><td></td><td>(비자발형)</td><td></td><td>(가정에 들어가고 싶다)</td></tr>
<tr><td colspan="2">금후의 직업생활</td><td colspan="3">프리터를 그만두고 정직에 안주하고 싶다</td><td>프리터를 계속하고 싶다</td><td>그 외</td><td>가정에 들어가고 싶다</td></tr>
<tr><td colspan="2">정직을 위한 구체적인대처</td><td>하고 있음</td><td colspan="2">하고 있지 않음</td><td>–</td><td>–</td><td>–</td></tr>
<tr><td colspan="2">프리터를 하고 있는 이유</td><td>–</td><td>–</td><td>정사원으로서 채용되지 않았기 때문에, 또는 정사원으로서 채용되어질 전망이 낮고 취직을 그만두었기 때문에</td><td>–</td><td>–</td><td>–</td></tr>
<tr><td rowspan="3">구성비</td><td>남녀 계</td><td>25.3%</td><td>39.4%</td><td>(11.3%)</td><td>7.0%</td><td>28.2%</td><td>(15.8%)</td></tr>
<tr><td>남성</td><td>29.6%</td><td>52.2%</td><td>(13.9%)</td><td>2.6%</td><td>15.7%</td><td>(1.7%)</td></tr>
<tr><td>여성</td><td>22.5%</td><td>30.8%</td><td>(9.5%)</td><td>10.1%</td><td>36.7%</td><td>(25.4%)</td></tr>
</table>

자료: 리쿠르트리서치 「아르바이트의 취로 등에 관한 조사」(2000년)

_ 프리터의 이점과 결점

프리터의 이점으로는 '시간이 자유롭다, 좋아하는 시간에 일할 수 있다'고 답한 사람이 많으며, 결점으로는 '보장이 없다, 생활과 장래가 불안정하다'고 답한 사람이 많다. 즉 프리터는 '의료 보험의 혜택을 받을 수 없으며, 이력서에 경력으로 쓸 수도 없으며, 언제 아르바이트 자리를 잃게 될지 모른다'는 등 프리터 생활이 얼마나 불안정한가를 설명해 주고 있는 좋은 예라 하겠다.

이와 같이 젊은이들의 의식변화는 통계로도 입증되고 있다. 기성세대들은 본인이 원하는 직장이 아니더라도 가족을 부양하기 위해, 또는 자기 힘으로 내 집을 마련하기 위해 참고 취직했다. 그러나 요즘 젊은 세대들은 취직에 대해 기성세대와 같이 절대적 의미를 부여하고 있는 것 같지 않다. 평생직장의 개념은 희박해졌으며, 직장을 갖는 것이 의무라는 고정관념도 서서히 무너지고 있는 것 같다. 이처럼 급증하는 프리터 현상을 지켜보는 일부 일본의 기성세대들은 '회사인간'의 삶을 거부하는 젊은 세대의 용기에 감탄하면서도, 비장함이 사라진 직업관에 경계심을 감추지 못하고 있는 것 같다.

프리터가 급증하는 원인으로, 첫째는 경제적 풍요와 사생활을 중시하는 젊은이들 의식의 변화, 특히 직업의식의 희박화를 들 수 있다. 둘째는 장기불황에 따른 경기침체로 취업문 자체가 좁아진 데다 일본형 종신고용제와 연공서열제가 붕괴되는 등 급속한 사회·경제환경의 변화를 들 수 있다. 80년대 후반 일본경제는 버블경제의 붕괴로 내리막길을 걷기 시작했으며 그 후 10년 넘게 계속되는 불황은 고용불안을 조장하는 요인이 되었다.

그리고 문제점으로서 프리터는 전문지식이나 기술을 습득하는 데 도움이 되는 일자리에 취업하는 경우가 적고, 직업능력을 형성하는데 불리하다는 것이 지적되고 있다. 특히 경력이 제대로 형성되지 않아 이들이 장래에 일본사회의 중추가 될 경우 심각한 사회문제를 야기할 것이라는 위기감을 갖고 있다. 또한 미래에 대한 전망이 없는 잦은 전직이나 이직의 증가는 본인

뿐만 아니라, 사회적으로도 기술・기능 축적 등의 면에서 손실이 크기 때문이다.

그러므로 오늘날은 급변하는 사회변화 속에서 젊은이들이 슬기롭게 대처할 수 있고 전체적인 삶의 세계를 이해할 수 있는 효과적인 진로 프로그램이 요청되는 때이기도 하다.

국민오락 파칭코

파칭코パチンコ는 슬롯머신 게임을 일컫는 일본식 이름이다. 현재 우리나라에서는 슬롯머신을 표준 명칭으로 쓰고 있지만, 사실 초창기에는 '파칭코'라는 명칭이 신문이나 각종 매체 속에서 아무렇지 않게 통용되고 있었다. 물론 그것은 슬롯머신 게임이 일본의 경로를 통해 파급된 당연한 결과이지만, 어쨌든 일본인은 슬롯머신 게임에 파칭코라는 그들만의 고유명칭을 가지고 있을 만큼 파칭코에 열광적이다. 실제로 일본인 중 파칭코를 즐기는 사람은 무려 3천만 명이 넘는다고 한다. 업소는 1만 6천여 곳에 이르며 종업원 수만 해도 30만 명이 넘고, 아르바이트까지 합하면 실로 어마어마한 수치이다. 게다가 1개점에 1,000~2,000대의 파칭코 기계를 둔 곳도 있어 그 매장의 규모를 가히 짐작해 볼 수가 있다. 파칭코 산업의 연간 매출액은 약 30조 엔, 우리 돈으로 무려 350조 원에 이르는 엄청난 액수이다.

또 파칭코 기계는 기종도 매우 다양하여 이를 분석해 확률을 높이려는 연구진까지 등장했을 정도이며, 한 권에 400엔에서 500엔 하는 월간 「파칭코 매거진」, 「필승 파칭코팬」, 「파칭코 필승가이드」, 「파칭코 왕」 같은 파칭코 전문잡지의 발행 부수도 200만 부를 넘는다. 때문에 일본의 편의점이나 서점에는 종류도 다양한 파칭코 전문잡지가 곳곳에 진열되어 있고, 잡지는 '이왕 즐기는 거 따면서 즐기자'라는 식의 슬로건 아래 파칭코 신제품 연구 및 공략법 소개 등의 내용을 다루고 있다.

이렇듯 일본인들이 파칭코에 열광하는 데는 여러 가지 이유가 있겠지만 도박 게임이 거의 그러하듯 게임에서 이길 경우의 배당이 매우 후하다는 점도 그 한몫을 차지하고 있다. 이런 이유로 경마나 경륜, 모터보트 등 이른바 도박성 있는 사업에 손을 대는 사람들이 파칭코의 마니아가 되는 경우가 많은데, 가끔은 이들이 파칭코 가게에서 만나 결혼하기도 하고 직업 자체를 파칭코로 바꿔버리는 재미있는 현상이 뉴스거리가 되기도 한다.

_파칭코의 기원과 역사

파칭코는 원래 1910년경 프랑스 릴시에서 제일 먼저 시작된 놀이기구이다. 이것이 이후 미국으로 건너가 1910년에 자동차의 도시 디트로이트에서 '카일 형제 상회'가 '핀볼 게임기'라는 이름으로 등록했던 것이 그 시초가 되었다. 영국에서도 거의 같은 시기에 시작되었는데, 영국에서는 이 게임을 '코린트'라는 상회가 발매하여 '코린트 게임기'라는 이름으로 등록되었다. 이 '코린트 게임기'가 일본에 수입되어 개조·개량된 것이 오늘날의 파칭코 기계이다. 그렇다면 파칭코란 대체 어디서 나온 말일까? 파칭코라는 이름은 게임을 할 때 생기는 마찰음에서 나온 의성어라 할 수 있다. 쇠구슬이 구멍으로 들어가거나 떨어지며 내는 소리가 일본인들에게는 마치 '파치파치' 혹은 '파칭파칭'하는 소리로 들렸다는 것이다. 그 후 구슬이 '코로코로' 돌면서 떨어지는 것 같아 '파친 코로코로' 혹은 '파친코로'라 부르게 되었고 이것이 '파칭코'로 귀착되어 오늘날의 '파칭코'가 되었다고 한다.

그런데, 파칭코라는 오락이 시작된 곳을 가만히 살펴보면 모두가 공업도시라는 공통점을 발견할 수가 있다. 파칭코가 공업 지대에서 먼저 시작된 것은 그 곳에서 기계부품으로 제조된 볼 베어링이 파칭코 놀이의 핵심인 쇠구슬 대용으로 사용됐기 때문이다. 미국의 시카고, 디트로이트는 자동차회사가 있는 공업도시였으며, 1930년 일본의 파칭코가 나고야시 名古屋市에서 시작되었던 것도 이와 같은 이유에서였다.

1930년에 나고야에는 500여 개의 파칭코 기계 제조업체가 있었는데 이것이 곧 전국으로 퍼져 나갔다. 그것은 바로 볼 베어링 때문이었다. 5.5g, 직경 11mm 크기의 은색구슬. 구슬은 당시 일본 정밀공업의 상징이었다(전후 戰後 일본의 베어링 제조기술은 미국 NASA의 우주 로켓에도 쓰일 정도였으니까). 이러한 일본의 베어링기술은 일본의 파칭코 사업이 확장되는 커다란 계기가 되었다.

그러나 파칭코가 처음 시작되던 제2차 세계대전 당시에는 사실 파칭코 기계의 제작이 어려웠다. 목재, 못 등이 군수품 목록에 들어가 사용이 제한되었기 때문이다. 1940년 7월 6일에는 '사치품 제조판매 제한 규칙'이, 1941년 8월 30일에는 '금속류 특별 회수령'이 각각 내려져 파칭코 기계를 제조하는 일은 아예 꿈조차 꿀 수 없게 되었다. 파칭코는 기계에 못을 박아서 구슬이 튕기도록 장치하는데, 당시에는 기존에 있던 핸들과 못까지 빼가는 실정이었다. 때문에 초창기의 파칭코 기계는 그 형태가 오늘날의 기계와는 달랐으며, 그것이 못 중심 형태로 자리 잡은 것은 제2차 세계대전 이후였다.

한편, 초창기의 파칭코는 과자 가게 등에서 기다리는 무료함을 달래기 위해 손님들이 가지고 놀던 기계였다. 당시에도 파칭코는 직사각형의 눈높이 기계와 마주 앉아서 쇠구슬을 구멍에 넣어 점수를 얻는 게임이었다. 그러나 경제 상황이 좋지 못했던 그 당시의 배당 상품은 고작해야 껌이나 치약, 그리고 초콜릿 등이었다.

_ 파칭코와 재일교포

파칭코와 재일교포는 인연이 매우 깊다. 파칭코는 그 후 계속 개량·발전되어 일본의 명물이 되었고 서민들의 사업이 되었는데, 재일교포들이 여기에 뛰어들었다. 초기의 파칭코 사업은 소자본·소규모의 일종의 벤처 사업이었다. 일본의 산업이 재편되던 1970년대, 큰 자본을 굴리는 일본인들이 제조업, 서비스 업종에 몰려들 때 일본인들이 단순한 오락거리로 생각하고 미처 눈을 돌리지 못한 파칭코 사업에 소자본으로 마땅한 사업거리를 고르는 데 어려움이 많았던 재일교포들이 뛰어든 것은 당연한 일이었다. 재일교포들은 일본인조차 깨닫지 못한 일본인적 유흥심리와 도박심리를 절묘하게 결합시킨 통쾌한 사업적 안목을 발휘했다. 그 결과 파칭코는 대부분이 개인이나 기업들에 의해 운영되었고 경영주의 70% 이상이 한국계·조총련계 사람들이 되었다.

그런데 파칭코가 들어서는 곳은 대개가 역 앞거리, 상점거리, 비지니스타운, 공장지대, 학생거리, 관광지, 교외 같은 목이 좋은 곳이었다. 파칭코가 성업을 이뤄나가자 경찰의 영업허가, 단속권이 강화되었다. 비교적 재일교포 유력업자가 많이 나온 이 유기업은 또 하나의 차별 대상이 되었다.

일본 정부는 1971년 2월 '개정풍속 영업법안 요강 시안'이란 것을 공포했다. 이 법은 '사행 유기장법'과 '풍속관계 영업법'으로 되어 있었는데 소위 파칭코업을 단속하기 위한 법이었다. 이 법은 말하자면 재일교포와 일본인과의 이간책이었다. 그러나 이에 대한 반발이 커져서 법은 성립되지 못했다. 1984년 3월에도 재시도는 있었다. 파칭코업은 더 이상 단순한 영세업이 아니었다.

그로부터 이용객은 18세 이상의 학생, 회사원, 주부, 노인에 이르기까지 연령층이 다양해졌다. 현재 파칭코 업계는 한국 및 조총련계 동포가 70%, 나머지 30%를 일본인과 중국 화교가 점하고 있다.

파칭코로 억만장자가 된 평화平和 공업사의 정동필, 일본명 나카지마中嶋 켄키치 씨는 1941년 일본에 건너가 막노동 생활을 하며 파칭코로 부를 얻었다. 그리고 한창우 씨는 1995년 7월 7일 도쿄 시부야澁谷 역전의 번화가에 초대형 파칭코점 '쓰리세븐'을 세웠다. 그는 무려 파칭코 기계 1천 대 이상을 설치했고 8층 건물의 2층에서 6층을 모두 파칭코 점으로 채웠다. 공사비만도 50억 엔이 투입되었다고 한다. 럭키 세븐을 '쓰리 세븐'으로 세 배나 확대한 셈이다. 이들 모두가 1945년 해방 이후 일본에 건너가 파칭코 사업으로 부귄을 거머쥔 재일교포 중의 한 사람이었다.

_ 현금이 돌지 않는 파칭코 시스템

파칭코의 시스템에 있어 특이할 만한 점은 파칭코 가게 내에서 일절 현금 거래가 이루어지지 않는다는 사실이다. 이는 과거 야쿠자가 개입되었던 폭력단 문제로 인해 법적으로 현금 거래를 금지시켰기 때문이다.

일반적으로 1회 아타리當たり로 나오는 구슬은 약 2,500알 정도, 약 6,000엔이다. 만약 재수가 좋아 같은 그림이나 숫자가 나란히 걸리는 아타리當たり가 됐을 경우는 10박스가 나오기도 하는데, 10박스면 6만 엔(약 70만 원)이다.

아타리當たり가 되면 구슬의 개수를 세는 기계에 구슬을 부어 개수가 표시되어 있는 종이나 카드를 뽑아들고 카운터에 간다. 그리고 가게 안에서는 카운터에 그 종이나 카드를 주고 현금이 아닌 경품표와 교환(또는 생활용품이나 경품 구입)하게 된다. 그리고 나서 교환한 경품표를 가지고 각 파칭코점에서 100~200m 정도 떨어져 있는 지정 현금 교환소에 가야 구슬 수에 해당하는 만큼 현금으로 바꾸어 가질 수 있는 것이다.

파칭코는 시대나 상황에 따라 그 시스템이 조금씩 변화되어 왔고 변해가고 있는데, 그러한 시대 상황은 지금과 같은, 이른바 도박장 내에서 일절 현금이 돌지 않는 아이러니한 상황을 만들어 내기도 한다.

결혼 풍속의 변천

결혼은 두 남녀가 서로 만나 함께 살아갈 것을 공식적으로 밝히는 일이다. 사회는 두 남녀 사이에서 일어날 수 있는 모든 일들을 결혼을 통해 공식적으로 인정함과 동시에 그에 따르는 인륜적人倫的 책임 내지는 규범, 도덕 등의 이행을 두 사람에게 요구하게 된다. 어찌 보면 결혼은 한 쌍의 남녀가 함께 살아가기 위해 사회가 부과하는 모든 규범적 책임을 받아들일 것을 약속하는 일종의 사회적 계약이라고도 할 수 있겠다. 이와 같이 결혼은 지극히 개인적이고도 지극히 사회적인 행사이기에, 결혼에 관련된 다양한 의식이나 제도들은 사회적 풍토나 분위기에 편승하게 된다. 따라서 사회가 변화·발전하면서 생겨나게 되는 여러 가지 결혼 풍속도는 그 사회의 사회적 분위기의 반영이라고 볼 수 있는 것이다.

인륜지대사人倫之大事 결혼. 결혼이라는 문화가 일본인에게는 과연 어떻게 자리하고 있는지 그네들의 결혼 풍속도를 살펴봄으로써 일본이라는 사회를 다시금 조망해 보고자 한다.

_ 중매에서 연애로

아시아의 여러 나라가 그러하듯 전통적인 혼례 방식의 하나로 일본에도 중매라는 것이 있다. 에도江戶 시대(1603~1867)는 사무라이武士의 시대로 일컬어지듯, 이때에는 사무라이가 자신의 가문을 유지하고 확장해 나가기 위한 무가武家와 무가 간의 결탁이 필수불가결하였다. 이를 위해 이용된 방법 중의 하나가 바로 중매 결혼이라는 것이었다. 즉 중매는 우리나라와 마찬가지로 자신의 가문을 유지 존속시키기 위한 비즈니스 같은 것이었다. 당시의 서민들은 연애로 결혼을 하였는데, 메이지明治 시대(19세기 말 이후)에 들어서는 계층을 불문하고 중매에 의한 결혼이 확산되었다. 중매 방식은 일본이라는 나라를 천황을 가장으로 하는 거대한 집안으로 자리매김하는 메이지 정부의 정책에 부합하여, 제2차 세계대전이 끝나는 1945년까지 사회의 주류를 이루었다. 그러나 제2차 세계대전 이후 민법이 개정되고 새로운 가족 제도가 생겨나게 되자 결혼 방식도 크게 변화하였다. 일본의 결혼이 중매에서 연애 결혼 중심으로 바뀐 것은 1960년대 후반부터이다. 그러나 중매 결혼이 아예 없어진 것은 아니다. 지금도 중매 결혼은 이어지고 있는데, 요즈음에 와서는 집안과 집안의 결합이라는 측면보다는 남녀가 서로 만나기 위한 하나의 계기라는 측면이 더 강하다.

참고로 일본에는 나고우도仲人라 하여 중매인이 있는데, 이는 우리나라의 중매쟁이와는 전혀 다른 개념이다. 일본에서 나고우도는 혈연, 학연, 혹은 지연이 있는 주변의 덕망 있는 인사로서, 중매인이 되면 두 남녀의 결혼 전반적인 문제뿐만이 아닌 결혼 이후의 생활도 잘 보살펴주어야 한다.

_ 혼례의식

유이노結納

결혼이 확정되면 남자 쪽에서는 유이노結納(함)를 여자 쪽에 보낸다. 지역에 따라 다소 차이가 있기는 하나, 일반적으로 남성이 다시마(자손과 번영의 상징)나 전복(장수를 상징) 등 길운을 뜻하는 물건들과 유이노금을 보내면 여성 쪽에서 유이노금의 반액에 상당하는 금액을 하카마료袴料(신랑 예복비)로 돌려준다.

전통적으로 결혼식은 원래 남자 집에서 올리는 것이 보통이었고 일본도 옛날에는 가마輿를 타고 시집을 갔다. 단, 신부는 날이 저물어야 하얀 맨보시綿帽子와 하얀 기모노着物 차림으로 가고籠(가마의 일종)에 올라 호롱불을 밝히며 시집으로 들어갔다. 신랑과 신부는 서로 마주앉아 축하주를 대·중·소의 잔에 따라 소·중·대의 순으로 마시는 산콘의 의三献の儀를 올렸다.

일본에서는 근대 이후 천황가의 의식을 모방한 신전神殿 결혼식이 주류를 이루었으나 최근에는 신앙심에 관계없이 기독교식으로 올리는 사람도 많이 있다.

일본에서 넓은 의미의 결혼식은 식式과 피로연을 말하는 것이다. 피로연에는 전문 결혼식장이나 호텔, 레스토랑 등이 이용되는데, 연宴에서는 오이로나오시お色直し라 하여 신부가 입고 있던 결혼 예복을 색이 선명한 기모노나 드레스로 갈아입고 나오는 의식이 행해진다. 이것은 14~15세기의 무로마치室町 시대에 시작된 풍습으로 성스러운 식을 끝내고 세속의 생활로 돌아가 '이제부터 두 사람이 보통의 생활을 시작한다'라는 의미가 담겨져

있다. 이에 이은 케이크절단식, 하객들의 덕담, 부모님께 대한 꽃다발 증정, 신랑측 부모의 감사 인사를 마지막으로 피로연은 끝나게 되는데, 이로써 모든 결혼식은 끝이 난다.

_ 축의祝儀

앞서 말한 바와 같이 일본에서는 결혼식에 따르는 복잡한 절차와 피로연 때문에 개인이 결혼식의 비용을 혼자 충당하기란 여간 부담스러운 일이 아닐 수 없다. 때문에 일본의 결혼식에서는 하객이 축의금을 내도록 되어 있다. 물론, 우리나라에도 축의금을 내는 풍속은 있지만 일본이 우리나라와 다른 점은, 초청하는 쪽에서 청첩장을 보낼 때 참석 여부를 묻는 왕복엽서를 아예 함께 동봉하여 참석할 인원수를 정확히 파악할 수 있도록 한다는 점이다. 참석하는 사람은 최소한 자신에게 드는 비용(기념품과 식대 등)을 고려해서 그 이상의 축의금을 넣어야 한다. 또, 초청 받은 사람은 반드시 참석 여부를 알려야 하는데, 만약 참석 의사를 밝히지 않고 식장에 갔을 경우에는 본인의 이름이 쓰여진 지정 좌석이 없기 때문에 달리 앉을 곳이 없다.

_ 결혼 산업

결혼식을 일생일대의 화려한 무대라고 생각하는 경향은 일본도 우리나라와 거의 다를 바 없다. 때문에 현재 일본에는 결혼에 관련된 여러 가지 사업이나 직종들이 산재해 있으며 또 계속 생겨나고 있는 실정이다. 기존의 결혼정보 서비스업, 브라이달 에스떼띠끄bridal esthetique로 대표되는 신부를 위한 뷰티beauty 산업, 결혼식 의상 및 스튜디오 산업 외에도 여러 가지 결혼 정보지, 결혼 이벤트 프로듀스 산업 등이 생겨나고 있다.

또, 일본에서는 마쓰도松戸 다마히메 전이나 호텔 오쿠라처럼 '종합 전문 결혼식장' 같은 곳도 있어서 많은 호응을 얻고 있다. 이곳에서는 의상에서부터 요리, 사진, 청첩장, 기념품, 심지어는 결혼식 사회를 전문으로 하는 프로 사회자까지, 결혼에 필요한 모든 시스템을 완벽하게 갖추어 놓고 고객의 구미에 맞는 결혼 이벤트를 연출한다고 한다.

이상, 일본의 결혼은 근대의 격변과 함께 많은 변화의 양상을 보이면서 오늘날에 와서는 결혼 산업을 낳은 커다란 이벤트로서 존재하게 되었다. 결혼이 사회 문화의 하나로서 그 사회의 풍토와 분위기를 반영하는 것이라면, 개방 앞에서 그들의 문화를 받아들여야만 하는 지금의 우리들은 결혼에 있어서도 편리하고 조직적인 첨단 결혼 산업으로 치닫는 일본 사회의 분위기를 과연 어떻게 조망해야 하는 것일까?

일본의 야쿠자

세계적으로 잘 알려진 폭력단은 이탈리아와 미국의 마피아Mafia, 중국의 삼합회三合會, 그리고 일본의 야쿠자やくざ가 대표적인 세계 3대 폭력 집단이다. 조직의 내부를 살펴보면 각각은 단일한 위계질서를 가진 조직체가 아니다. 다수의 단체들이 모여 하나의 조직을 형성하고 있다. 파벌들은 자신들의 '나와바리(縄張: 영역)'를 지키고 확장하기 위해 뺏고 빼앗기는 치열한 싸움을 한다.

1997년 8월 28일 일본 고베시神戸市의 한 호텔에서는 백주대낮에 4명의 남자가 일제히 총을 난사한 사건이 있었다. 고베시에 자리한 한가로웠던 한낮의 신고베 오리엔탈 호텔은 이 4명의 사내들에 의해 삽시간에 핏빛으로 물들었다. 고베 시내는 이내 아수라장으로 변했고, 이 한낮의 참사에 일본의 매스컴은 경악을 금치 못했다.

이들 4명의 사내는 폭력단 간의 이권이나 세력 다툼이 있을 때면 조직 내에서 자청 혹은 선발되어 청부 살인에 나섬으로써 이른바 자위대의 역할을 하는 히트맨이라는 조직원들이었다. 이때 피살된 사람은 일본 최대 규모의 조직 폭력단인 야마구치구미山口組의 중간 보스 다쿠미宅見 구미초組長

였으며, 피살된 구미초組長의 맞은 편에 앉아 있던 치과 의사도 함께 피살되었다.

이 사건은 조직 폭력단의 이권 분쟁으로 인해 빚어진 사건이었기에 1960년대 초 극심했던 폭력단 전쟁의 부활을 우려하는 시민들의 목소리는 더욱 클 수밖에 없었다.

이 같은 사건은 1960년대 일본의 폭력단 사이에 이권이나 세력 다툼이 있을 때면 드물지 않게 일어나는 일이었다. 물론 현재는 이러한 피의 분쟁이 득이 없는 조직력의 손실일 뿐이라는 점을 깨달아 가능한 한 교섭을 통해 분쟁을 타결하는 방안을 택하고 있지만, 이들의 과격함과 극단성은 이처럼 지금도 심심찮게 얼굴을 내밀곤 한다.

주먹이나 힘을 생계의 수단으로 삼는 폭력단의 무리는 세계 어느 나라에나 있다. 그러나 일본의 폭력단은 그 과격함과 잔인함, 그리고 극단성 때문에 야쿠자라는 이름으로 세계에 널리 알려져 있다. 재미있는 것은 야쿠자를 유지하고 존속시키는 그들의 규율과 의식 속에 그러한 과격함과 잔인성이 살아있다는 사실이다. 인의仁義의 도리, 오야붕에 대한 꼬붕의 절대적 충성, 단지斷指, 문신 등 야쿠자는 그들의 규율과 의식을 하나의 도道로서 정립시키고, 조직원에게는 이에 대한 엄격한 수행을 요구했다. 그리고 그러한 그들만의 도는 야쿠자가 세계적인 조직 폭력단으로서의 온건한 입지를 구축케 하는 데 한몫을 차지했다고 말하지 않을 수 없다. 그렇다면 그들이 말하는 그들만의 도道, 그들만의 규율과 의식이란 어떤 것일까? 그들은 어째서 그리도 엄격한 제재를 스스로에게 가하지 않으면 안 되었던 것일까?

_ 야쿠자의 조상은 행상과 도박꾼

야쿠자는 무사도를 표방하고 있다. 이는 그들이 스스로를 현대의 사무라이武士로 자칭하는 점, 그리고 그들의 조상을 도쿠가와 시대의 영웅 무사에서 찾으려는 점과 그 맥을 같이 한다고 할 수 있다. 야쿠자는 그들의 조상을 350년 전의 무사 주베이十兵衛三嚴(1607~1650)라는 인물로 주장한다. 주베이는 도쿠가와 이에야스德川家康가 일본을 통일하던 1600년대 초, 전국戦国이 통일됨으로 일자리를 잃게 된 50만 무사들 중의 한 사람이었다. 실직한 사무라이들은 대부분이 상인이 되었고 나머지는 행정 관료나 학자가 되기도 했지만, 둘 중 어디에도 끼지 못한 일부 무사들은 거리의 무법자가 되었다. 주베이는 무사로 남았다. 그러나 그는 오히려 선행을 하며 서민을 지키다 결국 무법자에게 장렬한 최후를 맞아 일본인들에게는 영웅적인 인물로 남아 있다.

그러나 야쿠자의 조상을 주베이라는 무사라고 단정 짓기는 어렵다. 오히려 당시 무법자들에 맞섰던 힘없는 마을의 공복公僕들町奴(마치얏코)이라 해야 옳을 것이다. 일설에 의하면 야쿠자의 기원은 1612년으로 거슬러 올라가는데, 당시의 실직한 무사들은 가부키 모노かぶき者(미친 사람들)라 불리며 온갖 만행을 저지르고 다녔다. 그들은 이상한 옷차림과 머리모양을 하고 다니면서 살상을 서슴지 않고 도시와 마을을 약탈하여 백성들을 불안에 떨게 했다. 이에 대항하여 도시와 마을 사람들의 보호에 나섰던 것이 마을의 공복公僕들이었다. 그들은 학자, 행상인, 그리고 로닌浪人(주군을 잃은 무사)들로서 대부분이 능숙한 도박꾼들이었다. 그들은 비록 가부키 모노에 비해 약하고 훈련되지 않았지만, 괴팍한 무사에 대항한 그들의 행동은 그들을 마을의 영웅으로 만들기에 충분했다. 야쿠자의 조상은 이렇게 등장하게 되

었다고 한다. 그들은 시대를 거듭하면서 바쿠토博徒와 데키야的屋라는 각각의 특색 있는 집단으로 나뉘게 되었는데, 이 두 집단이 지금의 야쿠자를 형성하는 거대한 두 줄기가 되었다.

_ 바쿠토와 데키야

바쿠토는 전문 도박단으로, 이들은 원래 정부가 노동자들에게 준 임금의 일부를 되얻기 위해 노동자들과 노름을 하도록 고용한 사람들이었다. 또, 데키야는 원래 약을 팔러 돌아다니는 상인으로 도쿠가와 시대에 그들은 상호간의 이익과 보호를 위해 단합했고, 공진회와 시장에 있는 노점들을 관리하기 시작했다. 이들 두 집단은 각기 특정한 분야에서만 활동했기 때문에 같은 활동 지역 내에서도 서로 충돌 없이 지낼 수 있었다. 바쿠토는 왕래가 잦은 대로변과 옛 일본의 읍에서 활동하였으며 데키야는 주로 시장 터에서 움직였다.

그런데, 이들에게는 각각의 전통적인 관습이 있었다. 바쿠토와 데키야가 야쿠자의 모태가 될 수 있었던 것은, 그들의 그러한 관습이 야쿠자의 규율과 의식, 그리고 조직체를 형성하는 데 지대한 영향을 끼쳤기 때문이다.

사실 야쿠자라는 말도 본래는 바쿠토 집단의 삼마이三枚라는 도박에서 쓰이던 말이었다. 삼마이는 1에서 10까지의 숫자가 쓰인 카드 중 3장의 패를 뽑아 그 수의 합이 9가 되면 최고로 치지만, 합이 20이 나오는 경우는 최악의 점수로 친다. 그런데 여덟 끝과 아홉 끝, 세 끝의 합은 20이 되므로 이 경우는 삼마이에서 가장 좋지 못한 패를 고른 것이 된다. 8과 9와 3은 일본어 발음으로 야八, 쿠九, 사三로 읽히므로 이것이 변해 야쿠자가 된 것이다. 야쿠자는 때문에 아무짝에 쓸모없다는 뜻, 즉 '쓸모없는 녀석'이라는 의미로 쓰인 말이었다.

이처럼 바쿠도 집단의 잔재는 지금도 야쿠자들이 행하는 의식의 여러 곳에서 발견할 수 있는데, 유비쓰메指つめ(손가락을 자르는 관습) 역시 바쿠토들에게 전통적으로 내려오는 관습 중의 하나였다. 그들은 손가락을 절단함으로써 손의 무력함을 나타냈다. 이것은 노름꾼이 그의 칼을 꽉 쥘 수 없음을 의미하는 것으로 유비쓰메는 오야붕에 대한 사과의 행동으로서 행해졌다. 또 바쿠토에게는 범죄적인 관습의 하나로서 문신을 새기는 관습이 있었는데, 그들은 범죄를 행할 때 무기에 있는 검은 반지로 주로 문신을 새기곤 했다. 그러나 등 문신의 경우 100시간의 고통을 참아내야만 만들어질 수 있는 것이기에, 문신은 곧 힘을 나타내는 하나의 표식이 되었다. 문신은 항상 사회에 용해되지 못하는 일탈자로서의 일종의 표식이었다.

한편, 상인 집단이었던 데키야의 조직 체계는 야쿠자 조직의 답습이었다. 오야붕, 중간관리, 하급관리, 그리고 견습생들로 이루어진 조직체 내에서 오야붕은 꼬붕과 상품의 유용도에 따라 상품 진열대의 할당량을 조절했다. 그들은 또한 자릿세와 보호의 명목으로 돈을 거두었는데, 이러한 그들의 모든 행위는 합법적인 것이었다. 1700년대 중반, 나라에서는 데키야의 모든 행위를 인정했고 그들의 권력을 한층 높여주었다. 이때부터 오야붕은 감독관의 권위를 부여받았고 상점 간 영토 분쟁의 위협을 줄이기 위해 무사와 비슷한 칼을 지니고 다녔다. 데키야는 보호료를 받는다는 점, 범죄자와 도망자를 숨겨주는 점, 그리고 다른 데키야와의 세력다툼을 자주 벌였다는 점에서 범죄적인 성격을 띠었다.

_ 무사의 도道와 야쿠자의 도

그렇다면, 이러한 노름꾼과 상인 집단의 규율이 어떻게 무사도를 표방하는 야쿠자의 규율과 의식으로서 정착하게 된 것일까?

이에 대해서는 여러 가지 이유를 생각해 볼 수 있겠는데, 그 중 하나는 바쿠토와 데키야가 야쿠자라는 폭력 집단으로서의 성격을 띠게 되면서, 자신들을 영웅시하고 정당화 할만한 대의명분을 찾아내야만 했을 것이라는 점이다. 그들은 자신들의 시조를 무사 주베이라는 인물로 정하고 그 옛날 자신들의 조상이 마을이 영웅으로서 추앙 받았던 사실을 상기했다. 게다가 무사도는 충성과 신의의 덕을 강조했기 때문에 야쿠자의 정당성을 명분화할 수 있을 뿐 아니라 조직을 하나의 통합체로서 이끌어 나가기에 그만이었다.

그들은 지체 없이 무사의 계율에 그들의 전통적인 관습을 짜 맞추기 시작했다. 주군을 위해 목숨을 바치는 주군과 무사의 관계를 오야붕과 꼬붕의 관계로서 표방했고, '무사의 꽃'이라 불리며 무사의 숭고한 기개를 나타냈던 할복은 유비쓰메로 대체되어 오야붕에 대한 사과나 복종의 맹세로서 표현되었다. 또 그들은 무사로서의 도리를 인의仁義의 도리로 표방하여 야쿠자로서의 행동 양식과 규율을 정비했다.

특히 야쿠자는 오야붕에 대한 꼬붕의 충성을 강조했다. 이에 대해 잠깐 설명을 하면, 오야붕과 꼬붕은 의아버지와 의자식이라는 일본 특유의 관계로서 꼬붕은 충고와 보호와 도움을 받는 대신 오야붕에 대한 절대적인 충성을 받쳐야 한다. 야쿠자의 이러한 체계는 스승과 제자, 주인과 시종, 그리고 두목과 부하간의 관계에 기초를 두고 있어 오야붕은 꼬붕에 대한 결정적인 권위를 행사할 수 있다. 때문에 야쿠자 집단 내에서 오야붕과 꼬붕의 관계는 대단한 힘과 단결을 조성했으며, 주군을 위해 목숨을 바치는 주군과 무사와의 관계를 오야붕을 위해서라면 무슨 일이든 하는 오야붕과 꼬붕의 관계로서 표방할 수 있었다.

_ 국민의 영웅이 된 야쿠자

이렇듯 완고한 조직체계 위에 제2차 세계대전 직후의 상황은 야쿠자가 현대의 사무라이를 표방하게 되는 결정적인 계기가 되었다.

경찰력이 부족했던 시기, 제3국인이라 불리는 대만인과 한국인 등은 일본인들에게 두려움의 존재였다. 그들은 암시장, 고물상, 양돈업, 도박장, 막노동 등의 일을 하면서 같은 민족이라는 결속감을 갖고 세력권을 형성하고 있었다. 일본인들은 전후 혼란기 속의 그들의 횡포와 전쟁 전 자신들이 가한 핍박에 대한 그들의 앙갚음을 두려워했다. 이때 야쿠자들이 일본 경찰을 대신하여 일본 국민들을 제3국인들의 횡포로부터 보호하고 그들의 보복을 막아주었다. 야쿠자는 사나이 중의 사나이 또는 야마토大和 혼의 발로 등으로 불리며 금세 국민의 영웅으로 부상했다. 야쿠자는 의협심 있는 깡패 혹은 의적의 이미지를 국민들에게 심어주게 되었고, 이러한 지지 기반을 토대로 그들은 보다 공식적인 세력 확장과 입지 구축을 할 수 있었다.

_ 오늘날의 야쿠자

야쿠자가 오늘날의 바쿠토, 데키야, 구렌타이愚連隊라는 각기 성격이 다른 3대 집단으로 이루어지게 된 것도 제2차 세계대전 직후였다. 이 시기에는 구렌타이라는 청소년 폭력 집단이 생겨나 야쿠자에 가세하였다. 구렌타이는 마피아의 일본적인 형태라고 볼 수 있는 조직으로서 실업자나 망명자들이 그 조직을 이루었다. 그들은 주로 암시장 거래를 했으며 한국 노동자를 억압하기 위한 폭력조직으로서 정부에게 고용되기도 했다.

폭력단은 일반적으로 「야쿠자(やくざ)」 또는 「極道(ごくどう)」 등으로 불린다. 그리고 창시자의 성명이나 거점이 되는 지명 등에 「구미組」, 「가이会」, 「일가一家」, 「연합連合」, 「흥업興業」, 「총업総業」, 「상사商事」, 「실업実業」 등을 첨부한 단체명을 자칭하는 경우가 많다. 즉, 야쿠자는 각 집단의 특성을 이어받아 누구누구 일가一家라는 뜻으로, 이름 뒤에 무슨무슨 구미組나 가이會를 붙이면서 각각의 조직체를 형성해 나갔다.

오늘날 야쿠자들은 대략 7대 폭력 조직으로 구분된다. 그 중에서도 야마구치구미山口組(조직원 19,000명), 스미요시가이住吉會(조직원 6,100명), 이나가와가이稲川會(조직원 4,700명) 등이 3대 광역 조직으로 일본에서는 이들 3대 조직을 3대 집안이라는 의미의 '고산케御三家'라 부른다. 이 중에서도 가장 큰 조직은 야마구치구미로 경찰청에 따르면 2009년 말을 기준으로 전국 폭력단 조원은 약 38,600명, 야마구치구미는 그의 약 45%를 차지하고 있다고 한다. 일본 경찰은 1992년 '폭력단원에 의한 불법행위의 방지 등에 관한 법률'로서 일명 '폭력단 신법'을 발효하였는데, 전국의 폭력단 조직의 세력이 약화되어 가는 한편 이들 '고산케' 조직은 중소 폭력단을 흡수하면서 그 세력을 유지하고 있다고 한다.

【 일본의 폭력단 구성원수 】

폭력단 구성원수 (2009년도 12월 현재)	구성원수	준구성원수	합계(人)	구성률(%)
야마구치구미(山口組)	19,000	17,400	36,400	45.0
스미요시카이(住吉会)	6,100	6,700	12,800	15.6
이나가와카이(稲川会)	4,700	4,700	9,400	11.6
기타	8,800	13,500	22,300	27.6
합계	38,600	42,300	80,900	100

야쿠자 전체의 연간 수입은 7조 엔에서 많을 때는 9조 엔을 넘나드는 것으로 알려져 있다. 그들이 벌이는 사업도 총회꾼이나 해결사의 역할을 하는 소위 '민사 개입 폭력'이나 마약 밀매, 도박 사업 등의 활동 이외에 지금은 건설, 운수, 항만하역, 금융 계통으로 사업을 확대하여 재정적인 기반을 확고하게 구축했다. 최근에는 흥행사업으로도 영역을 넓혀 스모, 프로레슬링, 경마 등 프로덕션을 경영하며 연예계까지 그 손길을 뻗치고 있다.

야쿠자는 지금도 지진과 같은 재변이 일어나면 조직원들을 동원해 수습과 봉사에 나서는 등 국민의 지지 기반을 쌓으려는 여러 가지 노력을 게을리 하지 않고 있다. 현대의 사무라이로서 언제까지나 국민의 영웅으로 남고 싶은 자구적 노력의 일환이라고도 할 수 있다.

그러나 야쿠자는 무사가 아닌 폭력집단이다. 폭력집단은 시민의 일상생활을 위협하는 반사회적 집단, 단체나 혹은 많은 무리의 힘을 빌려 집단적·상습적으로 폭력적 불법 행위를 행하는 집단, 폭력을 생활 자금의 획득 수단으로 삼는 집단이다. 폭력 집단이 사회에서 어떠한 존재로 자리하는가는 일본 폭력 집단을 지칭하는 야쿠자라는 이름의 의미를 되새겨 본다면 그 해답을 금세 찾아낼 수 있을 것이다.

접대문화의 한 갈래, 목욕문화

일반적으로 우리나라와 일본의 목욕에 대한 인식을 한 마디로 표현한다면, 우리나라의 목욕沐浴은 '더러운 몸을 씻으러 간다'는 인식이 강하고, 일본의 목욕入浴은 '따뜻한 물에 몸을 담그러 간다'는 인식이 강하다. 일본의 기후와 목욕문화를 관련지어 보면, 이와 같은 양국 간의 목욕문화의 차이를 쉽게 이해할 수도 있다. 그러면, 일본 목욕문화의 역사와 특징에 대해 보다 객관적인 시각으로 접근하면서 일본의 사회구조에 대한 이해를 돕도록 하자.

_ 목욕문화의 역사

일본에서 목욕에 관한 기록이 나와 있는 『고지키古事記』에 의하면, 이자나기 미코토いざなぎのみこと(천신의 분부로 처음 일본을 다스렸다는 남자 신)가 황천으로 죽은 아내를 찾아갔다가 돌아와서 흐르는 물에 몸을 씻었다는 것이 최초의 기록이다. 즉, 신화적 기록인 것이다. 한편 '미소기禊ぎ(목욕재계)'라는 의식적인 정화는 신토神道의례 가운데 하나가 되었다.

공중목욕탕湯屋

일본은 불교가 들어온 이후 목욕문화가 발달되기 시작했다. 즉, 백제에서 불교를 전해 받은 이후로는 절 안에 공중목욕탕을 세우기 시작했다. 헤이안平安 시대(749~1192)에 들어서서는 나라奈良에 '공중욕탕'이라 불리는 공중목욕탕이 생겨나 영업을 시작, 그것이 이른바 공중목욕탕의 기원이 되었다.

그리고 가마쿠라鎌倉 시대, 무로마치室町 시대로 바뀌면서 가마쿠라와 교토에 '초유町湯'라고 불리는 공중목욕탕湯屋이 생겼다. 그 당시 돈이 많은 사람들 일부가 자신의 집에 목욕탕을 만들었고 가난한 사람들은 초유町湯에 다녔다고 전해지고 있다.

현재의 '센토錢湯(공중목욕탕)'의 원형인 공중목욕탕은, 에도 시대 이전의 1591년 이세노요이치伊勢与一가 제니가메바시錢瓶橋에 '공중목욕탕湯屋'을 개업한 것이 처음이다.

에도 센토문화의 발상發祥으로서의 이 요이치목욕탕与一風呂은 한증탕蒸し風呂이다. 즉 요즘으로 말하면 '사우나목욕'인 것이다. 이로부터 일본의 '사우나목욕'문화의 역사가 오래된 것임을 짐작할 수 있다.

도쿠가와 이에야스德川家康가 에도江戶에 막부를 열면서 많은 사람들이 에도로 모여들면서 대중목욕탕도 점점 늘어났다. 에도 시대 초기부터 말기까지의 대중목욕탕은 대부분이 '한증탕蒸し風呂'이었으며, '도다나목욕탕戶棚風呂'이라는 명칭으로 불리어진 혼탕이었다. 당시 상류층 이외에는 욕실을 소유하고 있지 않았으므로 일반 서민들은 '센토'에 가는 것이 당연했다. 이 에도 시대의 '센토' 즉 '도다나목욕탕戸棚風呂'은 무릎을 담글 정도의 물을 담아서 하는 반신욕이었다. 그래서 상반신을 수증기에 쬐며 반신욕을 하였다.

당초에는 욕실의 출입구에 미닫이문을 달아서 수증기가 빠져나가지 않도록 했다. 하지만 그것이 완벽하지 않았기 때문에, 목욕통 앞을 천정부터 판으로 짜서 가리는 방법을 생각해내어 그 명칭을 '자쿠로구치'柘榴口, ざくろぐち(물이 식지 않도록 위를 판자로 덮었기 때문에 몸을 굽히고 들어갔음)라고 했다. 요즘 우리나라에서 웰빙 붐으로 반신욕을 하는 사람들이 늘고 있는데 일본에서는 오래전부터 반신욕이 행해졌음을 미루어 짐작할 수 있다.

메이지 시대에 들어서면서 '센토'의 목욕통의 크기는 가로세로 10척(3.03m), 깊이 4척(1.212m)이었다. 오전 6시~7시 사이로 목욕탕의 지붕에 연기가 올라가면 목욕물이 데워졌다는 신호이며 이것을 확인하고는 들어간다.

메이지 시대 말에서 다이쇼大正 시대로 접어들면 보일러식 소토가마外釜(목욕통과 떨어져 설치된 목욕물을 끓이는 가마솥)가 등장한다. 차츰 센토도 더 좋은 시설을 갖추며 대규모화되었고, 집집마다 실내 목욕탕이 서서히 보급되기 시작했다. 현재는 서양식 주택 보급 확대, 과학의 발달로 인해 우리보다 약간 작은 욕조에 '유와카시키湯沸器'라는 가스식 가열장치가 있어, 욕조물의 온도를 유지해 사용하기도 한다.

_ 일본인에게 있어서 목욕의 의미

일본인들에게 있어서 목욕이란 청결과 정신 위생의 수단, 치료, 유희, 접대의 의미를 갖는다고 할 수 있다.

이들은 주로 저녁에 목욕을 한다. 일본인들이 입욕 시간을 자기 전인 저녁으로 정한 것은 목욕이란 하루의 일과를 마치고 쌓인 피로를 푸는 행위로 생각했기 때문이다. 다시 말해 목욕은 일로부터의 해방을 의미하는 것이다. 그러므로 일본인에게 목욕은 하루의 시작보다는 하루의 정리하는 마지막을 의미하는 것이다. 요컨대 일본인에게 목욕이란 신체를 청결하게 하려는 위생 수단일 뿐만 아니라, 하루의 일과를 마친 뒤 피로를 풀고 정신을 새롭게 가다듬는 정신 위생의 수단이기도 한 것이다.

일본인들이 온천욕을 즐기게 된 이유는 온천에 가면 언제든지 뜨거운 물에 마음껏 몸을 담글 수 있다는 편리함 때문이기도 하지만, 온천의 의약적인 효능에 마음이 끌린 것도 간과할 수 없는 이유다.

단체로 유명한 온천을 찾아가 술과 음식을 먹으며 하루에도 몇 번이나 탕 속을 드나들며 목욕을 즐기는 것은 오락적 성격이 강하다고 할 수 있다. 대규모의 온천 업소가 손님에게 수영장과 무대 쇼를 제공하여 주는 것도 오락으로서의 목욕이라는 인식이 크게 깔려 있기 때문이다. 즉 일본에는 오락으로서의 목욕이 크게 발전해 있는 것이다.

나라奈良 시대(710~749)의 지리서인 『출운풍토기出雲風土記』(지방의 풍토 전설 풍속 등을 적은 지지地誌)에 이미 남녀노소가 한 곳에 모여 하루 종일 술과 음식을 먹으며 온천욕을 즐겼다는 기록이 있다. 또 그보다 훨씬 후대인 에도 시대의 『간문어기』에는 여유 있는 사람이 자신의 집 목욕탕에 이웃 사람들을 초대하여 목욕과 술, 음식을 제공하며 놀았다는 기록이 남아 있다.

_ 가정에서의 목욕

일본 가정의 목욕탕 문을 열고 들어가면 옷을 벗어두는 곳이 있고, 한곳에는 세탁기가 놓여 있다. 목욕탕은 부엌에서도 들어올 수 있도록 문이 따로 나 있는 것도 있다. 그곳에서 다시 유리로 된 문을 열고 욕조가 있는 곳으로 들어가게 되어 있다. 목욕탕에 들어가면 문을 잠글 수 있는 장치가 되어 있지 않다. 일본의 욕실은 일반적으로 서양식의 욕실과는 달리 욕실과 화장실이 분리되어 있다. 일본의 욕실에는 바닥에 타일이 깔려 있고, 벽의 낮은 곳에 수도꼭지가 붙어있고, 때로는 샤워가 달려 있기도 하다. 욕조는 직사각형이나 정사각형의 모양을 하고 있고, 서양식 욕조보다는 깊다.

또한 일본에서는 욕조에 물을 받아 온 가족이 함께 사용하는 것이 일반적이다. 욕조의 물이 따뜻해지면 보통 그 집안의 가장인 아버지부터 시작하여 어머니 자식들 순서로 그 물을 사용한다. 이곳에서조차 종적 사회의 일면을 보여주고 있다고 할 수 있다. 더욱 놀라운 사실은 일본인들은 손님이 와서 자기 집에 묵을 경우 손님에게 미리 받아 둔 물을 먼저 사용하도록 한다. 그런 다음에 손님이 사용한 물을 연장자 순으로 사용하는 것이 일반적이다. 그것도 모르고 한 한국인 유학생이 일본 가정에 초대되어 하룻밤 묵게 되었는데, 한국식으로 목욕을 하고 쓰다 남은 물을 전부 흘려보내고 깨끗이 청소를 하고 나왔다고 하는 에피소드도 있다.

집에 온 손님에 대한 일종의 접대 차원에서 가족이 아닌 손님이 먼저 사용한 물을 가족들이 차례로 사용한다는 점과 또 그 손님의 성별과 관계없이 사용한다는 점은, 유교문화가 아직도 강하게 남아있는 우리의 사고로서는 이해하기 힘든 일일지도 모른다.

또 욕조에 받아 둔 물 하나를 온 가족이 다 같이 사용한다는 것은 정말로 놀라운 점이다. 역시 일본인답다는 생각이 절로 나게 한다. 우리나라처럼 가족주의가 강한 나라도 없지만, 일본처럼 욕조 물 하나를 온 가족이 함께 사용하는 경우를 듣거나 본 적이 없었다. 그만큼 일본의 목욕은 그들 나름대로의 생활에서 우러난 하나의 지혜요, 일본인 특유의 문화라고 하지 않을 수 없다.

그리고 아무리 앞사람이 깨끗하게 사용했다 하더라도 온 가족이 다 함께 사용하는 것은 절약정신과도 일맥상통한다 할 수 있을 것이다. 욕조물을 온 가족이 다 함께 사용하는 것은 우리와 다르지만, 다 쓰고 남은 물을 빨래물로 활용하는 지혜는 우리와 비슷한 것 같다. 목욕문화가 다른 나라에 비해 발달한 만큼, 물을 활용하는 지혜 또한 다양하다.

_ 공중목욕탕

일본인들은 일을 마치고 돌아와서는 목욕하는 문화가 발달되어 있기 때문에 역시 공중목욕탕인 '센토'의 영업시간도, 오전 5시 정도에 오픈해서 오후 8시경에 문을 닫는 한국과는 크게 다르다. 도쿄의 경우 대개 오후 4시경에 오픈해서 밤 11시 정도가 되어야 문을 닫는데, 보통 오후 9시에서 10시대에 많이 간다. 요금은 '동경도탕장조합東京都湯場組合' 기준가로 대인(12세 이상) 400엔, 중인(6세~12세) 180엔, 소인(6세 이하) 80엔 정도가 부과된다.

목욕탕에서만큼은 부끄러움을 느끼지 않는 우리나라 사람들과는 반대로, 일본인들은 옷을 벗은 후, 수건으로 몸의 앞부분을 가린 채 욕조에 들어가면 그때서야 가렸던 수건을 치운다.

일본의 목욕탕 안에서 놀라운 사실은 우리나라는 남탕과 여탕을 완전히 분리하여 관리하는 데 반해, 일본은 남탕과 여탕 가운데 한 사람이 앉아서 전표를 받고 양쪽을 관리한다. 남탕과 여탕사이의 벽 위쪽은 뚫려 있다. 일본 목욕탕에서 목욕한 경험이 없는 우리나라의 남성과 여성에게는 그런 목욕탕 모습이 놀랍기도 할 것이고, 부러워할지도 모른다. 특히 전표를 받는 관리인 자리에 앉아 있고 싶어 하는 남성도 있을 것이다. 실제로 유학시절 아르바이트비를 받지 않아도 좋으니 꼭 한 번 일본 목욕탕에서 일할 수 있으면 좋겠다고 하는 남자유학생들이 꽤 있었다고 한다. 필자가 자주 다니던 동네의 목욕탕은 시아버지와 며느리가 교대로 앉아가며 일을 하고 있었는데, 유교적 가치관에 충만한 필자로서는 이해하기 힘든 광경이었다. 또한 아무런 거리낌도 없이 남탕에 여자관리인이 들어와 사물을 정리하며 돌아다니는 것도 보통 눈에 띄는 광경이다.

센토錢湯 외관

평소 우리나라 사람들은 한 번 목욕을 하러 가면 본전을 뽑아야 한다는 생각으로, 사람에 따라 다르기는 하겠지만 2시간 정도 때를 미는 것이 보통이다. 그러나 일본은 때를 밀지 않고 비누로 몸을 씻고 탕 속에 들어간 후, 밖으로 나와 머리를 감으면 목욕이 끝나기 때문에 목욕시간도 짧은 편이다. 때문에 일본인들은 목욕탕에서 때를 미는 한국인들을 이해하기 힘들 것이다. 그들은 간단하게 몸을 씻고 탕 속에 들어가 있다가 탕에서 나와 머리를 감는 것으로 목욕을 끝내는 것이다. 또 다른 사람에게 폐를 끼쳐서는 안 된다는 교육을 철저히 받은 이들은 목욕탕에서도 조심조심 행동한다. 물이 옆 사람에게 튀지 않도록 항상 신경을 쓰며, 모르는 사람에게 등을 밀어 달라는 부탁은 애당초 상상도 못한다.

이런 것들이 그들에게는 어렸을 적부터 몸에 배어 있는 습성들이라, 우리의 목욕문화와는 꽤 다르게 느껴진다. 일본을 가깝게 느끼면서도 또 한편으로는 멀게 느껴지는 이유가 바로 이러한 사소한 차이들과 인식의 차로부터 비롯되는 것이라는 생각이 든다.

_ 혼욕混浴문화

일본인들이 목욕과 온천욕을 즐기는 이유는 고온다습한 여름 날씨와 관련이 있다 할 것이다. 일본의 여름 날씨는 우리나라와는 달리 습도가 많은 찌는 듯한 무더위로 인해 목욕을 하지 않고는 견디기 어려울 정도이다. 또한 불쾌지수라는 말이 생겨날 정도로 일본의 여름 날씨는 땀으로 인한 끈적거림이 대단하다. 날마다 저녁이 되면 집에서든 센토(공중 목욕탕)에서든 매일 목욕을 하게 되는 것이다.

또한 쾌청한 날에는 습해진 옷이나 이불을 베란다 난간에 걸쳐 놓은 진풍경을 일본 전국 곳곳에서 볼 수 있다.

일본인들은 습한 날씨 때문에 몸을 가리지 않게 되고, 다른 사람들에게 자신의 알몸을 보이는 것을 그다지 대수롭게 여기지 않게 된 것 같다. 일본 특유의 남녀 혼탕이라는 말이 나오게 된 것도 바로 이러한 일본인들의 생활상에서 자연스럽게 나온 것이 아닐까?

오늘날의 일본에서 혼욕은 도시에서 완전히 그 모습을 감추었으나, 시골의 온천지에서는 가끔 그 광경이 눈에 띄곤 한다. 이런 모습은 대개 영업하는 목욕탕 건물속이 아닌, 자연스럽게 뜨거운 온천물이 솟아나 흘러내리는 노천온천露天風呂에서 볼 수 있다. 그 곳은 관리하는 사람도 없기 때문에 마을 사람들은 물론, 지나가는 사람들까지도 마음 놓고 온천을 즐길 수 있다.

혼욕 풍습

오늘날에는 혼욕이 일부 지방에 국한되어 있지만, 150여 년 전만 해도 도회지에서 혼욕이 일반화되었던 것 같다. 18세기에 조선통신사의 한 사람으로 일본에 다녀온 신유한申維翰도 그의 기록 『해유록海遊録』에서 일본의 혼욕풍습에 대해, "남녀가 아무런 거리낌 없이 목욕을 하고 있는 것은 정말 기괴하다"라고 평하고 있다. 이로 미루어 보면, 혼욕이 전국적으로 널리 퍼져 있다는 사실을 미루어 짐작할 수 있다. 당시 남녀유별의 유교적 가치관이 몸에 밴 조선의 선비의 눈에 비친 혼욕의 모습이 얼마나 기괴했을까는 상상이 되고도 남는다.

일본의 혼욕에 관한 최초의 기록은 713년경의 문헌인 『출운풍토기出雲風土記』에 서술되어 있다. 그것에 의하면, 오늘날 노천온천과 같은 곳이 있는데, "남녀노소 구별 없이 함께 들어가 목욕하면서 주연을 베풀고 놀았으며, 또 그 온천물로 병을 치료했다"고 서술하고 있다. 이러한 기록이 있는 것을 보면 일본인에게 혼욕은 고대로부터 내려온 오래된 풍습이며, 또 이미 그 당시에 온천수로 병을 치료하는 지식도 가지고 있었음을 알 수 있다.

_ 혼욕 금지령

에도 시대에 혼욕을 금지시키는 훈령을 내려도, '센토'의 업주들은 좀처럼 이를 시행하지 않았다. 시행을 하더라도 오늘날처럼 남녀가 확실히 구분된 것이 아니라, 나무로 만든 칸막이만 중앙에 설치해 놓고 똑같은 욕조를 남녀가 함께 사용했다.

그러나 문명개화를 부르짖었던 메이지정부는 좋지 못한 구습을 개선하기 위해 여러 가지 금지령을 내렸다. 특히 그 중에서 외국인으로부터 비난을 많이 받았던 '센토'의 혼욕을 금지시키는데 힘을 기울였다. 그리하여 외국인이 많이 드나드는 개항지와 에도, 오사카 등지에는 일찍부터 금지령이 내려졌다. 1868년 도쿄가 외국인들에게 개방되었을 때 외국인들이 드나드는 지역에 있는 '센토'의 혼욕을 금했고, 또 그 이듬해에는 도쿄 전역에 있는 목욕 업소의 혼욕을 금했다. 욕조에 남녀를 구분할 수 있는 칸막이를 하든지, 아니면 남탕과 여탕을 격일제로 교대로 바꾸어 가면서 영업하도록 했다.

그리고 1870년에는 혼욕은 물론, 밖에서 벌거벗은 손님이 보이지 않게 발을 치도록 명했다. 또 1890년 도쿄에서는 어린이라도 7세 이상이 되면 혼욕을 못하도록 금지시켰다. 이때부터 혼욕의 풍습이 사라지게 되었다.

_목욕문화가 발달하게 된 배경

일본인은 세계에서도 그 유례를 찾아볼 수 없을 만큼 목욕을 즐기는 민족일 것이다. 일본에서 목욕문화가 발달하게 된 배경을 크게 네 가지로 나눠 살펴보면 다음과 같다.

첫째, 기후의 영향을 꼽을 수 있다. 일본은 사계절이 뚜렷하게 구분되지만, 여름은 섬나라 특유의 기후 조건으로 습기가 많고 무더운 편이며 장마철에는 더욱 심하다. 그러므로 끈적끈적한 느낌을 없애기 위해 목욕을 자주 할 수밖에 없다 보니 자연스럽게 목욕문화가 발달한 것이다.

둘째, 화산의 영향을 들 수 있다. 물론 이로 인해 지진도 자주 발생하지만, 용암으로 뜨겁게 데워진 지하수가 곳곳에서 분출된다. 때문에 화산지역에는 예외 없이 이름난 온천이 있고, 목욕을 즐기는 일본인들은 이곳을 찾는다.

셋째, 많은 일본인들이 매일 집에 돌아오면 가볍게 샤워만 하는 것이 아니고, 욕조에 담긴 따뜻한 물에 몸을 담그며 하루의 피로를 푼다. 일본인들이 목욕을 하고 잠을 자는 것을 거의 생활습관처럼 해오고 있는 이유는, 일본의 취약한 난방시설과도 어느 정도 관련이 있다. 한국에서는 온돌 형태의 난방을 이용해서 방바닥을 따뜻하게 하는 반면, 일본은 다다미疊방으로 온기를 느끼는 데에 한계가 있다. 그래서 일본인은 잠자리에 들기 전에 목욕통에 들어가 따뜻하게 몸을 덥힌 다음에 그 온기로 편안히 잠을 잘 수가 있는 것이다.

넷째, 예로부터 목욕은 여독을 풀고 병으로부터 몸을 방비하는 지혜로서 일본인의 생활에 깊이 침투해 왔는데, 이것은 가정에서의 손님접대의 한 형태로 발전했다. 즉 목욕준비나 시중이 가정에서의 접대문화로 자리를 잡게 된 것이다.

음식문화

일본은 자연적 특성상 홋가이도北海道에서 규슈九州에 이르는 남북으로 가늘고 긴 지리적 특성상 타 지역의 문화를 쉽게 받아들일 수 있어 세계 각국의 음식문화가 들어와 있다. 내륙의 지형과 사면이 바다에 접해있어 동·식물뿐만 아니라 풍부한 어장을 형성하여 해산물 요리 등의 다양한 식재료를 제공한다. 그리고 다양한 기후분포는 가공 및 저장을 가능하게 하는 조리법을 발달시켰다. 사면이 바다로 둘러싸여 있어 다양한 해산물 요리가 발달되어 있다. 또한 우리나라와 같이 사계절이 뚜렷하고 온난다습한 기후는 계절감을 중요시하며 재료 자체의 특성과 맛을 살리는 것이 특징이다. 그리고 시각적인 면을 중요시하여 음식의 종류나 계절에 따라서 식기를 사용하여 음식의 공간적 아름다움을 살린다. 고온다습한 기후는 쌀 재배가 가능하여 쌀을 주식으로 삼고 있다.

일본에 육류가 일반적으로 일본인들에게 받아들여진 역사는 극히 짧다. 6세기 백제로부터 불교가 들어와 서기 687년 덴무天武 천황이 소, 말, 개, 등의 고기를 먹지 못하도록 칙령을 내려, 1872년 육식해금조치가 내려질 때까지 약 1000년 이상 동안 천황들에 의하여 살생 및 육식의 금지령이 내

혼젠요리本膳料理

오세치요리おせち料理

려졌다.

한편 토끼는 동물이 아닌 새로 취급되었다. 이는 토끼를 잡아먹기 위해서 작은 동물의 세는 단위인 히키匹로 하지 않고, 토끼는 새라고 하여 와羽로 세었다고 한다. 그래서 지금도 토끼는 새를 세는 단위로 세어지고 있다. 육식이 금지된 기간이 길어 상대적으로 콩 중심의 독특한 문화가 정착되어, 미소味噌(일본된장), 낫토納豆(청국장과 비슷하나 날콩으로 먹는 것), 두부 등이 발달해 있다.

그러나 서양 문물이 들어온 메이지 시대부터 육식이 허용되기 시작해, 메이지천황이 직접 소고기를 시식하는 등 육식을 문명의 개화라 하여 장려하였다. 현대에 들어와서는 일본인들도 육식을 즐기게 되었다.

일본의 전통요리로는 혼젠요리本膳料理, 가이세키요리会席料理, 자카이세키요리茶懐石料理, 쇼진요리精進料理, 오세치요리おせち料理가 있다.

모든 요리의 기본은 1즙3채一汁三菜로 밥, 국물, 반찬 3종류(생선회, 구이, 찜)이다. 일본에서 홀수는 양陽으로 보고 짝수는 음陰으로 보기 때문에 반찬 수는 반드시 홀수이어야 한다. 그래서 1즙5채一汁五菜, 2즙5채二汁五菜, 3즙15채三汁十五菜 등으로 반찬 수는 홀수이다.

혼젠요리는 관혼상제 등의 중요한 의식 때 접대하기 위한 정식 상차림으

자카이세키요리茶懐石料理

쇼진요리精進料理

사시미(회)

로 형식이 복잡하고 까다롭다. 에도 시대부터 상차림이 화려해지고 요리에도 예술성을 띠게 되어 정식 향연요리나 격식을 차려야 할 중요한 연회나 혼례요리로 사용되는데 같은 종류 같은 맛의 음식은 내지 않는다.

가이세키요리는 혼젠요리의 까다로운 형식에서 약식화 된 것으로 술을 즐기기 위한 연회요리이다. 일반인이 간편하게 이용할 수 있도록 결혼식 피로연, 공식연회 등의 가장 많이 사용하는 손님접대 상차림이다.

자카이세키요리는 다도에서 나오는 음식으로 차를 마시기 전에 차의 맛을 돋우기 위해서 공복감을 없애기 위한 음식으로 아주 간단하게 나온다.

쇼진요리는 불교의 영향으로 육식을 금하고, 두부, 채소, 곡류, 해초류 등의 식물성 식품으로 만든 음식을 말한다. 어패류 등과 같이 비린내 나는 재료를 피해야 하는 불교사상에서 온 것인데 전반적으로 기름과 전분을 많이 사용하는 것이 특징이다.

오세치요리는 정월 1월 1일에 먹는 음식으로 우리나라의 설날 음식에 해당된다. 설날에 신을 맞이하여 새로운 해의 풍작과 가족의 안녕을 기원하는 행사로 행해졌다. 오세치요리는 신에게 바치는 것으로 12월 31일에 모셔두고 설날아침에 가족전원이 모여서 먹는데 이것은 신으로부터 음복을 받는다고 생각했다. 신을 맞이한 3일 동안에는 취사를 하지 않고, 부엌에도 들어가지 않는 풍습이 있기 때문에 장시간 보관할 수 있는 음식을 연말에 만들어 3일

동안 그것을 먹는 풍습이 있다. 오세치요리는 2~4단 정도의 네모난 찬합에 담는데 그 음식들은 함축된 의미를 내포하고 있다. 청어알은 자손 번영, 멸치조림은 풍작을 기원, 검정콩은 건강, 등을 굽힌 새우는 장수를 의미하여, 다른 음식도 각각의 의미를 두고 있다.

스시寿司

일본의 대표적인 음식으로 가장 먼저 떠오르는 것은 사시미(회), 스시寿司(초밥)가 아닐까 싶다. 일본인들은 전통적으로 식품에 가능한 가미를 하지 않고, 자연에 가까운 상태에서 먹는 것을 최상으로 생각하였다. 그래서 일본요리는 다양한 재료 자체가 가지는 맛을 최대한으로 살리는 데 요리의 중점을 두었다. 사시미는 신선한 어패류를 최소한의 요리 기술인 잘라서 간장, 와사비(고추냉이), 생강 등을 곁들여 먹는 생선회를 말한다.

스시는 어패류를 쌀이나 조와 같은 전분 속에 담가 자연 발효시켜 부패를 멈추게 한 보전 저장법 중의 하나였다. 그것이 16세기 후반쯤에 쌀과 식초가 널리 보급되면서 굳이 쌀의 자연 발효를 기다릴 필요가 없게 되어, 속성초밥이라는 하야즈시早ずし, 하룻밤에 만들어진다는 이치야즈시一夜ずし가 등장하였다. 오늘날에 대표적인 초밥인 니기리즈시握り寿司(초밥 위에 생선이나 해산물을 얹은 일반적인 초밥)는 1980년대에 등장한 것으로 밥에 식초, 설탕을 넣은 후, 생선을 얹어 먹는 것을 가리킨다. 종류는 니기리즈시握り寿司, 마키즈시巻き寿司(일본 김밥종류), 이나리즈시稲荷寿司(유부초밥), 지라시즈시ちらしずし(식초를 가미한 밥에 어패류, 채소 등의 여러 가지 재료를 얹은 것) 등이 있다. 지형적인 특성이 섬나라인 만큼 해산물이 발달되었다.

돈부리丼는 돈부리 그릇에 밥을 담은 후 그 위에 어떠한 종류의 음식을 얹는 것으로 덮밥류에 해당된다. 이것은 일본에서 저렴하게 간편하게 먹을

규동牛丼

가쓰동カツ丼

덴동天丼

오야코동親子丼

수 있는 음식으로 대표적이다. 종류로는 규동牛丼(소고기를 얹은 것), 가쓰동カツ丼(돈까스를 얹은 것), 덴동天丼(튀김을 얹은 것), 오야코동親子丼(닭고기와 달걀 섞은 것을 얹는 것) 등이 있다.

스키야키すきやき는 간장, 미림, 설탕 등을 넣은 다시국물에 쇠고기와 파, 두부, 쑥갓, 곤약, 표고버섯 등의 채소를 쇠 냄비에 끓이면서 먹는 요리를 말한다. 다 익으면 날계란을 풀어 찍어먹는다. 스키야키의 역사는 의외로 짧아 에도 시대 말경에 탄생했다. 일본은 서기 687년의 네 발 달린 짐승의 도살금지 칙령 때문에 육식을 할 수가 없었다. 그러나 메이지 시대에 서양 문물 유입으로 육식이 허용되기 시작해 일본인 사이에 쇠고기 등 육류 소비가 일반화되기 시작하면서 큰 인기를 얻게 되었다.

그리고 현재 우리나라에서도 보편적으로 먹는 우동이 있다. 일본 면 요리의 대표적인 것으로 종류는 기쓰네 우동きつねうどん(유부가 얹어진 것), 덴푸라 우동天ぷらうどん(새우, 오징어 등의 튀김이 얹어진 것), 자루 우동ざるうどん(익힌 면을 냉수에 씻은 후 소쿠리에 담은 것을 간장에 찍어 먹는 것) 이외에 들어가는 재료에 따라서 조금씩 다른 많은 종류의 우동이 있다.

이러한 일본음식은 지역에 따라 다른 특징을 가지고 있다. 같은 음식이라도 관동지방関東地方은 설탕이나 진한 간장을 써서 맛을 진하게 내고, 조림은 짜며, 국물이 거의 없다. 반면에 관서지방関西地方은 전통적인 일본요리가 발달한 곳으로 맛은 연하면서 국물이 많고 최대한 자연스럽게 재료의 맛과 색을 살리는 특징이 있다. 교토京都의 전통요리는 아주 유명하다.

스키야키すきやき

일본의 식사예절은 한국과 비슷하면서 다른 점이 많다. 비슷하다고 생각해서 실수하기 쉬운데, 주의해야 할 점을 중심으로 보도록 한다.

1) 일반적으로 숟가락을 사용하지 않고 젓가락만 사용해서 먹는다. 숟가락은 죽이나 카레라이스 등 젓가락으로 사용할 수 없는 경우에만 사용한다. 따라서 국이나 밥을 젓가락으로 먹기 때문에 양손을 사용, 왼손 위에 밥그릇을 올려놓고 오른손으로 젓가락을 사용해서 먹는다. 국은 젓가락으로 건더기를 먹고, 국물은 그릇 통째로 가져와서 마신다. 하지만, 이것은 한국의 식사예절과 정반대이다. 한국은 옛날부터 어른들이 밥공기를 들고 먹으면 거지가 움츠리고 밥 먹는 것 같다고 해서 한국에서는 예의에 어긋난다. 한국은 숟가락을 사용하기 때문에 밥공기를 들 필요 없이 숟가락으로 떠먹기 위해 입을 상에 가까이 가져가는데 이것을 일본에서는 개가 밥을 먹는 것 같다고 해서 금기시 되고 있다. 숟가락의 사용 유무에 따라서 문화가 크게 달라지는 것을 알 수가 있다.

2) 젓가락을 놓을 때는 자기의 어깨와 평행이 되게 가로로 놓으며, 보통 하시오키箸置라는 젓가락 받침대를 사용한다.

3) 공동의 음식은 개인 접시를 사용해 덜어 먹는데 이때 자신의 젓가락으로 집어먹는 것은 절대 금물로 보통 전용 젓가락을 사용한다. 그렇지 않은 경우에는 자신의 젓가락을 뒤집어 손잡이 부분을 사용하여 공동음식을 집도록 한다.

4) 한국에서는 흔하게 하는 행동으로 서로 젓가락을 사용해 음식을 주고

받는데 이것은 금기시 하고 있다. 일본에서는 부모님의 뼈를 화장 후 납골함에 옮겨 담을 때 젓가락을 맞잡고 옮기기 때문이다.

5) 음식을 먹을 때는 한국과 마찬가지로 소리를 내지 않는 것이 미덕이다. 하지만 소바를 먹을 때는 '후루룩~' 소리를 내며 먹는 것이 맛있는 느낌을 주는 예의에 속한다.

6) 술자리에서는 상대방이 술을 다 비울 때까지 기다리지 말고 술잔에 술이 줄어들면 첨잔을 한다. 첨잔을 하지 않으면 그것으로 끝낸다는 의미로 실례가 될 수 있다. 첨잔은 한국에서는 금기시 되지만 일본에서는 오히려 미덕으로 여겨지고 있다.

지폐를 통해 보는 일본역사

일본은 지금까지 통용하던 1천 엔, 5천 엔, 1만 엔권을 대신할 새 지폐를 2004년 11월 1일부터 발행, 통용하고 있다. 일본이 위조방지를 위해 지폐 디자인을 바꿔 새 지폐를 발행하는 것은 1984년 11월 이래 20년 만의 일이다. 지폐 속 인물과 뒷면의 그림도 바뀌었다. 단, 오키나와沖縄 정상회담summit을 계기로 2000년 7월에 발행한 2천 엔권은 제외되었다.

1천 엔권은 소설가 나쓰메 소세키夏目漱石에서 세균학자로 유명한 노구치 히데요野口英世(1876~1928)로 바뀌었다. 뒷면은 두루미 그림이 후지산과 벚꽃으로 바뀌었다. 노구치는 농촌에서 태어나 어릴 때 화상을 입어 왼손을 쓰지 못하는 불구가 됐으나 역경을 딛고 세균학자로 세계적으로 명성을 떨친 인물이다. 미국 록펠러연구소 재직 중 매독병원균인 스피로헤타의 연구로 잘 알려져 있으며, 황열병 연구를 위해 아프리카에서 연구 중 황열병에 걸려 사망했다. 노구치를 지폐의 모델로 채용한 배경은 일본의 과학기술을 세계에 어필할 목적이라 하겠다.

그동안 5000엔 권에 사용하던 교육학자 니토베 이나조新渡戸稲造는 히구치 이치요樋口一葉(1872~1896)로 바뀌었다. 또한 뒷면은 에도江戸 중기의 화가 오가타 고린尾形光琳 작품인 연자화도燕子花図로 변경되었다. 일본의 5000엔권에 새롭게 등장하게 될 히구치 이치요는 메이지明治 시대에 24세의 나이로 요절한 일본 근대소설의 개척자이며 여류소설가로서, 타고난 감수성과 뛰어난 문장력으로 여성의 감성을 표현한 천재작가로 평가받고 있는 인물이다. 대표작으로는 『십삼야十三夜』, 『키재기』 등이 있다. 일본 지폐에 제2차 세계대전 후 처음으로 여성이 등장하고 있는 것이다. 일본 지폐에 여성 초상화가 등장한 것은 메이지 시대인 1881년 발행된 정부 지폐에 진구神功황후가 등장한 이래 1백20년 만의 일이다. 이와 같이 여성의 초상화를 모델로 사용한 것은 남녀공동참가사회의 추진을 의식해서라고 한다.

또 1만 엔권은 메이지 시대 계몽사상가인 후쿠자와 유키치福澤諭吉(1835~1901)의 초상을 그대로 사용하되 지폐 디자인은 변경되었다. 뒷면은 꿩 그림이, 교토부京都府에 있는 절 평등원平等院의 봉황鳳凰상으로 변경되었다. 우리나라에도 잘 알려진 후쿠자와는 게이오慶応義塾대학의 설립자로 정한론征韓論과 탈아입구脱亞入歐를 주장한 인물이기도 하다. 그의 대표작으로는 『서양사정』, 『학문의 권유』, 『문명론의 개략』 등이 있다.

【 현행지폐 ⇒ 신지폐 】

	앞면(초상)	뒷면
1천 엔권	나쓰메 소세키(夏目漱石) ⇒노구치 히데요(野口英世)	두루미(丹頂鶴,たんちょうづる) ⇒후지산(富士山)과 櫻
5천 엔권	니토베 이나조(新渡戸稲造) ⇒히구치 이치요(樋口一葉)	후지산(富士山) ⇒燕子花図(尾形光琳＝作)
1만 엔권	후쿠자와 유키치(福澤諭吉) ⇒후쿠자와 유키치(福澤諭吉)	꿩(雉, きじ) ⇒鳳凰像(平等院)

【 일본의 화폐 】

구지폐
신지폐
日本銀行券
千円
五千円
NIPPON GINKO
1000 YEN
5000 YEN
10000 YEN
SPECIMEN
みほん

2002년 6월 현재 1천 엔권 31억 9천만 매, 5천 엔권 4억 2천만 매, 1만 엔권 62억 1천만 매가 시장에서 유통되고 있는데, 일본은행은 2년 정도면 신 지폐로 거의 바꿀 수 있다고 보고 있다.

일본의 지폐에는 황족이나 메이지 시대 정치가 등의 초상이 많이 채용되었었는데, 1984년에 1만 엔 지폐의 후쿠자와 유키치, 5000엔 지폐의 니토베 이나조, 천 엔권의 나쓰메 소세키가 채용되어 「문화인 시리즈」로 전환되었다. 이번에도 「문화인 시리즈」가 계승되었고, 또한 무려 120년 만에 여성이 지폐에 등장한 점에 대하여 '남녀평등사회를 지향하기 위함'이니, '여성 지향'이니 하는 견해도 있다.

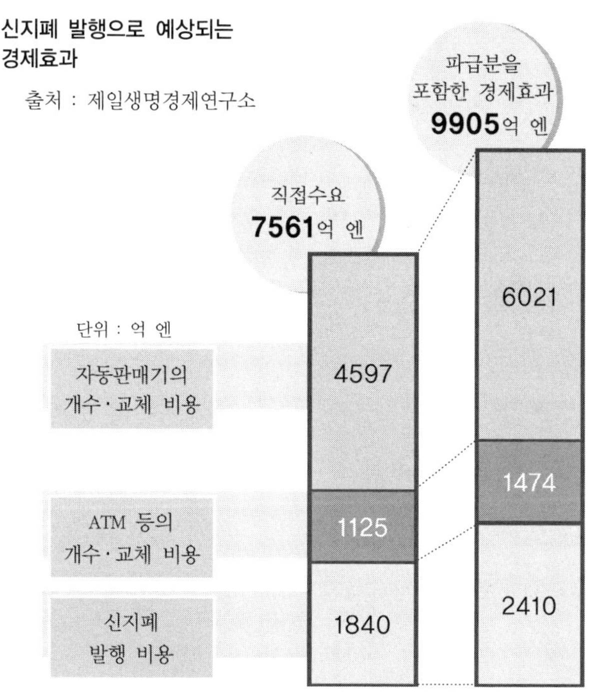

그리고 최근 일본에서는 위조지폐 발견 사례가 급증해왔는데, 정부는 이를 감안해 위조방지를 위한 첨단인쇄기술을 동원해 발행하였다. 신지폐 발행에 의한 파급효과는 약 1조 엔에 달해, 2004년도의 명목 국내 총생산(GDP)을 0.1% 끌어올린다고 한다. 또 일본은 가정에서 잠자고 있는 이른바 「장농 예금」이 약 25조 엔에 달하는 것으로 추정되고 있는데, 대량의 신지폐의 유통으로 소비자 심리가 자극되어 이 예금이 움직이기 시작하면, 실제의 경제 효과는 한층 더 커질 가능성이 있다고 한다.

경제 연구소에 의하면, 신지폐에 대응하기 위해 현금 자동예불기(ATM)나 자동판매기 등의 개수, 교체에 드는 비용이 약 5천7백억 엔이며, 또한 발행에 드는 잉크나 제지대 등을 포함하면 9천9백5억 엔의 경제 효과를 전망할 수 있다고 한다.

그리고, 신지폐 발행을 기념한 백화점과 슈퍼의 세일 이외에도, 새롭게 지폐의 얼굴로 등장한 히구치 이치요의 잎새나, 노구치 히데요 등의 고향에 있어서의 관광, 서적·기념품 발행 등 각종의 이벤트 효과까지 포함하면, 그 경제 효과는 한층 더 커질 것이다. 상술했듯이, 새 화폐가 발행되면 현금 자동지급기 및 자동판매기 교체 등에서도 수조 엔의 경기부양 효과를 창출할 수 있을 것으로 보여, 경기자극 효과가 기대되었다.

【 지폐의 역사 】

연도	엔(円)	주된 도안(표)
1946년	1円	니노미야 손토쿠(二宮尊德)
	5円	채문(彩紋)
	10円	국회의사당(国会議事堂)
	100円	쇼토쿠 다이시·호류지몽전·나라 시대의 연호 구름 (聖德太子·法隆寺夢殿·天平雲)

연도	엔(円)	주된 도안(표)
1947년	10錢	비둘기(鳩)
1948년	5錢	매화꽃(梅花)
1950년	1000円	쇼토쿠 다이시(聖徳太子)
1951년	50円	다카하시 고레키요(高橋是清)
	500円	이와쿠라 도모미(岩倉具視)
1953년	100円	이타가키 다이스케(板垣退助)
1957년	5000円	쇼토쿠 다이시(聖徳太子)
1958년	10000円	쇼토쿠 다이시(聖徳太子)
1963년	1000円	이토 히로부미(伊藤博文)
1969년	500円	이와쿠라 도모미(岩倉具視)
1984년	1000円	나쓰메 소세키(夏目漱石)
	5000円	니토베 이나조(新渡戸稲造)
	10000円	후쿠자와 유키치(福澤諭吉)
2000년	2000円	슈레이문(守礼門)
2004년	1000円	노구치 히데요(野口英世)
	5000円	히구치 이치요(樋口一葉)
	10000円	후쿠자와 유키치(福澤諭吉)

_ 후쿠자와 유키치福澤諭吉 ; 일본 계몽사상가

1835년 규슈 북부 나카쓰번中津藩 출생. 19살에 나가사키長崎로 가서 네덜란드어를 배웠고, 1860년에 막부의 구미사절단 수행원으로 선발되어 미국을 견문, 그 후 유럽을 여행한 후 「서양사정西洋事情」이라는 책을 내어 유럽문명을 소개하기도 하였다. 1858년 게이오대학의 전신인 란가쿠주쿠蘭學塾를 세웠고, 1868년 지금의 게이오대학으로 개칭하였다.

그는 서양 문명을 칭송하고 일본의 문명개화를 주도한 계몽사상가로서, 민권 중시와 자유주의를 부르짖어 현재의 일본을 만드는 데 상당한 영향을 끼친 인물이라고 볼 수 있다. 그의 저서로는 「학문의 권유学問のすすめ」(1872), 「문명론 개략文明論之概略」(1875) 등이 있고, 「탈아론」을 주장하기도 했다.

_ 니토베 이나조新渡戸稲造 ; 외교가, 교육가

1862년 이와테현 출생. 도쿄외국어학교, 삿포로농업학교를 졸업하였으며, 1884~91년까지 유럽과 미국에서 공부를 마쳤다. 그 후 삿포로 농학교의 교수로서 농정학·농학사·경제학을 강의했다. 그러나 병으로 사직, 요양을 겸해 1898~1901년 유럽과 미국을 여행했으며, 영문으로 《무사도》를 집필하여 1900년 미국에서 출판하여 큰 명성을 얻었다.

또한 루즈벨트 대통령과도 절친한 인간관계를 맺었다. 1905년 러일전쟁을 마무리하는 퍼츠머드 조약이 체결될 때는 그 인맥을 십분 활용, 조약이 일본에 유리하게 체결되게끔 외교적인 역할을 다했다.

도쿄제국대학교수, 도쿄여자대학의 초대학장, UN사무차장을 역임했으며, 국제 평화에 기여한 교육자로도 불린다.

_ 나쓰메 소세키夏目漱石

1867년 일본 도쿄출생. 1890년에 동경제국대학 영문과를 졸업한 뒤, 도쿄고등사범학교·제5고등학교 등의 교사를 역임하였다. 1900년 영어연구를 위해 일본 문부성 최초 유학생으로 영국으로 2년간 유학을 하게 되었다. 귀국 후 동경대학 영문학과 교수를 역임했고, 1905년에는 〈나는 고양이로소이다〉를, 1906년에는 「호토토기스」라는 잡지에 〈도련님〉을 발표하여 주목을 받았다. 교직 생활에 허망감을 느낀 그는, 1907년 교수직을 그만두고 아사히신문사朝日新聞社에 입사하여 소설가로 나섰다.

주로 인간심리와 윤리의 이면을 예리하게 풍자했으며, 주요작품으로는 〈산시로三四郞〉(1908), 〈마음〉(1914) 등을 남겼다.

_ 히구치 이치요樋口一葉 ; 소설가

1872년 도쿄출생. 본명 히구치 나쓰奈津. 메이지 시대의 대표적 여류 작가로 도쿄 서민층의 정서와 유곽의 풍경 등을 소재로 다루었다. 10대 후반 아버지가 죽자 그녀가 집안의 가장이 되어 생계를 꾸려나갔으며, 몇 년간 학원에 다니며 고전문학을 공부했다.

그러다 생계의 수단으로 글을 쓰게 되었고, 1891년 아사히신문의 소설기자였던 나카라이 도스이半井桃水를 소개받아 그 제자가 되었다. 그의 지도로 소설 〈매목埋木〉을 발표하여 인정을 받았으며, 병든 몸으로 죽기 직전까지 집필활동을 했는데, 그 대표작으로 〈섣달 그믐날〉(1894), 〈키재기〉

(1895), 〈흐린 강〉(1895) 등이 있다.

_ 노구치 히데요野口英世 ; 세균학자

1876년 일본 후쿠시마福島 출생. 본명 노구치 세이사쿠. 어릴 때 화상을 입어 왼손이 불구가 되었지만 주위의 도움으로 수술을 받은 후, 다카야마 치과 의학원의 종업원으로 있으면서 독학으로 의학 시험에 합격했다. 1898년에 전염병 연구소에 들어가 세균학을 연구하기 시작했고, 1900년 미국으로 건너간 뒤 록펠러 의학 연구소에서 조수로 있으면서 연구를 계속했다. 마비성치매 및 척수로 환자의 조직 내에서 스피로헤타를 발견하여, 이들 병이 매독梅毒균 때문에 생긴다는 것을 증명하였다.

주된 화폐의 초상 변천과정 *( )안은, 발행부터 다음 신화폐 발행까지의 기간

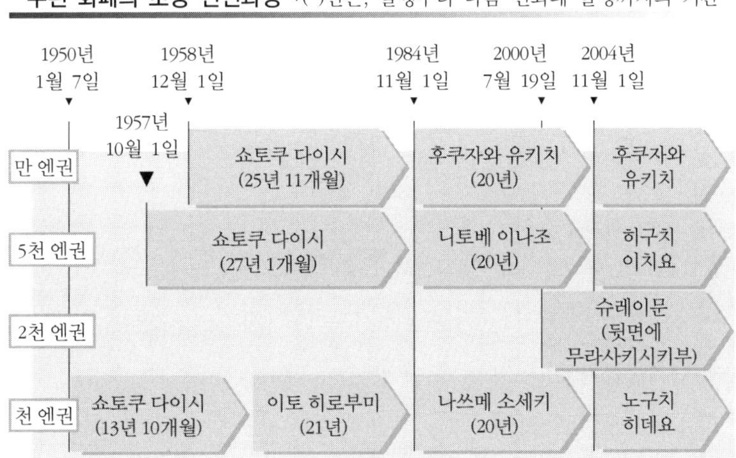

자동판매기의 세계 최강국

일본은 자판기 천국이라 불린다. 약 1억 2800명의 인구에 자판기 600만 대로 인구 20명당 1대라는 세계 최대의 자판기 보급률뿐만 아니라 종류 또한 다양해서 오히려 없는 자판기를 찾기가 어려울 정도이다. 음료나 담배는 이미 전체의 판매액의 40%가 자판기를 통해 이루어지고 있으며, 쌀부터 100엔으로 3분간 샤워를 할 수 있는 코인 샤워부스에 이르기까지 그 종류도 매우 다양하다. 일본 자동판매기의 발전과정을 살펴봄으로써 일본의 발달된 첨단 과학 산업의 현재도 아울러 조망해 볼 수 있을 듯하다.

_ 자동판매기의 역사

일본에서 처음 만들어진 자동판매기는 메이지明治 시대의 발명가 다와라야 다카시치俵谷高七가 고안한 담배 자판기이다.

이 자판기는 1890년에 특허를 받았으나 실용에는 이르지 못했다. 1904년에는 다와라야俵谷가 「자동우표엽서 판매기」를 고안・완성시켜, 후에 우편성郵便省에서 이를 사용하였다. 보급형자판기로서는 1925년에 나카야마中

山小一郎가 제작한 봉지과자 자판기가 최초이다. 이 기계는 전국의 과자점 앞에 무수히 설치되었다.

그 후, 일본의 자판기 공업은 과자, 담배, 우표 등의 자판기를 중심으로 전개되었지만, 제2차 세계대전의 발발에 의해 철강제품제조금지령이 내려져 생산이 잠시 중단되었다.

제2차 세계대전 후의 1957년에 10엔을 넣으면 종이컵에 일정량의 주스가 나오는 음료자판기가 개발되었다. 이는 분수형 자판기로 불리며 폭발적인 자판기 붐을 일으켰다. 1965년에는 캔can자판기가 등장하여 콜라 매상의 경이적인 신장에 기여했을 뿐 아니라 일본 자판기 산업의 발전에 큰 영향을 미쳤다.

일본의 자판기는 1975년경부터 급속히 보급되기 시작했다. 캔커피의 출현에 따라, 세계에서 예외 없이 따뜻한 음료와 차가운 음료를 한 대의 자판기에서 판매할 수 있는, 핫 앤드 콜드 hot&cold 캔 음료자판기가 개발되었다.

또한 1967년 발행된 50엔과 100엔의 신주화 발행으로 자동판매기 보급은 크게 확산되었다. 100엔짜리 신주화의 발행이 늦어져 자판기 보급에 큰 장애가 되어 왔으나, 경화의 대량 유통에 따라 자동판매기 이용이 급증한 것이다. 그 대표적인 예가 승차권 자판기이다. 승차권 자판기는 전전부터 소규모로 실시되고 있었지만, 본격적으로 실시된 것은 1968년에 국철이 개찰업무의 합리화를 위해 동경의 야마노테山手선 전역에 승차권 자판기를 도입하고 나서부터이다. 승차권 자판기의 보급과 더불어 보다 많은 사람들이 자판기에서 물건을 구입하는 것이 일반화되었다.

_ 자동판매기의 시장현황

일본의 자판기 및 자동서비스기의 보급 대수는 2007년 약 540만 대이며, 연간 자판금액은 약 7조 엔에 이르고 있다. 이는 인구나 국토면적을 감안하였을 때 20명당 1대꼴로 세계 1위의 보급률을 자랑하고 있다. 기종별 구성비는, 음료자판기가 전체의 47.0%로 가장 높고, 다음으로 자동서비스기 21.8%, 그 외 자판기 16.4%, 담배자판기 11.3%, 식품자판기 2.7%, 표(티켓) 자판기 0.8%의 순으로 되어있다. 한편, 자판금액의 중심상품별 구성비는, 음료 39.7%, 담배 28.4%, 표 24.1%의 순으로 되어있고, 이 3분야는 전체의 92.2%를 차지하고 있다. 그러나 일본은 창의력을 앞세운 새로운 자판기를 시장에 선보임으로써 다양한 자판기를 생산하고 있다. 양계장으로 유명한 니가타현新潟縣과 야마가타현山形縣에는 신선한 계란을 공급받을 수 있는 계란자판기가 있으며, 오키야마沖山의 이와쿠라岩倉 온천의 온천수 자판기, 고베神戸에는 보석자판기 등이 있다.

_ 자동판매기의 실태

자판기는 사업자가 일일이 소비자를 만나지 않아도 되기 때문에 인건비를 줄일 수 있고 장소와 시간에 구애받지 않는다. 그러나 상품이 떨어지기 전에 보충을 해주어야하고, 고장이 났을 경우 즉시 수리해야 하는 등의 관리가 필요하다.

이러한 불편한 점을 해결하기 위해 일본의 도요타 자동차는 캔, 음료 등 자판기에 들어가는 상품보충작업을 휴대폰을 이용해 효율적으로 수행할 수 있는 시스템을 개발했다. 이 시스템을 이용하고 있는 자판기는 판매된 상품의 종류, 숫자를 메모리하는 장치와 휴대폰 단말기가 내장돼 있어, 배송트럭, 영업소와의 직접 통신이 가능해져 필요한 보충량, 품질여부, 고장유무 등의 정보를 즉시 알 수 있다. 상품 품질이나 자판기 고장 등 문제가 생겼을 경우, 휴대폰을 통해 자동으로 영업소의 컴퓨터로 전송된다. 영업소는 다음날 이 데이터를 기초로, 이후의 보충스케줄을 짜기 때문에 상품의 교환, 재고 관리가 효율적으로 이뤄질 수 있다.

또한, 물건을 살 때마다 일일이 돈을 넣지 않아도 휴대전화를 이용한 무선 인터넷으로 상품을 구입할 수 있는 자판기가 일본에서 등장했다. 일본 코카콜라와 I 모드에 가입한 후 회원 등록절차만 끝내면, 휴대전화로 물건을 살 수 있는 것이 특징이다. 이용자의 회원 등록 시 본인 확인을 위해 정해진 특수 바코드를 휴대전화로 수신한 후, 10엔에서 5엔을 "시-모"로 이름 지어진 자판기에 사전 입금시킨다. I 모드상의 메뉴에서 사려는 품목을 선택한 후, 자판기의 판독장치에 휴대전화를 갖다 대면 본인 여부가 확인된다. 확인절차가 끝나면 상품이 투입구로부터 나온다. 이처럼 체계적인 오토화와 다양한 시도에 힘입어 일본자판기는 빠른 속도로 성장하고 있으며 나날이 발전하고 있다.

그러나 자판기 이용의 편리함의 이면에는 문제점도 많다. 첫째, 빈 용기의 처분과 재활용문제이다. 환경, 경관의 미화를 위해, 빈 용기의 처분대책으로 자판기 1대에 빈 용기 회수박스 1개를 설치하는 것을 기본으로 하고 있다. 또 신규 설치하는 자판기에는 통일미화마크를 반드시 첨부하도록 하고 있다. 회수박스에 투입된 빈 용기는, 회수, 분별되어 재활용되고 있다. 폐기되는 모든 자판기는, 전국 8개소의 배출장에 일단 모아져, 그 후 적당히 처리되고 있다. 위탁처리업자에 대해서도 신뢰할 수 있는 업자를 엄격히 선정하고, 냉매로서 사용되는 프론가스에 대해서도 모두 회수하여 무해화하고 있다.

둘째, 소비전력량의 문제이다. 일본 총 발전량의 약 0.1% 정도를 차지하고 있는 자판기 소비전력량을 억제하는 대처법을 강구하고 있다. 그 예로 한여름인 7월~9월에 걸쳐 오후 1시~4시 사이 냉각운전을 자동적으로 정지하여, 1대당 에너지 소비량을 10% 이하로 삭감할 수 있는 에코벤더ecovender가 개발되었다. 1993년 말에는 전 자판기 중 43%였던 에코벤더가 2000년도에는 54%까지 보급, 확산되었다. 또한, 정부 및 자판기 제조업계는 단열재의 개선, 형광등의 자동점멸 등, 소비전력량이 감소를 위해 노력하고 있다.

셋째, 미성년자 보호문제이다. 일본의 술과 담배 자판기는 심야(오후 11시~다음날 5시) 가동을 정지하고 있다. 술 판매 업계에서는 국세청의 지도에 따라, 옥외설치의 종래형인 술자판기를 철폐하고, 미성년자가 구입할 수 없는 개량형 자판기로의 교체를 시도하고 있다. 개량형 술자판기란, 이용자의 연령을 운전면허증이나 ID카드 등으로 확인하고, 미성년자에게는 판매를 금지하는 시스템이다. 이는 극소수이긴 하지만, 미성년자를 보호하기 위한 노력을 엿볼 수 있는 단면이다.

자판기는 일반 유인점포가 미치지 않는 적재적소의 위치에 설치되어 구매의 편리성을 가져다 줄 수 있고, 일정시간이면 문을 닫는 일반 점포와는 달리 언제 어떠한 시간이라도 이용할 수 있다는 이점이 있다. 그러나 그 이면에는 빈 용기의 처분과 리사이클, 소비전력량의 억제, 미성년자보호 등의 사회문제도 내포하고 있다.

스스로를 분석하는 일본인

일본인만큼 자기네 민족을 논하고 분석하기 좋아하는 국민은 아마 없을 것이다. 물론 세계의 거의 모든 나라가 자기네 민족의 정통성이나 독자성을 강조함으로써 애국심과 단결심을 고취하고자 하였다. 그러나 자민족의 독자성을 논하는 일본인의 연구는 그러한 애국심이나 단결심의 고취를 넘어, 그네들의 문화적인 정체성의 확인에도 그 목적을 두고 있다는 점에서 특이하다 할 수 있다.

섬나라라는 일본의 지리적 위치는 중국을 중심으로 한 동양의 문화와 네덜란드 포르투갈을 통한 서구의 문화를 다각적으로 수용하기에 더할 나위 없는 위치였다. 그러나 그로 인해 일본인은 자문화의 정체성에 대한 불안한 우려를 하지 않을 수 없었다. 그러한 우려 속에서 일본인은 그네들만이 지니는 독자성을 인식함으로 그 정체성을 확인코자 하였고, 그것을 어떻게 증명할 것인가를 숙제로 삼았다.

일본인의 독자성 인식을 위한 자구적인 노력은 지금까지도 이어지고 있다. 여전히 그들은 일본을 논하고 일본적인 것을 말한다. 과연 일본인은 어떠한 방법으로 자신들의 독자성을 인식하고자 하였는가? 그러한 인식이 현재의 일본인에게는 어떠한 영향을 미치고 있는 것인가?

_ 우리라는 의식의 형성

일본인이, 자신들은 타민족과 다르다고 하는 자기네만의 독자성을 형성했던 것은 에도 시대江戸(1603~1867) 이전으로 생각할 수 있다. 에도 시대 사람들은 이미 자신들은 중국이나 한반도의 사람들과는 다르다는 생각을 가지고 있었다. 17세기 초엽부터 1811년에 걸친 조선 통신사의 방문 기록에는 거리로 몰려나와 이들 통신사의 행렬을 구경하던 일본인들에 대한 기록이 전해지고 있다. 그들은 자신들과는 다른 옷을 입고 다른 모습을 한 타민족의 모습을 보면서, 자신들만의 고유의 색채를 인식하였을 것이다. 즉, 그들은 타인을 통해 우리라는 의식을 다졌다. 이 시기부터 일본인들은 중국식 사고와 일본적인 사고를 비교하고 일본 정신의 진수를 모색, 강조하는 한편, 일본의 정통 학문인 국학을 활성화하였다.

_ 국학을 통한 독자성의 발견

일본인의 독자성 발견을 위한 움직임은 18세기 초엽의 국학으로 거슬러 올라가는데, 국학의 연구는 시가나 문학 연구에 중점을 둔 고학古學으로서의 관심과, 신도神道의 부활에 중점을 둔 도학道學으로서의 관심에서 비롯되었다 할 수 있다. 이 두 종류의 관심은 국학자들에게 다양한 형태로 계승되어 갔다. 가모노 마부치賀茂眞淵는 만요슈万葉集(일본에서 가장 오래된 시가집, 총 20권)이라는 8세기의 시가집이 고대 일본인의 서정적 세계를 어떻게 일깨워 주었는가를 보여주었고, 모토오리 노리나가本居宣長는 고대시의 연

구를 발전시켜 중국의 사고법에 반하는 모노고코로物ごころ(사물의 정취) 사상을 중심으로 한 독특한 가학歌學을 전개하였다. 이러한 국학의 확산은 외래 문화가 깊게 침투하기 이전의 일본인에 대한 정통적 순수함을 찾고자 하는 의도에 기인된 것이었다.

한편, 히라타 아쓰타네平田篤胤는 도학으로서의 국학을 연구하여 신도에 종교적이고 규범적인 성격을 부여함으로써 외국의 종교와 사상에 대하여 그 우월성을 주장하였다. 아쓰타네의 영향으로 국학은 보다 능동적인 사상으로 전개되었는데, 이러한 방향성은 신격화된 천황을 중심으로 한 민족의 통합 개념 속에서 민족의 독자성과 정체성 확립에 커다란 몫을 차지했다 하겠다.

_ 일본인론의 등장

아쓰타네의 영향을 받은 신도는 그 후 천황의 신격화와 그에 대한 실천을 더욱 강조하였으며, 그 결과 존황 운동, 그리고 전쟁과 전쟁 중의 민족 사관에 지대한 영향을 미쳤다. 그러나 전쟁이 패배로 끝나게 되면서, 전후의 일본인들 사이에는 자성의 분위기가 확산되었고, 그 속에서 일본인은 자신의 정체성을 자기 자신 즉 일본인 안에서 발견하고자 눈을 돌린다. 때를 같이 하여 일본이라는 나라와 일본인이란 인종에 대해 관심이 높아진 세계의 여러 나라에서는 일본인을 연구하고 논하기 시작했고, 이에 일본인은 타인의 눈으로 본 자신들의 모습을 그대로 받아들이고 거울로 삼는 태도를 보였다. 이렇듯 일본인의 내·외적인 연구 속에서 등장하게 된 것이 바로 일본인론이라는 학문이었다.

일본인은 언어, 사회, 정신 문화 등 다양한 각도에서 스스로를 연구하고

자 했다.

마쓰모토 미치히로松本道弘는 비언어적이고 비논리적인 일본인의 언어 양식을 하라게이復芸(연극 등에서 대사에 의존하지 않고 무언으로 심중을 나타내는 일)를 통해 설명하고자 했고, 나카네 치에中根千枝는 그의 저서인 『일본 사회의 인간관계タテ社会の人間関係』를 통해 집단적이고 관계주의적이며 종적인 일본의 사회 구조를 설명하고자 했다. 또, 도이 다케오土居健郎는 응석의 개념을 통해 수동적이고 타인 의존적인 일본인의 정신 문화를 설명하기도 했다.

1970년대에 일·미 무역의 문제가 표면화되었을 때, 미국 측은 이것을 무역 불균형trade imbalance이라는 정치 경제의 문제로서 취급했다. 그러나 일본의 미디어는 이것을 무역 마찰이라는 말로 표현함으로써 그것을 문화의 차이에 대한 문제로서 인식하려 했다. 즉, 언어를 통한 논쟁을 즐기는 미국의 문화에 대해 침묵의 미를 중시하는 일본의 문화로 인해, 일본의 입장이 제대로 미국 측에 전달되지 못하고 이에 따라 오해와 마찰을 낳았다고 하는 것이다. 오늘날의 일본인은 이처럼 사회 전반에서 나타나는 여러 가지 현상들을 일본의 문화적 특이성이나 독자성 등으로 설명하려는 경향이 있다. 그러한 설명 과정을 통해 문화의 독자성을 다시 한 번 인식하려는 사고가 그 바탕에는 깔려 있는 것이다. 자신의 정체성을 확인하고자 하는 일본인의 시대를 거듭한 노력은 스스로를 논하기 좋아하고 분석하기 좋아하는 하나의 국민성으로까지 자리하게 되었다.

세계 속의 일본인

우리는 일본인에 대해 속을 알 수 없는 민족이라든가 부끄러움을 잘 타는 민족, 조잡함, 친절, 집단주의 등의 여러 가지 어구들로 그들을 표현한다. 서점가에서는 '일본인론'이라는 이름으로 일본인의 성향에 대해 고찰한 책들이 가끔 베스트셀러의 대열에 끼기도 한다.

일본인론. 그것은 한 마디로 말하면 우리들이 보는 그네들의 인상에 대한 논의라 할 수 있겠다. 이러한 일본인론은 자국自国인 일본은 물론 우리나라뿐만이 아닌 세계의 여러 나라에서 논해져 왔다.

일본인들은 시대에 따라 변화하는 자신들에 대한 평가를 통해 자신들의 아이덴티티를 인식하고자 했으며, 세계의 여러 나라들은 일본인론을 통해 일본이라는 나라의 수수께끼를 풀어 일본에 대한 자국의 대응책을 모색코자 하였다. 다음에서는 일본인의 정신구조, 집단성, 시스템 등을 논한 외국의 여러 저서들을 통해 외국인에 의한 '일본인론'의 계보(표 참조)를 간략하게나마 그려보고자 한다.

_루스 베네딕트『국화와 칼』(1946년)

'일본인론'이라는 논의의 첫 성과는 미국의 문화 인류학자 루스 베네딕트의『국화와 칼』(1946)이었다. 구미 일본인론의 고전이라 할 수 있는 이 책은 베네딕트가 제2차 세계대전 중에 적국에 대한 연구의 하나로서 저술했던 일본인론이다. 작은 섬나라 일본이 어떻게 세계를 상대로 싸울 수 있는지를 일본인의 정신 구조를 통해 해명하고자 했다.

그녀는 '예의 바르나 불손하고', '고루하나 순종적이며', '용감하나 소심한' 이라는 일본인의 이면성을 지적하고, 일본인의 특질을 '집단주의', '의리', '수치의 문화'라는 개념으로 결론지었다. 또, 외국인이 쓴 일본인론에 대한 일본인들의 과민하면서도 과잉한 관심을 예로 들면서, 도덕의 기준을 죄의 내면적 자각(죄의 문화)에 두고 자신을 다스려 가는 서구의 문화와 주위 사람들을 의식하면서 타인의 비판을 기준으로 삼는 일본의 문화 즉 '하지恥(수치 또는 부끄러움)의 문화'를 대비시켰다. 일본인의 행동 규범을 의리와 하지恥에서 구한 이 책은 커다란 화제가 되었다. 전후의 혼란기, 미국인의 관심은 일본에 대해서가 아닌 일본인이라는 별난 인종에 있었다.

그러나 1968년 일본이 GNP 세계 제2위라는 괄목상대刮目相對의 경제 성장을 이룩하게 되자 일본을 바라보는 세계의 시각 또한 달라질 수밖에 없었다. 베네딕트의 흐름을 잇는 저서로 라이샤워의『더 제패니즈The Japanese』라는 책이 나오긴 하였으나, 이 같은 단순 분석적인 일본인론은 라이샤워에서 일단락 지어진다. 그러면서 일본인론은 일본의 경제 성장과 조락에 따라 각기 그 모습을 달리하게 된다.

_ 에즈라. F. 보겔 『Japan as No. 1』(1979년) & 빌 에모트 『태양은 다시 진다』(1989년)

일본이 고도의 경제 성장으로 세계 무대에서 경제 대국으로 당당히 자리매김되고 있을 때 일본을 모범으로 삼자는 일본 예찬론적인 서적이 얼굴을 내밀었다. 하버드 대학의 아시아 연구소장이었던 보겔은 세계의 어느 나라보다도 탈脫공업화 사회가 직면하는 문제를 능숙하게 잘 처리해 왔다는 점에서 일본을 넘버원이라고 말한다. 그러나 이 배경에는, 여러 제도의 부작용을 일으키고 있음에도 타인에게서 배우려고 하지 않는 미국에 대해 일본을 추켜세움으로써 위기감을 조성하려는 숨은 의도도 있었다고 할 수 있다. 어쨌든 당시 일본인은 이것을 직설적인 일본 예찬 서적으로 받아들였다.

그러나 재팬 에즈 넘버원과는 달리 일본이 최전성기의 경제 가도를 달릴 때 일본 경제의 조락을 예고하는 책이 등장하기도 한다. 이코노미스트지 비지니스 부문의 편집장이었던 빌 에모트는 일본이라는 태양은 이제 다시 진다고 주장하고 미국의 복권을 호소했다.

'경제 절정의 이후에는 하락이 기다리고 있다. 일본 경제의 성장원이었던 높은 저축률, 무역 흑자, 젊은 층이 많다는 이점이 가져다준 자본 잉여는 오래 지속되지 않을 것이다'라고 말하고, 일본의 영구적인 발전은 있을 수 없다고 결론지었다.

이러한 주장에 대해, 단기적인 요인으로 장기적인 현상을 추측하는 등 논리가 조잡하다는 비판도 있었다. 그러나 당시 더 이상 외국에서 배울 것은 없다며 방자해져 있었던 일본이 에모트의 경고에 조금이라도 귀를 기울였다면 오늘날의 침체에까지는 이르지 않았을지도 모르겠다.

_ 이어령 『축소지향의 일본인』(1982년)

한편 우리 나라에서도 본격적인 일본인론이 대두되기에 이른다. 사실 일본인을 바라보는 시각에 있어서는 성리학이나 주자학 등 사상적 공통 분모를 가지고 있는 동양 쪽이 서구보다는 훨씬 첨예하다 해야 할 것이다. 일본인을 논하는 목적 또한 일본의 경제적인 면을 부각시켜 어떻게든 자국의 실리에 꿰어 맞추려는 서구와는 달리, 동양의 입장에서는 그네들에 대한 정의와 이해를 통해 자국의 역사와 현재를 재조명해 보려는 의도가 더 크다고 할 수 있다.

1982년 이어령은 『축소지향의 일본인』을 발표하여 당시의 일본 문화계를 떠들썩하게 만들었다. 그는 일본인들이 작고 예쁜 물건 만들기에 탁월하다는 사례를 들어 일본인에 대한 논의를 전개해 나갔다. 도시락, 분재, 꽃꽂이, 다실 등의 전통적인 문화와 소형화 고성능화를 지향하는 트랜지스터 라디오 같은 현대의 사례를 들면서 일본인들의 문화적 지향성은 사물을 축소하여 자신들의 손으로 쉽게 관리할 수 있는 영역 안으로 사물이나 우주관을 축소하여 넣는 데서 만족감과 안정을 얻으려는 경향이 있다고 지적했다.

아울러 그는 임진왜란이나 근대의 제국주의적 발상 등 일본이 축소지향이 아닌 확대지향을 추구하려던 때에는 항상 실패와 외부에 대한 피해만이 뒤따랐을 뿐이라는 점을 주지하고, 축소지향적 성향이야말로 일본인들을 부흥케 하는 일본적 아이덴티티임을 역설하였다.

이어령은 특히 한국어판 서문에서 한국의 젊은 독자들에게 '젊은이들이여, 지적 용기를 가지고 일본인을 떳떳이 바라보는 맑은 시선을 가질 수 있게 되길 빈다'고 했다. 다양한 역사적 사실과 현대의 사례를 통해 일본적 성향의 핵을 축소지향에 둔 이 책은 서구인이 아닌 동양인의 눈으로 본 예리한 일본인론으로서 지금까지도 명저라는 평을 얻고 있다.

이상, 외국인이 보는 일본인에 대한 견해를 위의 네 저서를 통해 간략하게 살펴보았다. 일본인에 대한 논의는 제2차 세계대전을 기점으로 지금까지 활발히 진행되어 왔다. 최근에는 경제 성장이라는 그늘에 가려진 일본인의 인간적 삶의 문제를 부각시킨 칼레르 반 월플랜의『인간을 행복하게 하지 않는 일본이라는 시스템』과 같은 책들도 많이 나와 있다.

일본인을 바라보는 시각은 일본에 얽힌 각 나라의 역사적 배경과 또 일본이 처한 상황에 따라 언제라도 변할 수 있는 것이라 생각된다. 중요한 것은, 일본인론을 통해 일본인을 보는 시각의 변화를 감지하여 그것을 얼마나 유효 적절하게 세계의 흐름에 적용시켜 나갈 수 있느냐 하는 문제일 것이다.

일본인론. 그것은 일본인은 어떤 민족이라는 일본인에 대한 정의 내리기가 아니라, 그것에 대한 포괄적 수용과 적절한 응용인 것이다.

【외국인에 의한 일본인론의 변천】

· 전후의 부흥기	1946年 『국화와 칼 菊と刀』, 루스 베네딕트(Ruth Benedict) 1948年 『닛퐁일기 ニッポン日記』, 마크 · 게인(マーク · ゲイン) 1950年 『서구세계와 일본 西欧世界と日本』, 산손(G. B. サンソン) 1958年 『일본의 경영 日本の経営』, 제임스 아베글렌(James C. Abegglen)
· 고도경제성장기	1962年 『놀랄만한 일본 驚くべき日本』, 노먼 · 마클레 ノーマン · マークレー 1970年 『초대국 · 일본도전 超大国 · 日本の挑戦』, 하만 · 칸 ハーマン · カーン 1979年 『ザ · ジャパニーズ』, 에드윈 라이산어 (Edwin Oldfather Reichauer) (The Japanese) 1979年 『ジャパン · アズ · ナンバーワン』, 에즈라 보겔 (Ezra F. Vogel) (Japan as NO.1)
· 加速하는 일본경제	1981年 『日本成功の代償』, 드라카(P. F. ドラッカー) 1982年 『축소지향의 일본인』, 李御寧 1982年 『通産省と日本の奇跡』, 존슨 チャーマーズ · ジョンソン 1983年 『日本を裸にする』, エコノミスト誌編
· 버블경제의 붕괴	1989年 『日本はまた沈む』, 빌 · 에모트 ビル · エモット 1989年 『日本封じ込め』, 파로즈 ジェームズ · ファローズ 1994年 『人間を幸福にしない日本というシステム』, 웰트렌 カレル · ヴァン · ウァルフレン

日経BP社編 『日経ビジネス』 1999년 7월 26일 참조로 작성.

재일코리안

재일코리안이란 어떤 사람들인가? 젊은 대학생들에게 질문은 던져보면 생각해 본적도 없는 질문에 당황스러워하며 추측하여 '일본인' '북한사람' 등의 어의 없는 대답과 '일본에 사는 한국인'이라고 추측하면서도 왜 그들이 거기서 살게 되었는지 확신 없는 대답을 한다.

그러면 재일코리안은 과연 어떤 사람들인가? 저자는 재일코리안의 정의를 1910년 이전에 일본에 거주한 사람들의 가족과 후손, 그리고 1910년 8월 22일의 '한일병합조약'으로 부터 일본이 패전한 1945년 8월 15일까지 일본에 거주한 그 가족과 후손을 가리킨다. 호칭으로는 일본에서는 '재일조선인' '재일한국·조선인' '재일코리안' 등이 있다. '재일코리안'은 1980년대 후반대부터 자주 사용되고 있다. 재일코리안이라는 용어는 남과 북을 평등하게 다 포함한 용어로 선호되고 있다. 한국에서는 '재일동포'와 '재일교포'를 사용했지만, 최근에 들어와서는 '재일코리안'이라는 용어로 사용하는 추세이다. 재일코리안의 국적은 '한국적(민단계)' '조선적(조총련계)' '일본적'으로 나누어지나, 저자는 모든 국적을 포함하여 재일코리안으로 총칭한다.

재일코리안의 역사를 제2차 세계대전 이전과 이후로 나눠서 간단히 살펴보기로 한다.

_ 제2차 세계대전 이전의 역사

재일코리안 형성 과정에 관해서 4개의 시기로 나눠 볼 수 있다.

첫 번째 시기(1909년 이전)는 한일병합 이전으로 조선인은 외국인 노동자로, 일본 거주가 원칙적으로 인정되지 않은 시기이다.

두 번째 시기(1910~25년, 유치기)는 전기와 후기로 세분된다. 전기(1910~19년)는 1910년 한일병합으로 인해 법적으로 조선인의 일본 입국은 자유롭게 됐지만 실제로 일본으로 건너간 조선인은 많지 않았다. 따라서 노동인구가 부족한 일본 기업이 조선 노동자를 모집하게 되었다. 1919년까지 거주 인구는 3만 6천 명이고, 남성 단신의 이주가 주였다. 후기(1920~25년)가 되면 1918년 미국 파동으로 상징되는 일본의 식량 위기상황을 극복하기 위해 1920년에 조선총독부가 내놓은 산미증식계획으로, 조선 농촌사회에서 이동하는 인구는 급증하는 상황이 되었다. 그 결과 1925년에 18만 7천 명에 이른다.

세 번째 시기(1926~38년, 억제기)는 1926년부터 산미증식계획이 실시되기 시작하여 조선농가에서 살기 힘들게 되어, 일본에 건너가는 사람이 많았다. 1931년 만주사변을 거쳐 국가총동원법 시행직전까지 거주인구의 변화는 1930년 약 41만 명에서 1938년 약 88만 명으로 급증했다.

네 번째 시기(1939~45년, 강제징용기)는 1938년 국가총동원법 및 1939년 국민징용령을 받아 이른바 강제연행이 열린 시기로 거주인구의 연평균 증가 수는 20만 명이 넘는 방대한 것으로, 1945년에는 약 210만 명에 이른다.

_ 제2차 세계대전 이후의 역사

1945년 일본의 패전당시 재일코리안은 약 210만 명에 달했다. 그 중 본국에 많은 사람들이 귀국했지만 여러 사정이 있어 남은 사람도 많았다. 이 사람들과 후손이 남아 일본에 정착하게 되어, 전후의 인구는 60만 명 안팎을 지속하고 있었다.

1952년 샌프란시스코 강화조약이 발효, 재일코리안은 일률적으로 일본 국적을 상실하고 외국인등록법에 의해 역사적인 특수 조건을 무시하고 일반 외국인과 마찬가지의 적용을 받게 되었다. 즉, 일본에서 약 반세기 살았던 재일코리안과 그 자손은 위상이 변화하고 외국인으로 처우 받게 된 것이다. 그 결과, 각종 제도적 제한, 차별이 생겨났다. 동화·억압 정책은 근본적으로 바뀌지 않고, 일본인의 재일코리안 멸시와 차별은 끊이지 않았다. 일본 국적을 가지고 있지 않기 때문에 법적 문제·참정권 문제·고용·생활 등의 차별을 안고 있다. 따라서 재일코리안은 차별에 저항하며 생활하는 사람도 많지만, 그 불이익을 피하기 위해 일본 국적으로 귀화하는 사람도 점차 늘어나고 있는 상황이다.

_ 재일코리안 형성과정

재일코리안 형성과정은 재일코리안의 인구가 많은 지역과, 근대 공업지대형성과정에서 노동자로서 모집되거나, 강제연행에 의해서 일본에 건너온 재일코리안, 혹은 그 자손들이 많고, 공업지대에서 일했던 재일코리안이 많았던 두 지역, 오사카시大阪市와 가와사키시川崎病市를 중심으로 보도록 한다.

‖ 오사카시 제2차 세계대전 전후의 밀집지역 형성과 현황 ‖

오사카시 재일코리안 노동자의 등장은 1910년 이전 거의 보이지 않았고, 급격히 증가한 것은 한일병합 이후이다. 1911년 셋쓰攝津방직공장을 시작으로 처음에는 자진 이주하려는 것이었지만 대부분은 기업의 권유와 모집에 의해서 왔다. 1920년대 들어와서 입국이 촉진된 요인으로, 한신阪神공업지대의 중요한 거점인 오사카 공업도시화를 들 수 있다. 따라서 노동력 공급이 요구되고 토목 건설, 섬유 산업을 비롯한 소규모 공업에서 재일코리아 노동자가 몰려 들어왔다. 또한 한신공업지대는 저임금 노동자를 찾아 오사카방직 등이 제주도에 들어가서 직공 모집 등을 실시했다. 한편 제주도 사람들에게도 경제상에 절실한 요구, 즉 수입 확보가 필요했었다. 오사카 측의 노동력 수요와 제주도민 측의 입국 희망을 연결하는 것으로, 제주도 도청에 의한 일정한 도항장려정책이 지적된다. 1923년 제주도-오사카 간의 직항로 개설을 계기로 오사카에 도항이 매우 쉽게 되었다. 그 결과 1934년 당시 재일코리안 인구는 53만 8천 명으로, 그 중 오사카 거주 재일코리안은 17만 1천 명으로, 약 32%가 오사카에 있었던 것을 알 수가 있다.

특히, 오사카에서도 이쿠노구生野区에 재일코리안이 가장 밀집되어있다. 이쿠노(구, 猪飼野)에 언제부터 재일코리안이 형성되었는가 하면 히라노강平野川개수공사에 종사했던 재일코리안이 이쿠노구에 살기 시작하면서부터이다. 이쿠노구는 다이쇼大正말기, 3~4만 명의 재일코리안이 거주했는데, 이것은 히라노운하공사를 위해 수많은 노동자로 모인 것이 기원이 되었고, 공사완료 후에도 운하를 따라서 이쿠노일대에 살기 시작했다고 한다. 또한 1923년 제주도-오사카 항로 개설을 계기로 인구는 급증했다. 제주도에 직접 가서 노동자 모집에 나선 것은 간사이방적關西紡績, 방직紡織, 조선造船,

제강製鋼 관련기업이었다. 그 대부분이 가장 하층 노동자로, 이쿠노구 주변에 살기 시작한 것이다.

현재 오사카에서 재일코리안 인구는 9만 4천 명 정도로 일본에서 가장 많은 지역이다. 이쿠노구만으로 오사카에 거주하는 재일코리안 인구의 약 40%가 밀집되어있다.

‖ 가와사키시 제2차 세계대전 전후의 밀집지역 형성과 현황 ‖

가와사키에는 현재 약 9천 명의 재일코리안이 거주하고, 그 절반 이상이 게이힌京浜공업지역에 속하는 남부지역에 집중되어있다. 재일코리안의 가와사키로 이주는 1910년대부터 시작되어 게이힌공업지대의 발달과 1924년 시의 정책이 시행된 가와사키시의 발전과 겹쳐 있다.

1910년 이후, 가와사키시 남부에는 일본강관日本鋼管을 비롯해 후지방적富士紡績, 스즈키鈴木상점(현, 味の素), 도쿄東京전기(현, Toshiba)의 공장진출에 이어, 1917년에는 아사노浅野시멘트(현, 第一セメント)가 다지마田島마을에 공장을 건설했다. 1919년, 다마가와多摩川에서 채취한 자갈을 운반하기 위해서 다마가와자갈철도(주)가 설립되었고, 이 시기에 다마가와 자갈 채취 인부로 재일코리안이 일하고 있었다. 즉, 가와사키시의 재일코리안은 게이힌공업지역 창조기 시절부터 거주했고, 공장 건설을 위한 인부나 건설노동자로 일하고 있었기 때문이다.

1923년에 관동대지진이 발생 가와사키지역에도 지진방지 재건사업에 따른 대규모 인력 수요가 발생, 1931년 만주사변발발에 의한 군수생산의 증대와 함께 더 많은 노동자가 필요로 했다. 1939년에 강제연행이 시작되자, 일본강관은 현재 이케가미초池上町 일대를 인수하고, 군수공장(현, 京浜製鐵所六管工場) 건설에 착수했다. 따라서 노동자로서 재일코리안이 집중적으로 증가했고, 전쟁 말기에는 아마 수천 명에서 1만 명의 재일코리안이 이 지역에서 노동했다고 짐작되고 있다. 1945년 일본의 패전은 재일코리안에게는 해방이었고, 징용이라는 이름으로 강제연행 되어온 사람의 대다수가 단신이어서 가족을 기다리는 조국으로 돌아갔다. 하지만 많은 재일코리안이 남았다.

현재 가와사키시의 재일코리안 인구는 가와사키구에 집중되어 있다. 그 이유로 가와사키구는 공장지대이고, 모집 또는 강제연행에 의한 재일코리안 노동자가 많이 분포하고 있었기 때문이다. 그 중에는 한국으로 돌아간 사람도 있지만 나머지 사람들은 이 지역에 정착한 것으로 보인다. 또 남은 사람과 같은 고향사람들이 이곳에 모인 것으로 추측할 수 있다.

_ 재일코리안 인구와 출신지

일본의 도도부현都道府県에 있어서 재일코리안의 인구를 보면 일본전국에 분산되어 거주하고 있다. 특히, 서일본 지역에 재일코리안의 인구가 많다. 도도부현에서는 오사카부大阪府가 가장 많고, 다음으로 많은 지역은 동경도東京都, 그리고 효고현兵庫県, 아이치현愛知県, 교토부京都府, 가나가와현神奈川県순이었다. 오사카부는 약 16만 명 정도로 재일코리안의 30%를 차지하고 있다.

재일코리안의 본국에 있어서의 출신지에 관해서는 경상남도와 경상북도를 합친 경상도가 50%로 가장 많고, 다음으로 제주도가 17%, 서울을 포함한 경기도가 14%, 전라남도와 전라북도를 합친 전라도가 9%순으로 기타를 제외한 남한출신이 전체의 98%를 차지하고 있다. 북한 출신은 0.5%에 불과했다(2005년 기준). 하지만 우리는 흔히 재일코리안의 조총련계 출신지는

다 북한이라고 생각하는데 그것은 잘못된 생각이다.

출신지 중에서 경상도가 가장 많고, 다음으로 제주도가 많다. 이러한 이유로 두 지역은 지리적으로 일본에 가까운 것을 들 수 있다. 또 하나는 이 지역과 일본을 연결하는 1923년 제주도-오사카 간의 직행항로와 부산-시모노세키 간의 직행항로의 개설을 계기로 경상도와 제주도 출신들이 일본으로의 도항이 매우 쉽게 되어 이 두 지역 출신자들이 많은 것은 당연한 일이다.

_ 재일코리안의 직업

재일코리안은 사회적 차별 속에서 직업을 선택하는 데도 어려움이 많았다. 유학시절 알게 된 재일코리안 한 분은 교토京都 대학 경제학과, 소위 일류대학을 졸업했는데도 취직을 하지 못해, 어쩔 수 없이 자영업(토목 건축업)을 하고 있다고 했다.

이와 같이 재일코리안의 직업 중 자영업이 특히 많은 것은 고용해 주는 일본기업이 없었기 때문으로, 겨우겨우 먹고 살기 위해 선택한 소규모 영세업이다. 일반적으로 일본사람들이 하지 않는 직업으로 파칭코パチンコ점, 불고기집燒肉屋 등 식당경영, 고철 수집 및 판매업, 토목건축업, 운수업 등에 종사하는 사람이 비교적 많다. 그 외에 가수, 배우, 운동선수, 소설가, 영화감독 등 자유업에 종사하는 재일코리안들의 활약도 눈부시다. 최근, 재일코리안의 취직상황은 많이 나아졌다. 70년대에 있었던 취직차별 소송이 하나의 전환점이 되었다. 히타치日立 회사에 입사한 재일코리안이 차별대우를 받아 소송을 일으킨 것이다. 그 후로 취직차별이 완전히 없어진 것은 아니지만, 법적 지위 문제에서의 차별의 완화와 더불어 직업 선택과 경제활동의 폭도 넓어지고 있다.

__ 재일코리안의 법적 지위 문제

제2차 세계대전 후, 연합국의 점령 하에 놓인 일본은 무정부상태가 계속되어 일본에 남게 된 230만 명의 재일코리안들은 법적 보장 면에서 매우 불안한 위치에 놓이게 되었다. 연합국사령부(GHQ)는 처음에는 재일코리안를 해방국민으로 대우하였으나, 1947년 5월에는 외국인 등록령을 발령하여 재일코리안의 국적을 외국인, 즉 조선으로 등록시켰다. 이에 샌프란시스코 평화조약이 발효(1952. 4. 28)되자 재일코리안의 법적 지위 문제는 한일회담 개최의 중요한 의제의 하나로 부상하였으며 제1차~7차에 걸친 회담을 통해서도 진전을 거의 보지 못했다.

1965년 6월 22일 국교정상화에 따라 협정서에 '대한민국 국민이 일본의 사회질서 하에서 안정된 생활을 영위할 수 있도록 하는 것이 양국 간의 우호증진에 기여한다'라고 하는 기본정신을 명시하였다. 그리하여 국교정상화에 따른 '대한민국과 일본국 간의 일본국에 거주하는 대한민국 국민의 법적지위 및 대우에 관한 협정'을 통하여 재일코리안 사회에는 커다란 변화가 일어나기 시작했다.

그러나 이 협정의 제4조에는 재일코리안의 의무교육, 생활보호, 국민건강보험 등 3항목이 명기되어 있으나, 실제로 재일코리안의 법적 지위협정은 사문화하여 기본적 권익이 지켜지지 않았다. 더욱이 일본 정부는 복지제도에 국적조항을 만들어 넣어 재일코리안에 대해서는 협정조약에 없다는 이유를 구실로 사회복지제도도 적용대상에서 완전히 배제하였다.

이와 같이 재일코리안에 대한 법적차별 문제가 대두된 것은 비단 어제 오늘의 일이 아니다. 그간 일본 정부의 외국인에 대한 법적차별은 재일코리안들의 줄기찬 차별철폐운동과 우리 정부의 외교노력에 힘입어 개선되고 있으나 아직도 많은 부분에서 지속되고 있다.

1974년 히타치 제작소 취업차별재판의 승소를 시작으로 1977년 사법연수생이 처음으로 채용되었고, 1982년에는 국공립대학 교수임용법안이 성립되었다. 같은 해에 국민연금법, 아동수당법 등의 국적조항이 철폐되었으나, 고령자의 연금수혜는 아직까지 차별로 남아 있다. 1991년 11월 특례법 제정으로 전쟁 전부터 체류하고 있는 재일코리안 및 그 자손들은 특별영주자의 자격을 갖게 되었다. 그리고 국공립 교원채용시험에서 전국적 규모로 국적조항이 철폐되었으나, 채용자격은 상근 강사로 한정했다. 1992년 외국인등록법이 개정되어 대표적인 차별제도인 지문날인제도는 완전히 철폐되었으나, 외국인 등록증 상시휴대, 재입국 허가제도 및 공무원의 관리직 승진, 임용제한 등 실생활 관련 차별제도를 유지하고 있어 외국인의 요구수준에는 미흡한 실정이다.

또한 재일코리안들은 일본인과 같이 세금을 내고서도 국적조항에 묶여 지방선거 참정권이 없다는 것은 일본사회가 여전히 재일코리안를 차별하고 있다는 단적인 증거임에 틀림없다.

재일코리안이 일본에서 태어나 일본에서 생활하고 있는 영주외국인임에도 불구하고 지방선거권을 행사할 수 없는 것은 위헌이라는 소송에서 1995년 최고재판소에서는 법률로써 지방선거권을 부여하는 조치를 강구하는 것은 헌법상 금지되어 있지 않으며, 그러한 조치를 마련할지 여부는 국가의 입법정책에 관한 사항으로 입법재량에 해당한다고 하였다. 이와 관련해 김대중 대통령은 방일 때 재일코리안에게 참정권을 달라고 요청해 일본 정부로부터 긍정적으로 검토해 보겠다는 답변을 얻어낸 바 있다. 또한 2000년 8월에 일본을 방문한 김종필 한·일의원연맹회장도 외국인지방참정권 법안을 조기에 통과시켜 달라고 일본 정부에 요청한 바 있다. 2000년에 접어들어 지방자치단체의 참정권 문제는 크게 진전된 듯 보였다. 이에 일본 정부는 2000년 9월 중에 소집되는 임시국회에서 재일코리안 등 외국인에게 지방참정권을 부여하는 법안을 통과시킬 방침이라고 밝혔으나 아직까지도 이 법안은 통과되지 않은 상태이다. 이것은 지방자치단체, 일반다수 여론 및 진보는 정주외국인에게 지방차치단체의 참정권을 부여하는 것에 찬성하지만, 보수파들이 강하게 반대하고 있기 때문이다. 법안의 주요 내용은 20세 이상자로 같은 시市・마치町・무라村에 3개월 이상 거주하고 있는 영주외국인에게 도도부현都道府縣과 시市・마치町・무라村의 자치단체장과 의원 선거의 선거권을 주도록 하고 있다.

최근의 정주외국인의 지방참정권 관련 움직임을 보면, 주민투표에 영주외국인의 참여가 나타나고 있다. 2002년 9월 29일 아키타현秋田県 이와기초岩城町는 두 마을 합병에 관한 의사를 묻는 주민투표를 실시했는데 투표자격자 속에 영주외국인이 포함되었다. 또한, 2002년 9월 20일 오사카부大阪府 다카이시시高石市가 시市・마치町・무라村 합병의 찬반을 묻는 주민투표에서 영주외국인이 배제되었으나 민단의 요청으로 시가 받아들여 영주외국인이 다시 투표할 수 있게 되었다. 사이타마현埼玉県 이와쓰키시岩槻市에서는 주민투표 자격을 변경한 사례로, 조례를 개정하여 영주외국인에게 주민 투표권을 인정했다. 도쿄도東京都 스기나미구杉並区에서는 영주외국인의 주민투표권과 주민투표 청구자격을 포함한 '자치기본조례'가 2003년 5월 1일부터 시행되었다. 이것은 스기나미구 주민 등의 구정区政참여 기회 확충을 기하는 것이 목적이고 도쿄도에서는 처음 있는 시도이다. 영주외국인이 시정市政에 직접 참여할 수 있는 주민투표 조례를 제정한 지자체가 2003년 7월 25일 조례를 가결한 오카야마현岡山県 마니와군眞庭郡 가와카미무라川上村를 포함하여 일본 전국에 52곳이나 되었다.

이것은 민단과 정주외국인들의 적극적인 활동으로 지방자치제에서의 주민투표권이 정주외국인에게 부여되고 있는 것으로 정주외국인 지방참정권과 관련해, 차츰 긍정적으로 변화하는 단계로 볼 수가 있다. 앞으로는 투표건이 아닌 피선거권까지 포함한 정주외국인 참정권 요구운동이 더 절실히 필요하다.

2009년 입관법, 입관특례법, 주민기본 대장법의 개정으로 2012년 7월에는 외국인등록법 폐지, 외국인 주민표 제도 창설, 재류카드제 등이 시행 될 예정이다.

재일코리안은 일본의 식민지 정책에 따라서 본인의 의사보다는 강제연행에 의해서 부득이하게 일본에 건너온 사람들과 그 후손들이 대다수이다. 이들은 일반 외국인과 다르게 식민지 이후 1세기가 넘도록 일본인과 함께 생활해 왔고, 앞으로도 함께 공생할 사람들로 일본인과 동등하게 기본적 인권이 보장되어야 한다고 생각된다.

__ 재일코리안의 코리아타운과 민족축제

재일코리안 생활을 중심으로 한 오사카시 이쿠노구 미유키모리 상점가御幸森商店街와 코리아타운은 제2차 세계대전부터 존재하였다. 그것은 재일코리아의 형성과정에서 본 바와 같이 이 지역은 오사카 공업도시화로 인해 저임금 노동자가 필요했던 시기로 그때 모집된 노동자와 히라로 강 개수공사에서 종사했던 재일코리안을 위해서 만들어진 것이다. 현재 위치는 당

원 코리아 페스티발

코리아타운 입구

시의 코리아타운 옆에 위치하고 있다.

1980년대부터 상점주를 중심으로 상점가의 활성화를 목표로 노력하고 있다. 또한, 코리아타운 구상을 발표, 지역의 특성을 살려 민족적인 마을 만들기를 목표로 활동해, 1988년 오사카시에서도 협력을 받아 코리아타운 구상을 실현시켰다.

오사카시 이쿠노구生野区에 위치한 코리아타운은 들어가는 입구에 [KOREA TOWN]이라고 새겨진 아치가 있다. 그 길에 한국·조선계의 상점이 50개도 넘게 밀집되어 있다. 상점은 대부분이 한국·조선 식품점이 가장 많고, 좀 더 전문화되어 내장·족발만을 전문으로 파는 가게도 있고, 전통 한복집, 생선가게, 떡집 등, 마치 한국 시장과 같이 전문화 되어 있어, 한국에 와 있는 듯한 느낌을 준다. 이 지역은 재일코리안이 가장 밀집되어 있는 지역으로 판매대상의 80%가 재일코리안이었다. 일본에서 재일코리안이 차별받아 온 만큼, 이 지역 일본인이 아닌 외부 일본인의 왕래는 그다지 많지 않던 지역이었다. 하지만, 2003년 한류 붐 이후 일본인의 한국・한국인・재일코리안에 대한 이미지가 긍정적으로 변했고, 한국, 한국문화에 관심이 많아진 일본인의 왕래가 잦아지면서 이 코리안 타운에도 많은 변화가 있다. 전통한국문화 체험실, 한국어 강좌 등 일본인 상대의 상점들이 많이 늘어나는 추세이다.

재일코리안 축제가 본격적으로 생기기 시작한 것은 1980년대 초반부터이다. 일본에서 최초로 생긴 것은 1983년 오사카시에서 개최된 이쿠노민족문화제生野民族文化祭이다. 이것을 계기로 1990년대 이후 「○○마당」이라는 축제가 관서지방(교토, 오사카, 고베)을 중심으로 생겨났으며, 가와사키, 나고야, 후쿠오카 등 전국 각지에서 개최되었다. 이들 축제는 각각의 지역 안에서 지역사람들의 요청에 자발적으로 만들어진 점이 특징이라고 할 수 있다.

이쿠노민족문화제生野民族文化祭

재일코리안에 있어서 축제는 일본사회의 혹독한 차별과 억압으로부터 한을 푸념할 수 있는 장소이자, 민족문화를 접하고 계승하며, 민족적 자각을 일깨우는 역할을 하고 있다.

오사카시 이쿠노구 코리아타운에서 개최되는 이쿠노 민족 문화제는 농악퍼레이드에 이어 다양한 행사가 이루어진다. 풍물놀이(농악, 탈춤), 민속놀이(윷놀이, 팽이, 공기, 장기), 놀이대회(씨름, 닭싸움, 널뛰기), 노래자랑, 마당극과 먹거리 가게가 즐비하게 늘어서게 된다. 재일코리안 초등학생들의 풍물놀이 연주를 보면, 저자는 한없이 마음이 아팠고, 그들이 너무 대견스러웠다. 한국에서조차 우리 전통문화인 풍물놀이가 많이 등한시 되어 지금의 아이들은 크게 관심을 갖지 못하는 실정이다. 하지만, 먼 타국에서 일본의 많은 차별 속에서도 본인들의 전통문화라고 고수하고 전승해 나가는 그들이 자랑스러웠고 우리는 항상 그들이 우리 민족이라는 것을 잊지 말고 기억해 줘야 한다는 생각이 든다.

소외된 일본인, 아이누족

_ 아이누족의 특징

아이누アイヌ는 인간을 의미한다. 아이누족은 자신들에게 도움이 되는 것, 혹은 자신들의 힘이 미치지 않는 것을 신으로 간주해, 그들의 일상 속에서 기도와 제사 등을 지낸다. 그들의 신중에는 태양, 달, 불, 물 그리고 바람과 천둥과 같은 자연신, 곰과 여우 그리고 부엉이와 같은 동물신, 버섯과 같은 식물신, 집을 지키는 집신, 산신, 호수신 등이 있다. 또한 이들 신들과 더불어, 인간에게 병이랑 재앙을 주는 악한 신도 존재한다. 그들에게는 영혼을 달래 보내고 조상을 공양하는 제사의식도 있었고, 나쁜 액을 물리치는 주술도 유행했다.

아이누족은 고대로부터 일본에 존재했던 일본의 선주민이다. 인종학적으로 아이누족에 대해서는 백인종설, 황인종설, 대양주 인종설, 고대 아시아 민족설 등의 주장이 있었다. 그러나 오늘날에는 황인종설(몽골로이드학설)이 발전한 하나의 학설에 근거를 두고 있다.

고대 몽골로이드는 남방계와 북방계로 나누어져 있었는데, 남방계통의 몽골로이드는 북쪽으로 이동, 오키나와를 포함해 일본열도 전체에 걸쳐 오랫동안 생활하면서 조몬문화縄文文化의 주역이 되었다. 이윽고 야요이 시대弥生時代가 되면서 북방계통의 몽골로이드가 일본열도에 대거 도래하게 된다. 이들의 영향을 강하게 받아

아이누アイヌ족

진화한 것이 오늘날 일본인의 대다수를 이루는 야마토 민족이라고 한다(이 야마토 족이 현재의 일본인의 조상이고, 북방 몽골로이드들의 영향을 받지 않고 진화한 것이 아이누족과 오키나와민족이라고 한다).

이들 아이누족은 오늘날 홋카이도北海道, 지시마千島 열도 및 사할린에 살고 있고, 그 원시적인 생활과 특이한 체질로 인해 주위에 사는 민족과는 현저히 다른 특수한 민족으로 인식되고 왔으며, 고대 인류의 하나의 전형으로 이해되어 왔다. 현재 인구는 약 16,000여 명이라고 하지만, 이 가운데에는 본토의 일본인과 그 외의 민족과의 혼혈이 많아, 인류학상으로 순수한 아이누는 극히 소수에 불과하다.

외형적으로 일본인에 비해 두드러진 특징이 있어 쉽게 구별이 가능하다. 이들의 평균 신장은 159㎝ 내외라 일본인보다 약간 작은 편이다. 피부색은 거의 갈색과 붉은색인 경우가 많고 일본인보다는 황색이 적다. 또한 남녀모두 체모가 많아서, 세계에서 털이 가장 많은 다모多毛 민족으로도 잘 알려져 있다. 머리가 매우 크다. 얼굴은 광대뼈가 매우 크고 얼굴 높이가 낮은 저안형低顔型이며, 눈은 깊이 들어갔고, 코는 넓으며, 입도 크고, 입술은 두껍고, 귀도 또한 크다. 식량, 의복의 소재, 건축 재료에 이르기까지 거의 자급자족을 이루며, 아이누의 기본적인 생활은 수렵, 어로, 식물채집이다.

고유의 문자는 갖고 있지 않고, 고유의 언어가 있었지만, 아이누족이 점차 일본인 사회에 강제로 동화되면서 그들 고유의 언어는 상실되었다.

오늘날 홋카이도에는 일본 전체 인구의 0.2%에 해당하는 아이누족이 살고 있고, 그들의 주 수입원은 관광객들을 대상으로 하는 민속공연과 민속공예품의 판매 등이다.

_ 아이누 민족과 일본인과의 관계(중세)

풍부한 자연환경에 둘러싸여 생활하고 있었던 아이누족은 외부로부터 침략이 없었을 때는 지극히 평온한 사회였다. 그러나 당시 니부타니二風谷(にぶたに) 지역(현 일본 홋카이도의 사류沙流천지역)에는 본토인 안도安藤일족이 이미 이 지역일부를 지배하고 있었고, 거기에는 상인도 있어 아이누족과 장사도 하고 있었다. 안도일족의 상인과 아이누족 간의 상거래는 불평등한 관계로서, 상인들은 심지어는 약탈까지도 서슴지 않아 많은 아이누족의 분노를 사고 있었다. 이것이 나중에는 안도일족과 아이누족 간의 전쟁으로 비화되었다.

어찌 되었건, 아이누의 이웃인 화인和人(일본본토인)이 직접적으로 아이누의 영토에 들어오는 일은 없었으나, 이때부터 무사랑 상인들이 서서히 들어오면서 마찰이 생기기 시작했다. 그전에는 아이누족에게 중앙정권은 존재하지 않았다고 할 수 있기 때문에 중앙정권에 의한 아이누족 신화말살과 같은 것은 없었다 할지라도. 이때부터 본토 일본인들에 의한 중앙정권의 영향을 받기 시작했던 것이다.

홋카이도의 선주민으로서의 아이누는 사할린에서부터 본토인 아오모리青森, 이와테岩手 등의 동북지방에까지 널리 퍼져 있었지만, 아이누의 영웅

서사시의 유카라ユカラ(아이누의 영웅전)가 구전으로만 전승되어져 왔기 때문에 그 정확한 역사는 아직도 불분명한 점이 많다.

하지만 고고학적 발굴 등을 통해 알 수 있는 것은, 아이누어에 가까운 언어를 가진 집단들이, 조몬문화기縄文文化期에 이은 속조몬문화기續縄文文化期(지금부터 2000~1500년 전)에서부터 사쓰몽문화擦文文化(7~12세기)와 오호쓰크オホーツク문화가 겹쳐지는 시기를 거쳐, 13세기에 이르러서는 독특한 아이누문화를 형성하게 되었다는 것이다.

일본의 고대와 중세의 기록을 보면 아이누족에 관한 표현이 등장한다. 고대의 에미시蝦夷란 용맹한 자, 중앙정부에 따르지 않는 자를 의미하는 것이다. 헤이안 시대 말기에 들면서, 에미시는 에조蝦夷로 불리게 된다. 여기서 에조는 아이누 민족을 가리키는 것이며, 사쓰몽擦文 문화에서 아이누 문화로 이행되고 있음을 보여주고 있다.

사쓰몽 문화에서 아이누문화로의 이행은 동일민족 내에서의 문화의 대변화로 꼽힌다. 여기서 본토일본인과의 경제적 문화적 교류가 현저히 진전되고, 수렵, 어로도 상품 생산활동으로 전환된다. 철제품 등 생활기구의 대부분도 일본인과의 교역에서 얻을 수 있게 되었다.

한편, 헤이안 시대平安時代 말기부터 가마쿠라 시대鎌倉時代 초기에 이르러, 에조蝦夷 지역에 일본인의 이주가 시작된다. 그들은 전투에서 패한 무사, 범죄자, 혹은 일반 어민이었는데, 이들이 남부 연안지역에 일본인사회를 형성하게 되는 것이다.

가마쿠라 시대에는 동북 북부에서 안도安籐가 대관代官으로서 아이누민족을 지배하는 권한을 부여받았다. 한편 교역에 의해 힘을 키운 에조蝦夷 지역 서남부 일본인의 소호족 중에는 연안에서 관주로 성장하는 자들이 나왔다.

이처럼 일본인의 세력이 증대되자 필연적으로 아이누 민족과의 마찰이 일어났다. 아이누와 화인과의 관계는 원래는 단지 교역의 상대였다. 아이누족은 연어, 사슴, 곰 등의 식료품이랑 대륙에서 들여온 은 등의 물품을, 일본인은 칠기, 면, 섬유제품, 철 장식품, 쌀 등을 교역하고 있었다. 그것을 서로 대등하게 교환하고 있었다. 그러나 일본인이 에조 지역에 진출하면서, 조금씩 교역의 양상이 바뀌어져 갔다. 화인(일본인)이 교역을 독점하면서 교역을 그들에게 유리하게 만들어 갔던 것이다. 이러한 과정 속에서 아이누족의 불만은 점점 커져 갔고, 이때 한 사건이 일어났다. 교역물품을 흥정하는 도중, 일본인에 의해 아이누의 젊은이가 사망하게 된다. 이 사건이 계기가 되어 아이누족과 일본인이 전쟁을 하게 된다.

15세기 중엽 약 100년간은 북쪽의 전국 시대北の戦国時代로 불렸다. 이 시대 초기의 최대 전투가 1457년의 '고샤마인 전투コシャマインの戦い'이다. 오시마반도渡島半島 일대의 동東아이누족인 고샤마인(족장이름)이 이러한 일본인의 억압과 불평등한 교역에 대항하여 관주들을 차례차례 격파해 나갔다, 이 전쟁에서 일본인의 집이 불타고 무역선은 침몰되었으며, 에조 지역에 있었던 일본인의 대부분이 죽임을 당하였다. 그러나 무장 다케다 노부히로武田信広의 활약으로 아이누족은 곧 제압을 당하고 만다. 1551년 가키자키 스에히로蠣崎光広가 아이누와 강화를 맺어, 전란의 시대는 끝난다.

이 일을 계기로 아이누도 일본인과의 대립을 통해 민족의식이 고양되어 각지의 수장을 중심으로 지역적 통일이 진행되었다. 이 시기에 아이누민족의 서사시인 유카라(영웅서사기)와 쨔시(築城의 종류)가 만들어졌다.

그 후, 아이누족은 더욱 가혹한 조건에서 일본인과 교역을 할 수밖에 없었다. 이러한 상황은 막부가 멸망할 때까지 계속되었고, 이때부터 아이누와 일본인은 대등한 관계가 아닌 일방적 불평등의 관계로 지속되었다.

_ 일본인의 어장경영과 아이누 사회의 붕괴(근세)

가키자키 요시히로蠣崎慶広는 도요토미 히데요시豊臣秀吉로부터 에조 지역의 지배를 명령받아, 1599년에 성씨姓氏를 마쓰마에松前라 고친다. 1604년에 도쿠가와 이에야스는 그에게 흑인장黒印状을 하사했고, 아이누족과의 교역은 마쓰마에번松前藩의 관리 하에 두었다. 즉 에조가 마쓰마에번藩에 귀속되었기 때문에 그곳까지 막부정권의 권력이 미치었다. 그러나 마쓰마에의 영주는 다른 지역의 다이묘들처럼 연공미를 징수할 수 없었기 때문에, 아이누족과의 교역 등을 통해서 이익을 얻어내야만 했다.

마쓰마에번은 아이누족과의 교역독점권을 행사하고 번의 제정을 강화하기위해, 아이누족과 일본인의 거주지를 명확히 분리, 양 지역의 경계에 세키쇼関所를 설치하여 그들 상호간의 왕래를 엄격히 제한했다. 이리하여 에조지역은 일본인지역과 아이누지역으로 이분되었다. 이 에조는 후에 다시 동에조 지역과 서에조 지역으로 분리된다.

마쓰마에번의 영주는 직접 아이누족과 교역을 행할 뿐만 아니라, 가신들에게도 한정된 지역 내에서의 아이누족과의 교역의 권한을 부여했다. 마쓰마에번이 엔루무바쇼를 설치한 것은 대략 1600년경이라고 알려지고 있다. 엔루무 언덕 위에, 일본인과 아이누족이 물물교환을 하는 운조야運上屋가 세워져, 일본인은 아이누족이 필요로 하는 쌀, 담배, 술, 소금, 의복 등을 주고, 그 대가로 해산물 등을 받는 교환무역이 행해진 것이다.

처음에는 일본인과 아이누족은 정상적인 상거래를 유지했으나, 후에는 일본인에 의한 부정한 상거래가 이루어졌으며, 아이누족에 대한 착취가 심화되었다. 엔루무 운조야는 후에 그 장소가 막부의 직할지로 되어, 모로란室蘭으로 이전하기 전 200년간 계속되었고, 엔루무바쇼는 에조 지역(현

홋카이도)의 상륙지점으로 또한 교통의 요충지로서의 역할도 수행하고 있었다.

마쓰마에번은 가신들에게 광대한 에조지역을 수십 곳으로 분할해서 나누어 주었다. 그 장소는 아이누족의 공동 어로장을 기준으로 해서 분할했던 것이다. 특히 모로란 지방을 총칭해서 '모로란바쇼'라고 했다.

이처럼 마쓰마에번의 아이누민족에 대한 지배력 강화는 결국 아이누족의 저항을 불러일으켰다. 이것이 1669년의 샤쿠샤인 전쟁이다. 당시 쌀과 연어 등의 교환루트가 불리하게 바뀌자, 아이누족의 불만은 높아졌다. 마쓰마에번에 사자使者로 온 아이누족이 귀환하던 도중 천연두로 급사한 것을 두고, 마쓰마에번이 음모해서 독살한 것으로 와전되면서 아이누족의 불만이 폭발했다. 마침내 동서 에조지역의 아이누인들이 샤크샤인(시즈나이 지방의 수장)의 지도하에 단결하였다. 처음엔 전쟁 상황이 아이누군에게 유리하게 진행되었으나, 동북지역의 각 번의 군사원조를 받아 반격한 마쓰마에군이 거짓 화평을 맺고 주연석酒宴席에서 샤크샤인을 살해함으로써, 아이누군의 반란이 진압될 수 있었다.

18세기에 들어 번의 특권 상인들이 운조킨運上金(일종의 영업세)을 영주에게 납부하고, 교역과 어업경영을 청부받게 되었다. 이것을 바쇼우케오이제도場所請負制度라 한다. 바쇼 청부상인들은 각 장소마다 운조야運上屋를 설치하고 지역경영을 수행했다. 아이누족은 부당한 교환루트로 인해, 일본인들에게 어장에서의 강제 노동과 착취를 당했다. 또한 아이누족은 운조야運上屋와 번야番屋(각 마을에 설치된 목조건물) 근처로 강제적으로 이주를 당하게 되었고, 또한 바쁜 시기에는 타지 전출 작업까지 강요당하는 경우도 많았다. 이러한 억압과 착취 등은 아이누 전통사회와 가족을 파괴해 갔다.

바쇼우케오이제도場所請負製度에 대한 반발로 인해 발생한 반란이 1789

년의 구나시리메나시전투国後目梨の戦い였다. 2개월 후 일본인을 살해한 아이누족 37명이 처형을 당함으로써 그 반란은 결말을 맺었지만, 이것이 아이누 민족과 일본인 사이에 일어난 마지막 전쟁이었다.

막부는, 마쓰마에번의 북쪽지역에 대한 경비능력의 부재와, 바쇼 청부인(마쓰마에번의 영주에게 임명되어 그 지역을 관리하는 자)의 부정행위와 아이누족에 대한 심한 착취 등으로 인해, 바쇼를 막부의 직할지로 정함과 동시에 운조야運上屋를 가이쇼會所로 고쳐 직접 공무원을 파견했다. 이처럼 아이누 문화의 붕괴는 메이지 이전에 이미 진행되고 있었다.

_ 아이누 동화 정책(근대)

도쿠가와 막부는 방위상의 이유로 두 번에 걸쳐 에조지역의 개척을 시도함과 동시에 아이누민족의 동화정책도 시도했다. 그 후 메이지 시대가 되어 1869년 5월에는 개척사開拓使를 두었고 8월에는 에조지역을 홋카이도北海道로 개명했다. 이는 에조지역을 명실공히 일본의 영토에 편입시키고, 아이누족도 국가의 구성원으로 편입시켰다는 것을 의미한다. 개척사의 아이누민족 동화정책은, 문화면에서는 아이누민족의 전통적 풍속 습관의 부정과 일본식의 강제, 생업 면에서 전통적 수렵과 어로의 금지, 농경의 장려를 기본방침으로 하고 있었다.

1871년에 제정된 호적법에 의해 아이누족의 호칭이 구토인旧土人으로 통일되었다. 종래 아이누가 생활하고 있던 토지를 국가가 몰수하여 일본인들의 사유권을 인정했다. 그래서 아이누족은 택지의 사유권조차 인정받지 못하게 되었다. 생활은 곤궁했고 농업만으로 생계를 연명하는 것은 불가능했다.

1899년에는 홋카이도 구토인 보호법北海道旧土人保護法이 제정되었다. 이것은 정부가 아이누족을 일본제국의 신민으로 인식하여, 농민화에 의해 곤궁함을 구제하고 학교교육을 통해 일본식 신민화를 꾀한 것이다. 그러나 이러한 정부의 정책에도 불구하고 아이누족에 대한 차별은 없어지지 않았고 그들의 곤궁함은 더욱 진행되었다.

_ 오늘날의 아이누족 문제

오늘날 일본 안의 소수민족 아이누가 처해 있는 상황은 민족멸망의 위기라고 해도 지나치지 않을 것이다.

메이지 시대 이래, 일본인들의 100여 년간의 강력한 동화정책에 의해, 아이누인들이 오랜 전통을 가지고 배양해 온 모국어母語는 소멸할 위기에 처하고 말았다. 오늘날, 아이누어를 일상적으로 사용하고 있는 사람은 거의 없고, 노인들이나 가능한 정도이다. 아이누인들의 독특한 신체적 특징 때문에, 오늘날에도 역시 취직과 결혼 등에 있어서 그들에 대한 사회적인 차별이 뿌리 깊게 존재하고 있다. 이러한 여러 가지 차별에 의해 대다수의 아이누인들은 사회적인 약자로 전락했고 경제적으로도 궁핍한 생활을 영위하고 있다. 또한 오늘날 아이누인들의 생활보호대상자수需給率는 일본 전국 평균의 6배에 달하고 있다. 일본인들에 의해 전통적 삶의 양식을 송두리째 빼앗겨버린 그들을 근근이 버티게 해준 나무 조각, 곰 등의 아이누 민예품도, 최근에는 판매부진 등으로 인해 곤경에 처해 있다고 한다. 이처럼 아이누족은 아메리카 인디언이 그랬듯이, 오랜 기간에 걸친 일본인들의 약탈과 억압에 의해, 한 민족이 어떻게 철저히 파괴될 수 있는지를 잘 보여주고 있는 대표적인 사례라 하겠다.

1946년에는 전도全道 아이누대회가 열리고, 사회법인 홋카이도 아이누

협회가 설립되었다. 1971년에는 홋카이도 아이누협회가 홋카이도 우타리 협회로 명칭을 변경하고, 아이누 민족의 향상과 발전, 복리후생 등을 강구하게 된다. 또한 홋카이도지방정부는, 아이누 민족의 문화부흥, 교육의 충실화, 생활의 안정과, 산업의 부흥, 아이누민족에 대한 이해촉진 등을 내용으로 하는 우타리 복지대책을 1984년부터 마련해 시행하고 있다.

1986년에는 나카소네中曽根康弘(なかそねやすひろ)수상의 일본단일민족국가 발언이 있었지만, 1993년의 국제선주민련은 아이누 민족에 대한 국민의 이해를 심화시키는 큰 역할을 했다. 홋카이도 구토인 보호법은 쇼와昭和 초기 이래 폐지가 촉구되고 있었지만, 1994년에 아이누족인 가야노 시게루萱野茂(かやのしげる) 씨가 참의원 의장이 되었고, 홋카이도 아사히카와시旭川市 시장시절부터 폐지운동에 열을 올리던 이가라시 고우조우五十嵐広三(いがらしこうぞう) 씨가 내각 관방장관이 된 일로부터, 아이누신법인 아이누문화진흥법이 제정되기에 이르렀다. 이러한 인재의 배출과 법령의 제정으로 인해 아이누족의 차별적 지위는 조금씩 해소되어가고 있다. 비록 그들이 전통적 사회로 다시 되돌아갈 수는 없겠지만, 인간으로서의 권리를 되찾을 수 있는 기반은 서서히 만들어가고 있다고 할 수 있겠다.

여전히 존재하는 부락민의 차별

많은 사람들이 일본 문화를 '집단주의 문화'라고 규정하고 있다. 이것은 일정한 테두리를 만들어 집단을 구성하는 경우로서, 한 번 만들어진 집단은 '우리 사람內者'이라는 강한 결속력을 가지면서 그들만의 세계에 집착하게 된다. 또한 그들 집단이 지칭하는 '바깥 사람外者'이라는 대상에 대해서는 어느 정도의 거리를 두며 행동하게 된다. 이렇게 우리와 바깥을 구분하는 것이 일본인 특유의 집단문화의 특색이다.

이러한 '우리사람과 바깥사람'을 구별하는 배타적인 집단의식은, 같은 일본 땅에서 살아가는 타 민족에 대해서는 뿌리 깊은 차별을 낳게 하였고, 일본인 상호간에도 계층간의 차별을 유지하게 하였다.

에도 시대에는 질서유지를 위해 통치 이데올로기로서의 사농공상의 신분제도를 도입하였다. 또한 막부는 농민들의 불만을 잠재우기 위해 천민계급인 에타穢多와 히닌非人을 두었다. 이와 같은 막부의 지속적인 정책은 결과적으로 오늘날까지 이어지는 일본사회의 부락민部落民 문제를 형성하게 되었다. 그 결과 부락민 문제는 오늘날 일본사회가 갖고 있는 심각한 차별문제인 동시에 일본인 스스로가 해결해 나가야 할 난제로 남게 되었다. 현재 일본에는 부락이 약 6,000개 있으며 대략 300만 명이 거주하고 있다.

_ 에타穢多와 히닌非人

부락민 차별은 역사적으로 멀리는 일본의 고대나 중세에서 그 기원을 찾아볼 수 있다. 고대의 율령제도 아래에서 국민은 양민과 천민으로 구별되었고, 천민은 불결·부정의 관념과 결부되면서 비천한 것으로 여겨졌다.

오늘날 일본에 있어서의 부락차별의 기원이 된 것은 17세기의 에도 시대의 신분제도라고 할 수 있다. 피차별 부락민 즉 오늘날 "부락민"으로 불리고 있는 조상은, 에도 시대에 존재했던 피차별 민중이다. 그들이 지금껏 이어져 내려와 오늘날 일본사회에서 차별의 상징인 부락민이 되어 버린 것이다.

일본에서는 천민집단을 부락민이라 부른다. 일본의 부락민은 원래 에타穢多 또는 히닌非人이라 불렸는데, 글자 그대로 '매우 불결한 사람', '인간이 아닌 사람'이란 뜻이다. 고지엔広辞苑 사전은 부락민에 대해 '신분적 혹은 사회적으로 심한 차별대우를 받아온 사람들이 집단적으로 사는 지역으로, 그들은 에도 시대에 형성되었으며, 그 주민들의 신분은 1871년 법적으로는 해방되었으나, 사회적 차별은 완전히 근절되지 않았다'고 쓰고 있다.

에도 시대의 최하층 신분인 천민계급으로 일반 민중과 엄격히 구별되어 심한 차별을 받았던 그들 부락민은, 전국 시대戦国時代 말기에서 에도 시대 초기에 이르기까지의 전란 속에서 몰락한 계층과, 원래 동물의 가죽을 벗겨 피혁제품을 만들던 사람들로 형성되었었다. 그러니까 그들이 비천한 직업 계층으로 그대로 굳어져 부락민이 되었던 것이다.

이들 가운데에는 농업에 종사하고 공물을 바치던 사람도 있었으나, 대부분은 소나 말과 같은 가축의 시체 처리나 피혁세공을 생업으로 하였으며,

범죄자를 단속하거나 감옥의 간수 등의 일을 보았다. 이렇게 특정한 신분차별 정책을 실시함으로써 에도막부가 노린 것은, 부락민이 아닌 농·공·상에 속하는 사람들에게 일종의 우월감을 부여, 그들의 무사에 대한 불만을 다른 곳으로 돌리려 한 것이다. 자신들이 농민을 괴롭히듯 농민들 역시 이들 천민을 부담 없이 학대함으로써 대리만족을 느끼도록 한 것이다. 농민들이 천민을 무시하고 괴롭히는 것이 당연시된 것이다. 즉 공인된 이지메였던 것이다.

_ 단자에몽彈左衛門

에도 시대에 아사쿠사浅草의 막부 밑에는, 동일본東日本 전체를 지배하는 단자에몽彈左衛門(だんざえもん)이 있었다. 피차별 민중은 이 단자에몽의 직·간접적인 영향 아래에 놓여 있었다. 그들은 도살과 같은 일에 종사하고 있었다. 에도 시대의 피차별 민중이 아마도 오늘날 차별의 상징인 부락민의 조상이었다고 많은 학자들은 주장해 왔다.

단자에몽은 에도 시대 13대를 이어온 관동지방의 피차별 민중의 지배자였다. 에도막부는 정식명칭으로 그를 에타가시라 단자에몽穢多頭(彈左衛門)이라고 불렀지만, 본인 스스로 조우리가시라 단자에몽長吏頭(彈左衛門)이라 불렀다. 신분은 세습으로 조우리長吏에 속했고, 에도마치江戸町의 봉공奉公의 지배를 받고 있었다. 단자에몽의 지배하에는 조우리長吏, 히닌非人, 사루카이猿飼, 고우무네乞胸 등의 피차별민이 있었다. 단자에몽은 피혁제조 등의 각종 판매권과 전 관동지방의 피차별 민중의 지배권을 배경으로, 다이묘大名에 버금가는 재력가로 활동할 수 있었다고 한다. 단자에몽과 조우리는 에도시내의 경비와, 형장刑場의 형刑의 집행 관리를 맡았다.

막대한 재력가임에도 불구하고 단자에몽의 신분은 천민이었고, 그래서 무사는 물론 상인과 농민들에게까지 차별의 대상이 되었다. 역대 단자에몽은 피차별민에 대한 전제적 지배자임과 동시에 그들의 대표자로서 행동했다. 피차별민의 이익보호를 위해 막부에 여러 차례 상소를 올리기도 했고, 특히 마지막 13대 단자에몽은 메이지유신 동란기動亂期에 자신과 자신의 휘하에 있던 피차별민의 신분상승을 위해 적극적으로 활동하기도 했다.

_ 조우리長吏

단자에몽도 이 신분에 속한다. 에도막부와 차별을 가하는 측에서 사용한 명칭은 에타穢多였으며 경멸의 의미로 사용되는 호칭이었다. 조우리 자신은 기본적으로 이러한 호칭을 거부하고 있었다. 에도의 조우리들은 단자에몽의 집 주변에 모여 살면서, 직접 단자에몽의 지배를 받고 있었다. 조우리들이 하는 일은 주로 죽은 소나 말을 처리하고, 그로 인해 얻은 소나 말가죽 등을 가공하여 가죽제품의 제조와 판매를 하는 것이었다. 마을의 경비와, 제사를 지낼 때 액을 물리치는 역할 등을 담당하기도 했다.

_ 히닌非人

히닌은 관동지방에서는 조우리가시라단자에몽長吏頭(彈左衛門)과 조우리코가시라長吏小頭(ちょうりこがしら)의 지배하에 있었다. 에도의 히닌은 가카에히닌抱非人과 노히닌野非人(無宿의 浮浪者)의 구별이 있었다. 노히닌은 보금자리도 없이 그날그날을 생활하는 오늘날의 노숙자와 같은 입장이었고, 기근이라도 발생하면 그 숫자는 갑자기 불어나곤 했다. 반면, 가카에히닌

은 히닌코야가시라非人小屋頭라고 하는 중간보스의 집에 머물며 생활하고 있었다. 히닌코야가시라는 유력한 히닌가시라非人頭의 지배를 받고 있었고, 에도에는 히닌가시라가 4명이 있었다고 한다. 그리고 이 4명의 히닌가시라는 단자에몽의 지배하에 있었다.

히닌의 생업은 구걸이었다. 에도 시대에는 히닌 이외의 사람이 구걸하는 것은 허용되지 않았다고 한다. 또 마을 청소라든지 조우리의 밑에서 하는 허드렛일 등을 하면서 생활했다. 마을 청소와 더불어 후에 종이를 줍는 넝마꾼으로까지 발전했다.

_ 사루카이猿飼

사루카이猿飼(さるかい)는 중세 이후의 피차별민 계층이다. 물론 관동지방에서는 단자에몽의 지배를 받고 있었고, 2명의 두목이 지배하고 있었으며, 그들 역시 단자에몽의 집 주변에 살고 있었다. 무사의 마을인 에도에 사루카이는 꼭 필요한 존재였고, 에도의 상급 무사들은 예외 없이 모두들 말을 기르고 있었기 때문에 정월 초하루에는 액을 물리치는 의식이 필요했다. 이러한 의식을 사루카이가 행하였다. 사루카이는 흥을 돋우는 데에도 참석했는데 그들은 절대로 여관 같은 곳에 머무를 수가 없었고, 반드시 조우리나 사루카이의 집에서 머물러야만 했다. 따라서 조우리와 사루카이의 관계는 아주 긴밀했다.

_ 고우무네乞胸

고우무네는 예술을 업으로 하는 피차별민이었다. 고우무네가 특수한 위치에 있는 것은, 법적으로는 평민 신분이나, 연기를 한 대가로 돈을 받거나 할 때는 아사쿠사히닌가시라浅草非人頭라는 천민 중간보스의 관할하에 있었기 때문이다. 고우무네는 에도 중기까지는 에도에 살고 있었다. 그러나 신분상으로는 평민이면서 히닌과 같은 업에 종사하고 있었기 때문에 에도에 두는 것은 별로 좋지 않다고 하여, 막부정권이 1843년에 집단이주를 시켰다. 1870년 메이지정부는 평민성씨허용령平民苗字許容令을 내려 평민에게도 성을 가질 수 있게 법을 개정했으나, 고우무네는 거기에서도 제외되었다.

_ 간닌願人

단자에몽은 에도와 관동지방의 피차별민의 총지배자였다. 그러나 그의 지배하에 있지 않았던 피차별민도 있었는데, 가부키歌舞伎에서 공연하는 배우들이 바로 그들이었다. 간닌은 "다이도게이大道芸"를 생업으로 하는 피차별민이었다. 고우무네와 거의 같은 일에 종사하였고 생활권도 그들과 겹쳐져 있었다. 그러나 그들의 형성과정은 고우무네와는 조금 다르다. 그들은 처음에는 승려적인 의식을 행하는 것에서 출발했으나, 1840년경부터 에도의 거리를 돌아다니며 오로지 춤과 노래 등만을 부르며 돈을 버는 존재로서 활동하고 있었다. 이들은 곧 막부정권에 의해 엄하게 단속을 받게 된다. 메이지유신 후 이들은 히닌, 고우무네와 함께 새로운 도시빈민층을 형성했다.

_ 격변기의 부락민

메이지 유신이후, 13대 단자에몽은 아사쿠사의 자신의 집 주변에 구두를 만드는 공장을 세웠다. 피혁과 관련된 일이 중세이후 피차별 부락의 전통적인 일의 하나가 되어 왔고, 그들에 의해 피혁제품의 가공기술이 발달하게 된 것 또한 사실이다.

1871년 "태정관포고太政官布告"는 단지 '에타와 히닌이라는 칭호를 폐지한다'는 내용에 지나지 않았고, 단자에몽들이 요구하는 피차별민에 대한 진정한 의미에서의 해방은 아니었다. 태정관포고를 전후하여, 그때까지 단자에몽과 그의 지배하에 있었던 피차별 민중이 가지고 있었던 전매권은 몰수당하게 되었다. 그 결과 피차별 민중들은 그나마 가지고 있던 생활의 기반을 일거에 잃게 되어, 궁핍한 생활을 영위할 수밖에 없었다.

1869년 "한세키호칸版籍奉還(토지와 인민을 천황에 반환)"에 의해, 무사들이 그들의 신분과 특권을 잃게 되었지만, 그들에게는 정부로부터 많은 보상금이 주어진 것을 보면, 이것은 명확한 차별임을 쉽게 알 수 있다.

전매권을 몰수당한 후 단자에몽은 자신들의 생업이었던 피혁산업을 근대공업으로 발전시켜, 부락민의 생계보장의 수단으로 이용하려고 했다. 그래서 그는 외국인 기술자를 초빙해, 피혁기술양성소를 만들었으며, 마침내 구두제조공장을 세웠던 것이다. 그의 재산은 구두공장 설립에 대부분을 투자한 결과, 남아있는 재산은 거의 없었고, 구두공장의 파산으로 말미암아 결국 몰락하고 말았다.

전전과 전후를 통해서, 피차별 부락민은 피혁관계의 일과 식육관계의 일 등 전통적인 일에 종사해 왔다. 예를 들면 돼지피혁은 지금까지도 피차별 부락민이 거의 100% 가까이 생산하고 있고, 가죽제품의 루트를 조사해보면 또한 그 산업이 피차별 부락민의 것임을 알 수가 있다.

_ 강제이주와 도쿄의 피차별부락민

피차별 부락민에 대한 당시의 권력자들에 의한 강제이주정책의 결과, 집중되어 있었던 피차별 부락민이 곳곳으로 분산되었고, 더욱이 관동 대지진과 태평양전쟁, 그리고 급격한 도시화 등으로 인해, 그들의 존재자체는 일본인들의 의식 속에서 상당부분 희석되었다. 그 결과 일본에서 피차별 부락을 찾아보기가 어렵게 되었으나, 그러나 피차별 부락은 어디까지나 일본인들의 의식의 수면 하에 늘 자리 잡고 있다 하겠다.

에도는 메이지유신을 거치면서 도쿄로 이름이 바뀌었다. 메이지 신정부에 의해 도쿄는 급격한 정비사업이 추진되고 있었다. 그런 가운데 당시 도쿄시는 '피혁을 다루는 업자는 심한 악취를 풍기며 시민들 건강에도 악영향을 끼치기 때문에 도쿄의 변두리로 이전해라'(1893년), '소나 돼지나 말을 잡는 도축장도 도쿄의 변두리로 이전해라'(1901년)고 명하였다.

당연히 피혁업자는 이러한 지침에 대항해 저항을 했지만, 정부와 도쿄시의 계속되는 압박과 통제로 말미암아 결국 그들은 도쿄의 변두리로 이전을 하게 되었다. 피혁제조업자에 대한 정부와 도쿄시의 압박은 이것으로 끝나지 않았는데, 1931년 정부는 또 다시 그들에게 강제 이주명령을 내렸다. 이번에는 1940년까지 동경의 매립지로 이주하라는 것이었다. 피혁 제조업자들은 이러한 정부의 차별적인 정책에 대해 철저히 대항했다. 그들은, 지금 자신들이 살고 있는 토지는 글자 그대로 쓸모없는 땅이었던 습지를 그들의 피와 땀으로 새롭게 개척한 땅이기 때문에, 이 땅은 절대로 빼앗길 수 없다고 강하게 버텼던 것이다. 그들은 내무성 경시청 그리고 당시 피혁제품의 최대 수요처였던 육군성 등에 진정서 등을 제출하며 지속적으로 투쟁한 결과, 마침내 정부의 강제이주명령에 대한 철회를 받아낼 수 있었다. 이렇게 해서 오늘날까지 이어지는 동경지역의 피차별 부락이 유지될 수 있었던 것이다.

이와 같이 일본의 근현대사를 통해, 권력자들과 많은 일반인들은, 부락민에 대한 차별과 탄압 그리고 강제이주 등을 통해, 자신들의 삶의 중심부에서 부락민의 존재를 멀리 떼어놓을 수는 있었다. 그로 인해 오늘날 부락민에 대한 일반인들의 편견과 차별을 심화, 확대시키는 결과를 낳았다.

참고문헌

신한종합연구소 편, 『일본 보고서』, 들녘, 1998.
吉野耕作 著, 김태영 옮김, 『현대 일본의 문화내셔널리즘』, 일본어뱅크, 2001.
이규태, 『동양인의 의식구조』, 신원, 1991.
호사카 유지, 「일본의 정주외국인 정책과 재일코리안－참정권, 국적조항철폐, 교육권 문제를 중심으로－」, 『민족연구』 11, 한국민족연구원, 2003.
黃慧瓊, 「한류로 인한 일본인의 한국인과 재일코리안에 대한 인식 변화－관서지방을 중심으로－」, 『일본문화학보』 36, 일본문화학회, 2008.
朝日学生新聞社編, 『いじめの現場 子どもたちの叫び声』, 朝日ソノラマ, 2002.
新谷行著, 『アイヌ民族と天皇制国家』, 三一書房, 1977.
岩月謙司, 『家族のなかの孤独 対人関係のメカニズム』, ミネルヴァ書房, 1998.
稲村博, 『いじめ問題』, 教育出版, 1986.
江守五夫著 『日本の婚姻 : その歴史と民俗』, 弘文堂, 1986.
大沼保昭, 徐竜達編, 『在日韓国朝鮮人と人権: 日本人と定住外国人との共生を目指して』, 有斐閣, 1986.
小田晋, 『非行といじめの行動科学』, フレーベル館, 1997.
大井ミノブ編, 『いけばな辞典』, 東京堂出版, 1976.
大久保幸夫, 『なぜ 彼らは就職しないのか』, 東洋経済新報社, 2002.
尾籐正英著, 『日本文化論』, 放送大学教育振興会, 1993.
学研, 『フリーターなぜ?どうする? フリーター200万人時代がやってきた』, 2001.
加地新行, 『儒教とは何か』, 中公新書, 1991.
神奈川のなかの朝鮮編集委員会編, 『神奈川のなかの朝鮮』, 明石書店, 1998
川崎地方自治研究センター編, 『在日外国人を理解するためのハンドブック第1集』, 川崎市市役所, 1993.
姜在彦, 金東勳著, 『在日韓国人朝鮮人－歴史と展望』, 勞働経済社, 1989.
北島正元編, 『近世の支配体制と社会構造』, 吉川弘文館, 1983.
木村時夫著, 『日本文化の伝統と変容』, 成文堂, 1990.
金泰永, 「伝統社会における職業エートス」, 『アジア文化研究』 第2号, 国際アジア文化学会, 1995.
金容雲,「韓・日「士」思想の歴史的背景」,『韓・日文化の同質性と異質性』, 日韓文化交流シンポジウム, 1992.
熊倉功夫編,『遊芸文化と伝統』, 吉川弘文館, 2003.
経済企画庁 編,『平成12年版 厚生白書』, 経済企画庁.
経済企画庁国民生活局編,『少子化の背景と国民の意識: 結婚, 家族教育』, 大蔵省印刷局, 1993.
厚生省 編,『平成12年版 厚生白書』, 厚生省, 2000.
厚生労働省 編,『平成21年版 厚生労働白書』, 労働省, 2009.
小杉礼子,「フリーターの現状と課題」,『労働時報』, 2001年3月号.
小林茂著,『部落差別の歴史的研究』, 明石書店, 1985.
小森竜邦, 西野留美子著,『差別と人権を考える: 部落差別民族差別に向きあって』, 明石書店, 1995.
桜井よしこ,『この国の宿題 教育液状化を止める』, ワック, 2001.
佐藤泰子,『日本服飾史』, 健帛社, 1997
佐藤郁哉,『暴走族のエスノグラフィー モードの叛乱と文化の呪縛』, 新曜社, 1984.
島田晴雄編著, 『高齢少子化社会と家族と経済: 自立社会日本のシナリオ』, NTT出版, 2000.
下中直人,『世界大百科事典』, 平凡社, 2007.
末益恵子,『「援助交際」という名の売買関係: 中学高校生のための授業展開例』, 東山書房, 1999.
杉之原寿一著,『現代部落差別の研究』, 部落問題研究所出版部, 1983.
杉原薫他編,『大正/大阪/スラムーもうひとつの日本近代史』, 新評論, 1991.
瀬戸純一,「教育の断面: 現実に近づいたいじめ事態調査」,『教職研修』, 教育開発研究所, 1996年 7月号.
千石保,『日本の高校生 国際比較でみる-NHKブックス-』, 日本放送出版協会, 1998.
全日本郷土芸能協会編集,『日本の祭り文化事典』, 東京書籍, 2006.
総務庁編,『就業行動基本調査』, 1997.
総務庁編,『労働力調査特別調査』, 2000.
第一出版センター編,『いけばな入門: 基本と実技』, 講談社, 1989.
高橋司著, 『子どもに教える今日はどんな日?: 年中行事がよくわかる本』, PHP研究所, 2006.
竹内真一,『失業時代を生きる若者』, 大月書店, 1999.
高橋菊江著,『夫婦別姓への招待: 個と家族の関係に新しい風を』, 有斐閣, 1993.
田中直毅編著,『高齢化への対応: 人口問題少子化問題年金問題』, 経済広報報センター,

1996.
田村栄太郎,『やくざの生活−生活史叢書−』, 雄山閣, 1981.
谷岡一朗,『現代パチンコ文化考』, ちくま新書, 1998.
東京弁護士会女性の権利に関する委員会編『これからの選択夫婦別姓:「個と姓の尊重」女と男の自由な関係』, 日本評論社, 1990.
内閣府 編,『平成13年版 高齢社会白書』, 内閣府, 2001.
内閣府 編,『平成13年版 青少年白書』, 内閣府, 2001.
内閣府編,『青少年白書』, 2003−9.
内閣府編,『国民生活白書』, 2003−9.
中村桃子著,『婚姻改姓夫婦同姓のおとし穴』, 勁草書房, 1992.
中根千枝,『タテ社会の人間関係』, 講談社現代新書, 1967.
仲原良二著,『在日韓国人朝鮮人の就職差別と国籍条項』, 明石書店, 1993.
波平恵美子,『生きる力をさがす旅 子ども世界の文化人類学』, 出窓社, 2001.
成田得平編,『近代化の中のアイヌ差別の構造』, 明石書店, 1998.
布施豊正,『自殺と文化』, 新潮社, 1985.
芳賀学,「新新宗教: なぜ若者は宗教へ走るのか」,『社会学の理論でとく現代のしくみ』, 新曜社, 1991.
吹浦忠正,『「日の丸」を科学する』, 自由国民社, 1995.
福岡安則,『在日韓国・朝鮮人』, 中公新書, 1993.
防衛庁 編,『平成13年版 防衛白書』, 大蔵省印刷局, 2001.
水谷修 外著,『日本人の生活文化事典』, 大修館書店, 1995.
宮崎市定,『科挙』, 中公新書, 1991.
宮台真司,『性の自己決定 原論 援助交際売買春子どもの性』, 紀伊国屋書店, 1998.
三隅治雄編著,『全国年中行事辞典』, 東京堂出版, 2007.
村尾建吉,『援助交際「社会」のゆくえ』, 鹿砦社, 1999.
村上重良,『日本の宗教』, 岩波ジュニア新書, 1981.
村上泰亮,『文明としてのイエ社会』, 中央公論社, 1979.
村越末男著,『現代と部落差別 : 差別は今日どう生きているか』, 角川書店, 1986.
牧野富夫,『「日本的経営」崩壊とホワイトカラー』, 新日本出版社, 1999.
森田洋司清水賢二,『新訂版 いじめ』, 金子書房, 1994.
森本敏編,『イラク戦争と自衛隊派遣』, 東洋新報社, 2004.
歴史教育者協議会 編,『日の丸・君が代 授業と資料』, 地歴社, 1992.
山本登著,『部落差別の社会学的研究』, 明石書店, 1984.
吉岡増雄編著,『在日朝鮮人の生活と人権: 社会保障と民族差別』, 社会評論社, 1980.
吉田孝,『日本の誕生』, 岩波書店, 1997.

吉野博房,『常識崩壊』, 総和社, 2001.
原田信男著,『日本の食文化』, 放送大学教育振興会, 2004.
朴在一,『在日朝鮮人に関する総合調査研究』,新紀元社, 1979.
黃慧瓊,「川崎市の在日コリアンにおける食文化の民族的アイデンティティ-正月料理を主たる対象として-」,『日本文化学報』10, 日本文化学. 2001.
黃慧瓊,「大阪市の在日コリアンにおける食文化の民族的アイデンティティ(第一報)-行事食を主たる対象として-」,『日本家政学会学誌』53-7, 日本家政学会 2002.
藤田五朗,『関東の仁義 ドキュメント戦後やくざ史』, 青樹社, 1984.
古郡革丙子,『非正規労働の経済分析』, 東洋経済新報社, 1997.
『防衛白書』(2000~2009).
和歌森太郎著,『相撲の歴史と民俗』, 弘文堂, 1982.

부록 1

일본 시대별 역사 연표

구분	연도	시대
원시	~710	선토기 시대(先土器時代) 조몬 시대(縄文時代) 야요이 시대(弥生時代) 고분 시대(古墳時代)
고대	710~794	나라 시대(奈良時代)
중세	794~1192	헤이안 시대(平安時代)
	1192~1333	가마쿠라 시대(鎌倉時代)
	1333~1573	무로마치 시대(室町時代)
	1331~1392	남북조 시대(南北朝時代)
	1476~1573	전국 시대(戦国時代)
	1573~1603	아즈치모모야마 시대(安土·桃山時代)
근세	1603~1867	에도 시대(江戸時代)
근대	1868~1912	메이지 시대(明治時代)
	1912~1926	다이쇼 시대(大正時代)
	1926~1945	쇼와전기 시대(昭和前期時代)
현대	1945~1989	쇼와후기 시대(昭和後期時代)
	1989~현재	헤이세이 시대(平成時代)

부록 2

행정지도 : 도도부현(都道府県)

지도번호	한글표기	일본명	도도부현청 소재지	옛 지명
홋카이도(北海道)				
1	홋카이도	北海道	삿포로(札幌)시	에조치(蝦夷地)
도호쿠(東北) 지방				
2	아오모리현	青森県	아오모리(青森)시	무쓰(陸奥)
3	이와테현	岩手県	모리오카(盛岡)시	리쿠추(陸中), 무쓰(陸奥)
4	미야기현	宮城県	센다이(仙台)시	리쿠젠(陸前), 이와키(磐城)
5	아키타현	秋田県	아키타(秋田)시	우고(羽後)
6	야마가타현	山形県	야마가타(山形)시	우젠(羽前)
7	후쿠시마현	福島県	후쿠시마(福島)시	이와키(磐城), 이와시로(岩代)
간토(関東) 지방				
8	이바라키현	茨城県	미토(水戸)시	히타치(常陸), 시모우사(下総)
9	도치기현	栃木県	우쓰노미야(宇都宮)시	시모쓰케(下野)
10	군마현	群馬県	마에바시(前橋)시	고즈케(上野)
11	사이타마현	埼玉県	사이타마(さいたま)시	무사시(武蔵)
12	지바현	千葉県	지바(千葉)시	시모우사(下総), 가즈사(上総), 아와(安房)
13	도쿄도	東京都	도쿄도 신주쿠(新宿)구	무사시(武蔵)
14	가나가와현	神奈川県	요코하마(横浜)시	사가미(相模), 무사시(武蔵)
주부(中部) 지방				
15	니가타현	新潟県	니가타(新潟)시	에치고(越後), 사도(佐渡)
16	도야마현	富山県	도야마(富山)시	엣추(越中)
17	이시카와현	石川県	가나자와(金沢)시	노토(能登), 가가(加賀)
18	후쿠이현	福井県	후쿠이(福井)시	에치젠(越前), 와카사(若狭)
19	야마나시현	山梨県	고후(甲府)시	가이(甲斐)
20	나가노현	長野県	나가노(長野)시	시나노(信濃)
21	기후현	岐阜県	기후(岐阜)시	히다(飛騨), 미노(美濃)
22	시즈오카현	静岡県	시즈오카(静岡)시	이즈(伊豆), 스루가(駿河), 도토미(遠江)
23	아이치현	愛知県	나고야(名古屋)시	오와리(尾張), 미카와(三河)

긴키(近畿) 지방				
24	미에현	三重県	쓰(津)시	이가(伊賀), 이세(伊勢), 시마(志摩)
25	시가현	滋賀県	오쓰(大津)시	오미(近江)
26	교토부	京都府	교토(京都)시	단고(丹後), 단바(丹波), 야마시로(山城)
27	오사카부	大阪府	오사카(大阪)시	가와치(河内), 이즈미(和泉), 셋쓰(摂津)
28	효고현	兵庫県	고베(神戸)시	다지마(但馬), 하리마(播磨), 셋쓰(摂津), 단바(丹波), 아와지(淡路)
29	나라현	奈良県	나라(奈良)시	야마토(大和)
30	와카야마현	和歌山県	와카야마(和歌山)시	기이(紀伊)
주고쿠(中国) 지방				
31	돗토리현	鳥取県	돗토리(鳥取)시	호키(伯耆), 이나바(因幡)
32	시마네현	島根県	마쓰에(松江)시	이와미(石見), 이즈모(出雲), 오키(隠岐)
33	오카야마현	岡山県	오카야마(岡山)시	미마사카(美作), 비젠(備前), 빗추(備中)
34	히로시마현	広島県	히로시마(広島)시	아키(安芸), 빈고(備後)
35	야마구치현	山口県	야마구치(山口)시	나가토(長門), 스오(周防)
시코쿠(四国) 지방				
36	도쿠시마현	徳島県	도쿠시마(徳島)시	아와(阿波)
37	가가와현	香川県	다카마쓰(高松)시	사누키(讃岐)
38	에히메현	愛媛県	마쓰야마(松山)시	이요(伊予)
39	고치현	高知県	고치(高知)시	도사(土佐)
규슈(九州) 지방				
40	후쿠오카현	福岡県	후쿠오카(福岡)시	지쿠젠(筑前), 지쿠고(筑後), 부젠(豊前)
41	사가현	佐賀県	사가(佐賀)시	히젠(肥前)
42	나가사키현	長崎県	나가사키(長崎)시	히젠(肥前), 이키(壱岐), 쓰시마(対馬)
43	구마모토현	熊本県	구마모토(熊本)시	히고(肥後)
44	오이타현	大分県	오이타(大分)시	부젠(豊前), 분고(豊後)
45	미야자키현	宮崎県	미야자키(宮崎)시	휴가(日向)
46	가고시마현	鹿児島県	가고시마(鹿児島)시	사쓰마(薩摩), 오스미(大隅)
오키나와(沖縄) 지방				
47	오키나와현	沖縄県	나하(那覇)시	류큐(琉球)

부록 3

일본의 주요 성씨

순위	성씨	순위	성씨	순위	성씨	순위	성씨
1	사토(佐藤)	26	야마시타(山下)	51	나카노(中野)	76	다카다(高田)
2	스즈키(鈴木)	27	이시카와(石川)	52	하라다(原田)	77	고노(河野)
3	다카하시(高橋)	28	나카지마(中島)	53	오노(小野)	78	후지모토(藤本)
4	다나카(田中)	29	마에다(前田)	54	다무라(田村)	79	고지마(小島)
5	와타나베(渡辺)	30	후지타(藤田)	55	다케우치(竹内)	80	다케다(武田)
6	이토(伊藤)	31	오가와(小川)	56	가네코(金子)	81	무라타(村田)
7	야마모토(山本)	32	오카다(岡田)	57	와다(和田)	82	우에노(上野)
8	나카무라(中村)	33	고토(後藤)	58	나카야마(中山)	83	스기야마(杉山)
9	고바야시(小林)	34	하세가와(長谷川)	59	이시다(石田)	84	마스다(増田)
10	가토(加藤)	35	무라카미(村上)	60	우에다(上田)	85	스가와라(菅原)
11	요시다(吉田)	36	곤도(近藤)	61	모리타(森田)	86	히라노(平野)
12	야마다(山田)	37	이시이(石井)	62	하라(原)	87	고야마(小山)
13	사사키(佐々木)	38	사카모토(坂本)	63	시바타(柴田)	88	오쓰카(大塚)
14	야마구치(山口)	39	엔도(遠藤)	64	사카이(酒井)	89	지바(千葉)
15	마쓰모토(松本)	40	아오키(青木)	65	구도(工藤)	90	구보(久保)
16	이노우에(井上)	41	후지이(藤井)	66	요코야마(横山)	91	마쓰이(松井)
17	사이토(斎藤)	42	니시무라(西村)	67	미야자키(宮崎)	92	이와자키(岩崎)
18	기무라(木村)	43	후쿠다(福田)	68	미야모토(宮本)	93	기노시타(木下)
19	하야시(林)	44	오타(太田)	69	우치다(内田)	94	노구치(野口)
20	시미즈(清水)	45	사이토(斉藤)	70	다카키(高木)	95	마쓰오(松尾)
21	야마자키(山崎)	46	미우라(三浦)	71	안도(安藤)	96	노무라(野村)
22	모리(森)	47	후지와라(藤原)	72	다니구치(谷口)	97	기쿠치(菊地)
23	아베(阿部)	48	오카모토(岡本)	73	오노(大野)	98	사노(佐野)
24	이케다(池田)	49	마쓰다(松田)	74	마루야마(丸山)	99	와타나베(渡部)
25	하시모토(橋本)	50	나카가와(中川)	75	이마이(今井)	100	오니시(大西)

참조: 村山忠重, 『日本の苗字ベスト30000』, 新人物往来社, 2003

김태영(金泰永)

청주에서 태어나 미국 애리조나 대학(The University of Arizona)에서 정치학을, 일본 上智(Sophia) 대학에서 사회학을 전공하고 석사・박사학위를 취득하였다. 그 후 일본 오하라(大原) 사회문제연구소 연구원을 거쳐 한국직업능력개발원 책임연구원으로 활동하였다. 현재는 강릉원주대학교 일본학과 교수로 재직 중이다. 연구논문으로는 「한국에서의 일본기업의 행동패턴과 노사관계」「재일한국인 기업가의 네트워크 특성과 기업가정신」「일본에서의 여성 노동정책의 전개과정에 관한 연구」 외 다수가 있으며 역서로는 『현대 일본의 문화내셔널리즘』(일본어뱅크, 2001), 저서로는 『유교문화의 돌연변이 일본』(보고사, 2002) 등이 있다.

황혜경(黃慧瓊)

서울에서 태어나 일본 国立学芸大学大学院에서 일본문화전공으로 석사학위를 취득하고, 일본 国立奈良女子大学大学院에서 비교지역학전공으로 박사학위를 취득하였다. 그 후 일본에서 JSPS(일본학술진흥회)특별연구원을 거쳐 国立奈良女子大学大学院 人間文化研究科 박사연구원으로 활동하였다. 현재는 강남대학교 한국사회복지연구소 연구위원으로 재직 중이다. 연구논문으로는 「재일동포의 민족정체성 변화고찰(2)-2000년, 2015년 오사카시를 중심으로」「재일동포사회를 통해서 본 한국다문화사회의 비판적 고찰」「재일코리안에 있어서 민족축제의 의미와 호스트사회와의 관계」「재일코리안의 호스트사회에 따른 민족적 아이덴티티의 차이」「한류로 인한 일본인의 한국인과 재일코리안에 대한 인식변화」「대한민국 4년제대학교에 있어서 일본관계학과 개설의 변천과정」 등의 다수가 있다.

일본 문화 이야기

2010년 8월 16일 1판 1쇄 펴냄
2011년 8월 30일 1판 2쇄 펴냄
2013년 3월 4일 1판 3쇄 펴냄
2019년 2월 28일 2판 1쇄 펴냄

지은이 김태영・황혜경
펴낸이 김흥국
펴낸곳 도서출판 보고사

등록 1990년 12월 13일 제6-0429호
주소 경기도 파주시 회동길 337-15 보고사 2층
전화 031-955-9797(대표), 02-922-5120~1(편집), 02-922-2246(영업)
팩스 02-922-6990
메일 kanapub3@naver.com / bogosabooks@naver.com
http://www.bogosabooks.co.kr

ISBN 978-89-8433-830-2 03830
정가 15,000원